Hugh Breakey

The Beautiful Fall

Die vollkommen irritierende
Kettenreaktion der Liebe

HUGH BREAKEY

THE *Beautiful* FALL

Die vollkommen irritierende
Kettenreaktion der Liebe

Roman

Deutsch von Astrid Finke

LIMES

Die Originalausgabe erschien 2021 unter dem Titel »The Beautiful Fall«
bei Text Publishing, Melbourne.

FSC
www.fsc.org
MIX
Papier | Fördert
gute Waldnutzung
FSC® C014496

Penguin Random House Verlagsgruppe FSC® N001967

1. Auflage

Redaktion: Lisa Caroline Wolf
Umschlaggestaltung und -motiv: www.buerosued.de
DK · Herstellung: DiMo
Satz: Uhl + Massopust, Aalen
Druck und Bindung: GGP Media GmbH, Pößneck
Printed in Germany
ISBN 978-3-8090-2770-6

www.limes-verlag.de

Für Kylie

Lies das. Jetzt sofort. Halt dich bloß fern von dieser Tür, solange du nicht weißt, was los ist.

Dein Name ist Robert Penfold. Du bist einunddreißig Jahre alt. Die Wohnung, in der du stehst, ist deine eigene: 116 Dornoch Terrace, Brisbane, Australien.

(Falls du nicht in der Wohnung bist, gehe sofort dorthin. Sprich mit niemandem. Das dient nur deiner eigenen Sicherheit. Suche nach einem Straßenschild, um dich zu orientieren. In deiner Hosentasche ist ein Stadtplan. Damit findest du den Weg nach Hause. Deine Wohnung liegt im fünften Stock, Nummer 509. Was auch immer du tust, bitte nicht um Hilfe.)

Du erinnerst dich an nichts, weil du an periodischer Amnesie leidest. Ich nenne es: das Vergessen, also nennst du es auch so.

Es passiert in regelmäßigen Abständen, das letzte Mal vor knapp sechs Monaten, und da war ich in genau der Situation, in der du dich jetzt befindest. Also glaub mir, ich weiß, dass du Angst hast.

Aber es ist okay. Hier bist du in Sicherheit. In deiner Wohnung gibt es alles, was du brauchst. Im Kühlschrank ist Essen. Im Schrank Kleidung. Und überall findest du Informationen, wer du bist und was du getan hast.

Wenn du so weit bist, geh in die Küche. Dort steht ein Karton mit deinen ganzen Papieren und Unterlagen. Der braune Umschlag enthält einen Brief wie den, den du gerade liest. Es ist der, den ich gelesen habe, als ich aufwachte, und der geschrieben wurde, als wir damals in diese Wohnung gezogen sind.

Außerdem liegt darin ein Ordner mit dem Befund unserer Ärztin Dr. Varna. Er ist ziemlich komplex mit dem ganzen Geschreibsel von Arteriolen, limbischem System und episodischem Gedächtnis. Die Kurzfassung lautet: Unseren ersten Anfall hatten wir vor ungefähr zwei Jahren. Abgesehen von einigen Fragmenten aus unserer frühen Kindheit haben wir all unsere Erinnerungen verloren. Alle dachten, es wäre ein einmaliges Ereignis, ein Schlaganfall vielleicht. Dann, hundertneunundsiebzig Tage später, schlug das Vergessen erneut zu. Und nach weiteren hundertneunundsiebzig Tagen passierte es wieder.

Periodisch nennt Dr. Varna es. Eine Art Migräne, die (zumindest bisher) mit einer überraschenden Regelmäßigkeit auftritt. Ich weiß, was du denkst (weil ich dasselbe dachte): Migräne, sind das nicht schreckliche Kopfschmerzen? Aber der Schmerz ist nur ein Symptom. Ein Migräneanfall wird vermutlich ausgelöst, wenn sich Blutgefäße im Gehirn verkrampfen und die Blutzirkulation unterbrechen. Wird der Blutfluss zum Sehzentrum blockiert, nimmt man seltsame Blitze und Lichter wahr. Ist das motorische Zentrum betroffen, können halbseitige Lähmungserscheinungen auftreten. Aber ich – und du – leiden unter etwas Ungewöhnlicherem. Mitten im Kopf befinden sich einige kleine Blutgefäße oder vielleicht auch nur ein einziges, das zum Gedächtniszentrum führt. Und gelegentlich – periodisch eben – zittert es, verkrampft sich: nur eine Winzigkeit. Und alles bricht zusammen.

Die Ärztin meinte, wir sollten uns nicht wundern. Das Gedächtnis ist viel fragiler, als die meisten Leute glauben.

Die schlechte Nachricht ist, es gibt keine Therapie dagegen. Die gute Nachricht ist, solche Sachen kommen und gehen. Ich hatte neunundzwanzig Jahre lang keinen Anfall. Es könnte durchaus sein, dass es von nun an nie wieder passiert. Oder aber es geht noch zehn Jahre so weiter.

Da du das hier liest, hat sich die Lage wohl noch nicht verbessert. Wenn der Zeitablauf derselbe ist wie bei den vorherigen Anfällen, dann wird das nächste Vergessen genau hundertfünfundachtzig Tage, nachdem ich diesen Brief geschrieben habe, stattfinden, also am Sonntag, dem 25. September.

Dir stehen ein paar sehr schlimme Tage bevor. Ohne Erinnerung kann einem alles sinnlos vorkommen. Du wirst verzweifelt sein. Ich war es.

Aber eigentlich haben wir Glück. Den meisten Menschen mit periodischer Amnesie bleibt nicht so viel Zeit zwischen den Anfällen. Manchmal nur ein paar Stunden oder Minuten. Wir haben fast sechs Monate von einem Vergessen zum nächsten. Genug Zeit, um Pläne zu schmieden und sie umzusetzen. Wie ein normaler Mensch.

Wenn du dich ein wenig in der Wohnung umsiehst, entdeckst du gleich, was ich für dich vorbereitet habe. Als ich zum ersten Mal aufwachte und den Brief las, fühlte ich mich wie ein Mann ohne Vergangenheit. Doch du hast nun die Möglichkeit, etwas Besonderes zu erschaffen. Ein Projekt, das von meinem vergangenen Ich geplant, von meinem jetzigen Ich verwirklicht und an dich, mein künftiges Ich, weitergegeben wurde. Deshalb kann ich von »uns« sprechen – weil wir ein und dieselbe Person sind. Durch unser Werk bestehen wir fort. Wir halten durch, egal was das Vergessen uns antut.

In dem Brief, den ich damals bekam, stand, ich hätte etwas vor, das niemand sonst je getan hätte. Man kann wohl von einer Art Rekord sprechen. Wenn ich ehrlich bin, interessieren mich Rekorde nicht sonderlich. Aber ich hoffe, du weißt es zu schätzen und erkennst, dass es aus deinen Händen stammt: unseren Händen.

Okay, nun zum Praktischen: Bleib die ersten Tage zu Hause – am besten eine Woche oder länger. Finde dich zurecht. Gehe die Unterlagen durch. Es gibt auch eine Schachtel mit Andenken, voller Schätze aus unserer fernen Vergangenheit.

Geh erst raus, wenn du bereit dazu bist. Vor einem Jahr, nach dem dritten Vergessen, hat die Polizei uns aufgegriffen, als wir verwirrt durch die Straßen wanderten. Dr. Varna meint, falls sich das wiederholt, müssen die Behörden uns in ein Heim einweisen – weil sie eine »Fürsorgepflicht« haben –, und wenn das passiert, lässt man uns womöglich nie wieder raus. Also bleib zu Hause, in Sicherheit. Nimm dir so viel Zeit, wie du brauchst. Jeden Dienstag kommt eine Lebensmittellieferung. Alles ist organisiert und wird zusammen mit der Miete und den Nebenkosten aus unserer Rente bezahlt. Einfach lächeln und nicken und die Quittung unterschreiben. Mach dir keinen Kopf.

Was auch immer du tust, niemand darf von deiner Krankheit erfahren. Bleib für dich, um du selbst zu bleiben. Das stand in meinem Brief, und du wirst sehen, dass es stimmt. Erinnerungen sind wie eine Rüstung – ohne sie hast du keine Kontrolle, nichts, um dich zusammenzuhalten. Du wirst so, wie andere dich haben wollen. Deshalb musst du vom ersten Augenblick an auf der Hut sein.

Unser Leben mag einsam sein, aber zumindest ist es unser Leben und kein fremdes. Mehr hat niemand. Es zu behalten – das ist der wahre Kampf.

Robert Penfold, 24. März

TAG zwölf

Noch zwölf Tage. So viel zu tun – vor allem jetzt. Ich hatte mir den Wecker auf sechs Uhr gestellt, aber der Anlass für das frühe Aufstehen, der Unfall gestern, war gleichzeitig der Grund, warum ich am liebsten im Bett geblieben wäre. Ich hatte Angst, mich dem ganzen Ausmaß zu stellen. Schritt für Schritt, sagte ich mir. Du musst dich nicht sofort damit auseinandersetzen. Starte einfach mit deiner Morgenroutine.

Ich rappelte mich auf. Mein Morgensport verlief wie jeden Tag, nur dass ich den Blick zum Türbogen zwischen Küche und Wohnzimmer – und dem Trümmerhaufen dort – mied. Ich konzentrierte mich auf die Übungen und strengte mich stärker an als sonst. Das Brennen in meinen Muskeln lenkte mich von allem anderen ab.

Aber als ich mit dem Dehnen begann und der Puls nicht mehr in meinen Ohren hämmerte, kehrten meine Gedanken zu dem Unfall zurück. *Wie viele Stunden habe ich verloren? Bleibt mir genug Zeit zum Reparieren?*

Trotz des Drucks, den ich empfand, konnte ich mich noch nicht damit befassen. Ich trödelte beim Duschen und Frühstücken. Dann räumte ich auf und putzte die Toilette. *Es zählt nicht als Hinauszögern, wenn man mit etwas anderem beschäftigt ist.*

Schließlich hatte ich alles erledigt und sackte am Küchentisch zusammen. *Okay. Jetzt zögerte ich es eindeutig hinaus.*

Ich spürte die Minuten verrinnen. Zwölf Tage. Die Gesamtsumme, die mir noch blieb. Ungefähr zweihundert wache Stunden, das entsprach – eine kurze Rechnung auf dem Notizblock – circa zwölftausend Minuten. Minus die drei, die ich gerade mit meinem Gekritzel verplempert hatte.

»Lieferdienst«, rief jemand an der Wohnungstür, begleitet von lautem Klopfen.

Ich setzte mich auf. Dienstag: die wöchentliche Lebensmittellieferung. *Perfekt.* Ich musste durch das Wohnzimmer gehen, um die Tür zu öffnen. Die Entscheidung, ob ich mich mit dem Trümmerhaufen befassen wollte, war mir abgenommen worden.

Als ich aufstand, wurde mir auf einmal bewusst, dass es eine andere Stimme war: nicht die von Mr. Lester, der normalerweise die Lebensmittel brachte. Dann erinnerte ich mich, dass er Urlaub hatte und zum Sechzigsten seiner Frau eine Kreuzfahrt gebucht hatte. Schon seit Wochen sprach er davon, aber wegen des Unfalls gestern hatte ich es nicht mehr auf dem Schirm gehabt. Aus unerfindlichen Gründen hatte Mr. Lester nicht erwähnt, dass eine junge Frau ihn vertreten würde.

Es war Monate her, dass ein Fremder meine Wohnung betreten hatte. Als ich mir durch die Haare fuhr, bemerkte ich, wie lang und zottelig sie geworden waren. Ich straffte die Schultern, ging mitten durchs Wohnzimmer zur Tür und versuchte, das Chaos zu meiner Linken zu ignorieren.

»Lieferdienst«, ertönte die Stimme erneut. *Bumm, bumm, bumm.*

Tief durchatmen. Brust raus. Einfach möglichst normal verhalten. Und das Atmen nicht vergessen. Ich löste die Sicherheitskette, schickte ein Stoßgebet zum Himmel, dass sie wenigstens nicht hübsch war, und zog die Tür auf.

Ich spähte in den schwach beleuchteten Flur. Grüne Augen leuchteten im Halbdunkel, passend zum Glitzern zweier Ohrringe und eines Piercings über der Oberlippe. Die pechschwarzen Haare waren kurz, und ein Pony fiel ihr seitlich über die Stirn.

Mist. Sie hätte selbst in einem Sack gut ausgesehen.

Das wusste ich, weil sie so etwas wie einen Sack trug. Die Uniformbluse in dem vertrauten Blau des Lieferdiensts war mindestens drei Nummern zu groß. Vielleicht hatte die Firma keine passende Uniform für jemanden, der so schlank war.

Ein weißer Stöpsel steckte in dem einen Ohr, der andere hing auf ihrer Schulter. Blecherne Musik war zu hören. Mein Herz klopfte. Seit Monaten war ich keiner Frau unter fünfzig mehr so nahe gekommen, und schon gar keiner attraktiven.

»Robert, richtig?«

Ich starrte sie an.

»Robert Penfold?« Sie sah mit großen Augen zu mir auf, zog ihre dunklen schmalen Brauen hoch und schenkte mir ein höfliches, knappes Lächeln.

Ich versuchte zu nicken, und einen verrückten Augenblick lang hatte ich das Gefühl, ich hätte sogar das verlernt – wie ein Amateurpuppenspieler, dem es nicht einmal gelang, den Kopf vernünftig nach vorn zu kippen.

Aber sie schien zufrieden. »Julie.« Sie streckte ihre Hand aus. »Hallo.«

Ich ergriff die Hand, und ihre zarten Finger umschlossen meine. Konnte ich mich daran erinnern, je eine junge Frau angefasst zu haben? Vielleicht damals, als die Finger einer Verkäuferin meine Handfläche gestreift hatten, um mein Geld entgegenzunehmen.

Ich schluckte. Augen zu und durch, das war der Trick. Sie wurde garantiert nicht gut genug bezahlt, um sich mit meinem peinlichen Benehmen herumärgern zu müssen.

»Kommen Sie doch rein, ähm …« Verflucht. Ich war so mit allem anderen beschäftigt gewesen, dass ich ihren Namen schon wieder vergessen hatte.

»Julie.«

»Julie, klar. Sorry.« *Julie-Julie-Julie.* Ich prägte mir den Namen ein. Wenn ich ihn im Kopf behalten konnte, bis sie gegangen war, konnte ich ihn mir aufschreiben. Dann war er gesichert, bereit fürs nächste Mal.

Julie zog den Holzkeil hervor, den die Lieferanten immer dabeihatten, und klemmte die Tür fest. Sie lud sich Lebensmittel von dem Rollwagen auf den Arm. Ich trat zurück, um ihr Platz zu machen.

»Vorsicht mit den, ähm …« Ich lächelte schwach. »Na ja, Sie werden schon sehen.«

Abrupt blieb Julie stehen. Mitten durch das Zimmer führte ein freier Weg, als würde sich ein eigenartiges Meer teilen. Zu beiden Seiten davon überzog ein Ozean von Dominosteinen den gesamten Fußboden und breitete sich über mehrere schmale Brücken bis zu erhöhten Podesten aus, rechteckigen, mit Metallwinkeln an der Wand befestigten Brettern.

»Hm.« Julie ließ den Blick über die Dominos schweifen, von oben nach unten, von rechts nach links.

Widerwillig folgte ich ihrem Blick. Es war genauso schlimm, wie ich es mir vorgestellt hatte. Auf einer Seite des Zimmers standen die Steinchen aufrecht da, wo sie so sorgsam platziert worden waren. Auf der anderen lagen sie flach, Tausende, wie ein Wald, der bei einem Meteoriteneinschlag niedergemäht worden war. Wenn ich hätte schätzen müssen – was ich wirklich nicht wollte –, hätte ich auf fünfzehntausend umgefallene Steine getippt.

Wenigstens waren all meine Podeste unversehrt. Die stufigen Rampen nach oben waren gerade breit genug für eine einzige

Reihe Dominos. Eine Handvoll dieser verbindenden Steine hatte ich herausziehen und so die Ausbreitung des Schadens aufhalten können, aber nicht auf dem Boden. Dort hatte sich der Einsturz spiralförmig in alle Richtungen ausgebreitet. Die Arbeit von Tagen zerstört. Tage, die ich nicht mehr hatte.

Julie sah von einer Seite zur anderen. »Toll.« Ihr Blick fand meinen, und es fühlte sich an, als nähme sie mich zum ersten Mal wahr. Und interessierte sich für mich.

Ein Anflug von Stolz wärmte meine Brust. Dann spürte ich einen Stich des Bedauerns, dass sie mein Werk nicht am Vortag gesehen hatte, als all die Steine noch aufrecht gestanden und voller Leben und Energie darauf gewartet hatten, angestoßen zu werden.

Julie zeigte auf eine Ansammlung von Dominos in der Mitte des Trümmerfelds. »Mir gefallen die Wirbelmuster.«

»Danke«, sagte ich. »Aber das hat die ganze Zerstörung ausgelöst. Als der Teil gefallen ist, konnte ich es nicht mehr stoppen.«

»Aha.« Sie zog die Augenbrauen hoch. »Ups.«

»Ja. Ups.«

»Die Taschen da rein?« Julie wandte sich um und zeigte zur Küche. Ich nickte, und sie ließ mich mit einem Hoffnungsschimmer im Herzen allein. Gestern hatte ich nur sehen können, wie viel zerstört war. Aber die Lieferantin schien beeindruckt von dem, was noch übrig war. Vielleicht war die Lage doch nicht so aussichtslos.

»Die Kühltaschen auf den Tisch?«, drang Julies Stimme aus der Küche.

»Danke. Ich hol den Rest.«

Auf dem Weg zur Küche musste ich an ihr vorbeigehen. Einen Moment lang trafen sich unsere Blicke. Sie war wirklich eine Schönheit.

Ihr höfliches Lächeln kehrte zurück, und sie machte einen Schritt zur Seite, um mich durchzulassen.

Als ich zurück ins Wohnzimmer kam, stand Julie da und betrachtete erneut die Dominos. In einer Hand hielt sie ein paar Zettel, mit der anderen wickelte sie sich das Kabel der Ohrhörer um den Finger. »Sie haben sie also aus Versehen angestupst, und sie sind einfach …?«

»Genau.« Ich nickte. »Die Spiralen sind am schlimmsten. Der Schaden breitet sich in alle Richtungen aus. Unmöglich zu stoppen.«

»Hm.« Sie hörte auf, mit dem Kabel zu spielen. »Sie brauchen eine Methode, um den Schaden zu begrenzen. So was wie eine Feuerschneise. Eine Art Schranke, die so schmal ist, dass sie in die Lücken passt.«

»Das würde das Muster stören.«

»Hm.« Sie zuckte mit den Achseln. »Hier müssen Sie bitte unterschreiben.« Sie reichte mir die Zettel und einen Stift. Als ich die Papiere zurückgab, drückte sie mir eine glänzende blaue Karte in die Hand. »Unsere Kontaktdaten mit der Telefonnummer, falls es irgendwelche Probleme gibt.« Unter das Firmenlogo war in dunkelblauer Schrift Julies Name geprägt. Zufrieden strich ich mit dem Daumen über die glatte Oberfläche. Eine handfeste Dokumentation. Das wanderte direkt in den Karton. Und jetzt musste ich mir ihren Namen doch nicht aufschreiben.

»Falls es irgendwelche Probleme gibt, meine Nummer steht auf der Rückseite«, sagte Julie. »Bitte nicht die alte Nummer anrufen, der andere ist im Urlaub.« Sie steckte sich den herabhängenden Stöpsel ins freie Ohr. »Bis zum nächsten Mal.« Ihre Stimme war lauter, weil sie die Musik in ihren Ohren übertönte.

»Bis Dienstag.« Ich nickte.

Schon in der Tür blieb sie noch einmal stehen, als wäre ihr

plötzlich ein Gedanke gekommen. »Darf ich Sie was fragen?« Mit einem Fingerschnipsen zeigte sie auf mein Werk. »Warum Dominos?«

»Also«, stotterte ich, »weil sie da sind, nehme ich an.« Blöde Antwort.

Aber Julie schien zufrieden. »Klar«, sagte sie. »Wie der Everest.« Ein kurzes Nicken, und sie war weg.

Ich machte die Tür zu. Nachdem die Sicherheitskette vorgelegt war und das Schloss eingerastet, fühlte ich mich endlich sicher vor schönen Frauen und verstörenden Fragen.

Warum Dominos?

Wenn man inmitten der zerstörten Arbeit von mehreren Tagen stand, schien es eine nachvollziehbare Frage. Die Antwort, die ich gegeben hatte, entsprach zum Teil der Wahrheit, aber normalerweise, wenn Leute über das Besteigen von Bergen sprachen, meinten sie damit, dass sie sich irgendwo am Horizont befanden, meist außerhalb ihrer Reichweite. Mein ganz eigener Berg – ein Stapel schwerer Kartons voller Dominosteine – war für mich mitten in meinem Wohnzimmer hinterlassen worden. Das war ein bisschen schwerer zu ignorieren.

Begonnen hatte ich mit dem Projekt aus dem Grund, der mir in dem Brief genannt worden war: als eine Art Mission, die das Vergessen überdauerte. Mein vergangenes Ich hatte mir die Aufgabe zusammen mit dem erforderlichen Material und Werkzeug bereitgestellt und mir die Gestaltung und den Aufbau überlassen. Und wenn dann die letzte Stunde kam, wäre es mein künftiges Ich, das sah, was wir geleistet hatten, und die wunderbare Ausführung miterlebte.

Das Vergessen mochte uns die Erinnerung rauben, aber unsere Entscheidungen, Pläne und Werke konnten trotzdem unser Leben bestimmen.

Warum genau mein vergangenes Ich zu diesem Zweck Dominos ausgewählt hatte, wusste ich nicht. Es leuchtete ein, sich etwas auszudenken, woran man allein und in seinen eigenen vier Wänden arbeiten konnte. Diese Lektion hatte der Brief mir eingebläut: *Für jemanden mit deiner Krankheit ist Einsamkeit die beste Verteidigung. Bleib für dich, um du selbst zu bleiben.* Dennoch ... warum keine Kartenhäuser oder ein maßstabgetreues Modell des Taj Mahal aus Streichhölzern? Oder Gedichte? Und warum nichts Produktiveres oder weniger Kostspieliges? Diese Tausende von Dominos – 83 790 nach meiner Zählung – waren bestimmt nicht billig gewesen. Ich wusste es nicht. Vielleicht würde ich es eines Tages erfahren.

Wie dem auch sei, nichts davon erklärte, warum mir bei dem Gedanken, nicht rechtzeitig fertig zu werden, übel wurde. Oder den Erwartungsdruck, den der Everest in meinem Wohnzimmer hervorrief. Oder das Bedürfnis nach Projekten, die die Attacken des Vergessens auf meinen Geist überdauerten. Nicht einmal, dass ich so viel von meiner knapp bemessenen Zeit in mein bisheriges Werk investiert hatte.

Meine Sorge hatte andere Gründe. Ich hatte nicht lange mit den Steinchen herumspielen müssen, um zu erkennen, mit was für einer außergewöhnlichen Schönheit sie fielen. Mit einiger Voraussicht konnte man sie so choreografieren, dass die gestaffelten Dominos gleichzeitig kippten oder sich verspielt jagten oder aufeinander zurasten. Der Brief hatte die Schönheit, die in dieser Arbeit lag, nicht erwähnt, aber es war das Gefühl, etwas Kreatives, ja, beinahe Künstlerisches zu erschaffen, das mich jeden Tag antrieb.

Doch jetzt wurde ich vielleicht nicht rechtzeitig fertig, und diese Vorstellung war unerträglich. Wenn die Steine so fallen sollten, wie ich es geplant hatte, musste jeder Teil vollständig stehen.

Alles. Sonst war es wie eine klassische Skulptur mit lauter rauen, ungeschliffenen Stellen. Wie ein Tanz, bei dem die Musik immer wieder abbrach.

Das würde ich nicht zulassen. Komme, was da wolle, ich musste diese Sache zu Ende bringen, um meinem zukünftigen Ich alles so präsentieren zu können, wie ich es geplant hatte.

Es wurde Zeit, wieder an die Arbeit zu gehen. Aber eins nach dem anderen. In der Küche standen immer noch ungeöffnete Dominokartons an der Wand. Oben auf dem Stapel befanden sich die beiden Kartons, in denen ich meine Unterlagen und Erinnerungsstücke verstaute. Ich schrieb das Datum auf die Visitenkarte, die Julie mir gegeben hatte – *Dienstag, 13. September, Tag zwölf* –, und legte sie in die Schachtel.

Dann räumte ich die Lebensmittel auf, drückte den Rücken durch und ging mit zusammengebissenen Zähnen ins Wohnzimmer. Mir waren schon immer mal wieder kleinere Unfälle passiert, aus denen ich gelernt hatte, der Versuchung zu widerstehen, mit den einfachsten Steinen anzufangen, um so schnell wie möglich so viel wie möglich auszubessern. Die schlauere Strategie war, mit den schwierigsten Stellen, also den Ecken, zu beginnen.

Aus diesem Grund hatte ich Trittsteine, flache, schwere Holzscheiben von der Größe meiner Füße, zwischen den Dominoreihen platziert. Trotzdem erforderte es einen guten Gleichgewichtssinn und Beweglichkeit, um die Ecken zu erreichen, und die morgendlichen Dehnübungen zahlten sich aus, als ich über meinem empfindlichen Werk herumturnte.

Nach ungefähr zwanzig Minuten sah ich mich um. Vor dem Unfall gestern Abend war ich enthusiastisch gewesen, weil ich dem Zeitplan voraus war und mich der Marke von fünfzigtausend näherte.

Jetzt lag ich zurück. Mit Höchstgeschwindigkeit schaffte ich ungefähr tausend Dominos in anderthalb Stunden. Grob geschätzt hatte der Unfall mich über drei Tage gekostet, Zeit, die ich nur aufholen konnte, wenn ich meine Arbeitstage verlängerte. Aber ich hatte sowieso schon siebeneinhalb Stunden pro Tag eingeplant, also fiel ich durch das Missgeschick …

Ich schob den Gedanken beiseite. Besser abwarten, wie die Lage am Abend aussah.

Mittags saß ich im Schneidersitz mitten im Wohnzimmer, aß ein Sandwich und dachte über das weitere Vorgehen nach. Zum Glück ging der Wiederaufbau schneller als der Erstaufbau. Wenn ich einen Schnitt von tausend Steinen pro Stunde erreichen könnte, wäre es vielleicht bald geschafft.

Mit Bedauern musste ich an Mr. Lester denken. In der vergangenen Woche war mir nicht klar gewesen, dass ich ihn zum letzten Mal sah. Er war fast so etwas wie ein Freund geworden, der einzige Mensch in meinem Leben, der mir sagen konnte, dass ich zu blass aussah und mal wieder an die frische Luft musste. Wenn er aus dem Urlaub zurückkehrte, war meine Erinnerung an ihn wahrscheinlich ausgelöscht und nur mein künftiges Ich hier, um ihn zu empfangen. Es war wirklich schade.

Dabei hätte ich eigentlich froh sein sollen, dass er weg war. *Bleib für dich, um du selbst zu bleiben.* Mein vergangenes Ich hatte so darauf gepocht, wie wichtig das Alleinsein war, dass in dem Brief sogar positiv hervorgehoben wurde, dass ich keine Familienangehörigen mehr hatte. Offenbar waren meine Eltern vor vielen Jahren bei einem Unfall ums Leben gekommen. Da die einzigen Erinnerungen, die vom Vergessen verschont geblieben waren, ein paar glückliche aus der Kindheit waren, hatte mich die Nachricht hart getroffen.

Aber der Brief betonte, dass das gut sei. In den ersten Momenten nach dem Vergessen konnte man nicht einmal seinen Eltern trauen – oder vielleicht gerade seinen Eltern nicht. Garantiert würden sie sich die Gelegenheit nicht entgehen lassen, einige Verbesserungen vorzunehmen. Die Probleme und früheren Fehler zu verschweigen, die mich geprägt hatten. Und am Schluss würden sie einen neuen Menschen aus mir formen. Ohne dass ich irgendeinen Einfluss darauf hatte. Einsamkeit war meine beste Verteidigung. Deswegen war mir vermutlich auch weder ein Fernseher noch ein Radio noch ein Internetanschluss hinterlassen worden.

Wenn das alles für Eltern galt, dann galt es wahrscheinlich auch in gewissem Maß für Mr. Lester. Vielleicht war es gar nicht schlecht, dass er mitten auf dem Meer herumtuckerte, wenn das Vergessen zuschlug. Aber mich darüber zu freuen, fiel mir schwer. Er hatte den ganzen Domino-Prozess von seinen bescheidenen Anfängen an miterlebt. Er hätte mich wegen der gestrigen Katastrophe bedauert; im Gegensatz zu Julie hätte er erkennen können, was ich verloren hatte. Seufzend kaute ich den letzten Bissen meines Sandwichs. Es gab keine Ausrede mehr, mich nicht wieder an die Arbeit zu machen.

Es ging frustrierend langsam voran. Als die späte Nachmittagssonne durch das Küchenfenster schien, spürte ich, wie meine Konzentration nachließ. Rücken und Oberschenkel schmerzten, und ich wusste, dass in diesem Zustand häufig Fehler passierten. Aber ich ließ nicht locker und machte mich an eine weitere Reihe umgestürzter Dominos.

Verbitterung nagte an mir. Wiederaufzubauen war nicht so befriedigend, wie neu aufzubauen. Es fehlte jedes Gefühl von Innovation. Eigentlich war es sogar noch schlimmer, denn sobald es geschafft war, wurde die Arbeit dahinter unsichtbar. Niemand, der das fertige Produkt betrachtete, sah ihm seine Geschichte an, den Schweiß und die Mühe behobener Fehlschläge. Man musste es wissen, um das Wesen dahinter zu erkennen. Doch immerhin die Lieferantin wusste, was hier passiert war; vielleicht würde Julie, wenn sie das nächste Mal hier auftauchte, erwähnen, wie weit ich mit dem Wiederaufbau gekommen war. In zwölf Tagen würde sie dann die Einzige sein, die davon wusste, nachdem selbst ich es vergessen hatte. Sie – eine völlig Fremde.

Der ganze Sinn der Dominos lag darin, meine Geschichte zu erzählen. Meine Geschichte zu *sein*. Ein Staffelstab, der mir von meinem früheren Ich entgegengestreckt und letzten Endes an die wartende Hand der Zukunft weitergereicht wurde.

Wiederaufbau – Arbeit, die einen Riss in der Geschichte übertünchte, als hätte er sich nie ereignet – kam mir falsch vor. Die Dominos kippten oder sie kippten nicht. So oder so konnten sie nicht die ganze Geschichte erzählen von dem, was passiert war und was ich getan hatte. Um die Widrigkeiten und Fallstricke in die Zukunft zu übermitteln, brauchte man genau das, was mir fehlte. Erinnerung.

Es fiel mir wie Schuppen von den Augen. *Ich könnte es aufschreiben*. Eine Chronik. Nicht nur den Notfallbrief, den ich immer mit mir herumtrug. Es ging mir um die *Erinnerung*: ein Tagebuch, in dem meine letzten zwölf Tage geschildert wurden.

Die Idee ließ mein Herz schneller schlagen. Ich würde ein neues Notizbuch kaufen müssen. Mein Blöckchen reichte nicht. In dem kleinen Laden an der Ecke gab es ein Schreibwarenregal mit guten Kugelschreibern und, da war ich mir sicher, gebundenen Notizbüchern. Vielleicht ein bisschen schicker als nötig, aber wahrscheinlich noch innerhalb meines Budgets.

Nachdem die Idee einmal Gestalt angenommen hatte, ließ sie mich nicht mehr los. Mit den Dominos war ich für heute sowieso fertig. Wenn ich mir zu viel abverlangte, machte ich nur wieder einen Fehler und landete genau da, wo ich heute angefangen hatte.

Von neu gewonnener Energie gepackt, rieb ich mir die Hände. Jeder Ausflug nach draußen, egal, wie kurz er auch sein mochte, musste gut vorbereitet werden. Obwohl vieles dafürsprach, dass das Vergessen weiterhin in regelmäßigen Abständen und damit in exakt zwölf Tagen auftrat, war das nicht garantiert. In einem Telefonat, das ich in meiner ersten Woche mit Dr. Varna führte, hatte sie betont, wie unklug es sei, mich darauf zu verlassen, dass meine Krankheit strikt einem Zeitplan folgte. Deshalb musste ich alles dabeihaben, um im Notfall nach Hause zurückfinden zu können. Ich sammelte die nötige Ausrüstung zusammen und packte sie in meinem Rucksack. Schlüssel, Geldbeutel, Karte, Brief.

Meine Wohnungstür war mit zwei Schlössern ausgestattet, einem normalen alten und einem nagelneuen Zusatzschloss. Wahrscheinlich hatte mein letztes Ich das neue Schloss angebracht. Den Schlüssel hatte er in den Umschlag mit dem Brief gesteckt und so sichergestellt, dass ich mich nicht hinauswagen konnte, ohne ihn zu lesen und zu erfahren, warum ich das besser nicht tun sollte.

Tief durchatmen. Es musste ein paar Wochen her sein, dass ich das letzte Mal draußen gewesen war. Ich schluckte, drehte den Schlüssel und trat aus der Tür.

Im Freien verdeckten hohe Gebäude und Hügel die untergehende Sonne. In der Dämmerung leuchteten nach und nach die gelben Straßenlaternen auf. Die Abendluft roch frisch und lebendig, eine milde Brise wehte durch die breiten Straßen. Es fühlte sich wärmer an, als ich es in Erinnerung hatte. In meiner Wohnung hatte ich Klimaanlage und Zentralheizung, sodass ich den Wechsel der Jahreszeiten kaum mitbekam. Bei meinem letzten Ausgang hatte ein Hauch von Kälte in der Luft gehangen, jetzt aber nicht mehr. Die Welt hatte sich verändert.

Der Laden an der Ecke bot geeignete Notizbücher zu einem sehr vernünftigen Preis an; nur 4,95 Dollar plus einen Dollar für den Stift. Ich gönnte mir noch eine Fleischpastete und eine Limo und setzte mich an einen der kleinen Tische vor dem Geschäft. Auf Passanten musste ich einen völlig normalen Eindruck machen. Einfach ein Mann, der sich einen kleinen Imbiss im Laden an der Ecke holte.

Die meisten, die vorbeikamen, waren Pendler auf dem Heimweg. Auf gewisse Weise hatte ich eine Verbindung zu ihnen, auch wenn sie das nicht wissen konnten. Als ich Dr. Varna am Telefon fragte, woher das Geld für meine Rente kam, schwang ein Achselzucken in ihrer Stimme. »Vom Staat«, sagte sie. »Steuerzahler.« Sie wirkte amüsiert. »Wollen Sie den Steuerzahlern etwas Gutes tun? Dann sorgen Sie dafür, dass Sie nicht in einer Einrichtung landen. Ein Krankenhausbett kostet am Tag mehr als Ihre Rente im ganzen Monat.« Trotzdem war ich der gesichtslosen Menge dankbar. Sie bezahlten so lange für meine Krankheit, bis sie schließlich abklang, was nach Ansicht der Ärztin Jahre dauern konnte.

Als ich nach Hause kam, war es kurz vor sieben, aber das letzte Licht färbte den Himmel im Westen immer noch goldgelb. Die Tage waren nicht nur wärmer, sondern auch länger geworden. Kaum in der Wohnung, setzte ich mich an den Küchentisch, nahm den Stift und schlug die erste Seite des Notizbuchs auf. Sauberes weißes Papier. Dünne blaue Linien.

Ich wollte für jeden meiner letzten zwölf Tage einen Eintrag schreiben.

Eine Erinnerung glomm in meinem Gedächtnis auf. Wie all meine verbliebenen Erinnerungen war sie so tief in der Kindheit vergraben, dass meine Krankheit sie nicht vertreiben konnte. In der vierten Klasse hatte ein Lehrer, der mir damals unglaublich alt erschien, uns alle gefragt, welches Buch wir auf eine einsame Insel mitnehmen würden. Unzählige Hände in der Luft; alle möglichen Titel wurden gerufen. Die beste Antwort kam von einem schlagfertigen Mädchen, das einen Ratgeber vorschlug, wie man auf einer einsamen Insel überlebte.

Ich aber hatte all die Jahre gebraucht, um zu begreifen, dass es nur eine Antwort gab.

Was für ein Buch nimmst du auf eine einsame Insel mit?

Ein leeres. Und einen Stift.

Um 18.38 Uhr am 13. September schrieb ich drei kleine Wörter – und die Erinnerung begann.

TAG elf

Der Wecker warf mich aus dem Bett. Mittwoch. Für einen Außenstehenden war der heutige Tag nichts Besonderes, aber bei jedem Atemzug, jedem vorsichtigen Schritt durch die Dominosteine hatte ich das Tagebuch im Hinterkopf. Jetzt, da ich eine Methode hatte, das Vergessen durch Erinnerungen auszuspielen, schien jeder Augenblick eine neue Bedeutung zu bekommen.

Heute konnte ich etwas dazulernen.

Nur in Pyjama-Shorts stürzte ich mich in meinen Frühsport und wärmte meine Muskeln in der klimatisierten Luft auf. Bis gestern schienen die Übungen die beste Möglichkeit, mein künftiges Ich zu prägen. Das Vergessen mochte ja meine Erinnerungen zerstören, aber Fleisch und Knochen, Muskeln und Sehnen konnte es nichts anhaben. Und Sehnen konnten gedehnt werden. Muskeln aufgebaut. Die Übungen von heute reichten über das Vergessen hinaus zu meinem künftigen Ich.

Das Programm auszuarbeiten hatte eine Menge Spaß gemacht. In dem Brief war nur kurz die Rede von »Frühsport« gewesen. Ohne jegliche Ausrüstung in meiner Wohnung blieb mir nur, aus meinem Körper selbst genauere Informationen herauszuholen. In den ersten zwei Wochen tastete ich mich durch immer neue

Kräftigungsübungen: Liegestütz (auf Handflächen und Knöcheln), Unterarmstütz (seitlich und normal), Kniebeugen, Crunches, Ausfallschritte. Dann das Kardioprogramm: Hampelmänner, Burpees. Und weiter. Irgendwie wusste mein Körper, was als Nächstes kam und wie es ausgeführt werden sollte. Jeden Tag kitzelte ich ein neues Element heraus, wie ein Musiker, dessen Finger sich an eine Melodie erinnerten, die der bewusste Verstand längst vergessen hatte. Dessen Finger sich erinnern *wollten* – ein Bewegungsdrang, der in Fleisch und Nerven eingebrannt war.

Klimmzüge waren die letzte Übung, die ich entdeckte, fast einen Monat später als die anderen. An jenem Morgen war ich nach meinen Übungen auf dem Weg ins Schlafzimmer, als ich nach der Oberkante des Türrahmens griff. Ohne jedes Nachdenken, als zupfte ein Puppenspieler an den unsichtbaren Schnüren an meinen Handgelenken. Meine Bizeps spannten sich, und schon ging es aufwärts – bis ich handfeste Beweise für das Training meines vergangenen Ichs vor Augen hatte. Staub und Schmutz bedeckten die Oberkante des Türrahmens. Aber zwei Stellen waren nur leicht verdreckt: genau die, auf denen meine Hände lagen. Die Vergangenheit mochte ja vor meinem Bewusstsein versteckt sein, aber die Spuren waren überall, wenn man nur wusste, wo man danach suchen musste.

Diese Vergangenheit konnte ich jetzt spüren, während meine Muskeln durch die Bewegung aufgewärmt wurden, sich ein vertrautes Gefühl ausbreitete und mein Körper allmählich seinen Rhythmus fand. Ich zog mein Programm durch und dann noch ein zweites Mal, bevor ich mich atemlos und schwitzend den Dehnübungen zuwandte. Bezüglich dessen, was er konnte und was nicht, wies mein Körper so viele Indizien auf wie ein Tatort. Und nicht nur der Körper, auch der Geist. Die Wörter, die ich wählte, enthielten Hinweise auf die Vergangenheit. Beim Dehnen konnte ich jede Muskelgruppe benennen, eine nach der anderen: Quadrizeps, Trapezmuskel, Gluteus Maximus, Latissimus, Kniebeuger, Adduktoren und so weiter. Wer kannte solche Begriffe? Jeder? Niemand? Nur Menschen wie ich?

Und wer könnte das sein?

Schließlich sprang ich unter die Dusche. Meine Haut prickelte von den Übungen und dem Dehnen und dem heißen Wasser, und ich fühlte mich bereit für die Herausforderung, vor der ich mich gestern erfolgreich gedrückt hatte: zu berechnen, wie weit mich der Unfall am Montag zurückgeworfen hatte. Vielleicht war das Ergebnis furchtbar. Aber zumindest hatte ich heute das Tagebuch. Indem ich alles aufschrieb und an mein künftiges Ich weitergab, hatte ich das Gefühl, es könnte etwas Positives dabei herauskommen. Als hätte ich ausnahmsweise einmal die Chance, aus meinen Fehlern zu lernen.

Während ich am Küchentisch meine Cornflakes aß, wappnete ich mich innerlich und begann die Berechnung.

Montag: Tag dreizehn. Früher Abend, und alles lief planmäßig. Circa siebenundvierzigtausend Dominos – weit über die Hälfte der Gesamtmenge – standen an ihrem Platz. Acht der siebzehn Podeste waren aufgebaut, zusammen mit den Verbindungsbrücken. Das war eine echte Leistung: Die Arbeit an den Podesten brauchte Zeit.

Dann der Unfall. Fast die Hälfte der Dominos am Fußboden waren umgekippt: um die fünfzehntausend. Tagelange Arbeit in Sekunden zerstört. Irgendwie musste ich den Zusatzaufwand in meine verbliebenen Stunden quetschen. Gestern hatte sich erwiesen, dass der Wiederaufbau schneller ging als der ursprüngliche, trotzdem musste ich an den nächsten elf Tagen jeweils neun Stunden daran arbeiten. Ich wusste nicht, ob ein Neun-Stunden-Tag möglich war. Wenn meine Konzentration gegen Ende nachließ – so wie am Montag –, waren die letzten Stunden nicht nur ineffektiv, sondern gefährlich.

Aber mehr als es zu versuchen, konnte ich nicht. Demoralisiert herumzusitzen half mir nicht weiter. Ich straffte die Schultern und ging ins Wohnzimmer. Die Kunst war, das Mammutprojekt in kleinere, überschaubarere Abschnitte aufzuteilen.

Im Nachhinein erkannte ich, dass ich mehr Spielraum für die unvermeidlichen Rückschläge gehabt hätte, wenn ich früher in Vollzeit zu arbeiten begonnen hätte. Aber das Aufstellen der Dominos zu lernen und den Aufbau vernünftig zu planen, hatte eine Menge Zeit in Anspruch genommen.

Andererseits war es auch aufregend, dass das Projekt erst in letzter Minute fertig wurde. Die Vorstellung, an Tag null noch fieberhaft zu arbeiten und im Wettlauf mit der Zeit die letzten Steine aufzustellen. Was sonst sollte ich an diesem Tag tun, außer mir die dahinschwindenden Stunden zu vertreiben und auf das Ende zu warten? Die Aussicht, an meinem einzigen Auftrag zu scheitern, würde mich vielleicht deprimiert und wütend machen, aber zumindest hätte ich in den letzten Momenten keine freie Zeit für mich und meine Gedanken.

Ich stellte eine weitere Dominoreihe auf, meine Hände wurden immer schneller, die Steine sprangen fast allein in Position.

Die Ecke war fertig: perfekt. Ich nahm einen mittigeren Bereich in Angriff. Stockte.

Hier lag die Ursache für das Desaster vom Montag: Das komplizierte Muster mit den Windungen, bei dem sich ein Kompletteinsturz nicht verhindern ließ, sobald ein einziger Domino fiel. Ich hätte den ganzen Bereich neu gestalten können, aber das Spiralmuster war das Kernstück – es steuerte das Timing der gesamten Kettenreaktion. Es zu entfernen war, als risse man das

Herz heraus. Mit zusammengebissenen Zähnen streckte ich den Arm aus, um einen der Spiralarme aufzustellen.

Und stieß mit den Fingern gegen einen stehenden Domino.

Mir stockte der Atem. Wie in Zeitlupe neigte sich der Stein, wackelte. Da ich die Hände voller Dominos hatte, konnte ich nichts unternehmen, als er schließlich umkippte und gegen seinen Nachbarn stieß und …

Nichts passierte.

Wie durch ein Wunder blieb der Nachbarstein stehen. In der Mitte der Spirale waren die Kurven am engsten. Durch den Winkel und den zögerlichen Fall des ersten Steins war der zweite unversehrt geblieben. Mit angehaltenem Atem und so vorsichtig, als wäre es Kristallglas, griff ich nach dem umgefallenen Stein und brachte ihn in Sicherheit.

Okay.

Ich holte tief Luft und zog mich in den freien Mittelgang zurück, wo ich die Hände nach den Zehen streckte und mit den Fingern, Knöcheln und schließlich den Handflächen den Boden berührte. Nach und nach linderten die Dehnübungen den Anflug von Panik. Katastrophe vermieden.

Trotzdem, es war eine Warnung: Es mussten Zugeständnisse gemacht werden. Ich konnte nicht so schnell an komplexen Mustern arbeiten, ohne ein Risiko einzugehen, und Risiken konnte ich mir nicht leisten. Julies Worte gingen mir durch den Kopf: *Sie brauchen eine Methode, um den Schaden zu begrenzen. Eine Art Schranke.* Sie hatte nur einen kurzen Blick auf den Trümmerhaufen werfen müssen, um den Nagel auf den Kopf zu treffen. Auf der Suche nach Ideen sah ich mich um. Wenn man ein so spartanisches Leben führte, lagen nicht viele überflüssige Dinge in der Wohnung herum, nur die gesammelten Plastiktüten von meinen Lieferungen und die Verpackung der Dominosteine: ein Dutzend leere Kartons.

Ich betrachtete sie prüfend.

Ja. Die Pappe war stabil, aber dünn genug, um in die Lücken zwischen den Dominos zu passen. Mit einem Teppichmesser machte ich mich an die Arbeit, bis ich einen Haufen rechteckiger Sperren hatte, die ich, eine nach der anderen, einsetzte. Langsam, vorsichtig, bis eine Art Pappkartongitter in den Windungen und Kurven der Steine steckte. Dann widmete ich mich wieder der eigentlichen Arbeit. Als ich beschloss, Mittagspause zu machen, ging der Wiederaufbau schneller voran als je zuvor, und es zeigte sich, dass das Einfügen der Sperren gut investierte Zeit gewesen war.

Ich holte Tomaten, Käse und Schinken aus dem Kühlschrank, griff nach einer Packung Mehrkorntoast – und stellte fest, dass es sich um Rosinenbrot handelte. Und zwar bei allen drei Broten, die Julie geliefert hatte, Vorrat für die ganze Woche.

Solche Fehler waren besonders ärgerlich, da sich meine Bestellung nie änderte. Wie alles andere in meinem Leben – Miete, Strom, Postzustellung – waren die Lebensmittelbestellungen von meinem Vorgänger eingerichtet worden und wurden automatisch von meinem Konto abgebucht. Soweit möglich, hatte ich alles so belassen, um ein Gefühl von Kontinuität zu haben. Es war nur eine Kleinigkeit. Aber Kleinigkeiten waren alles, was ich hatte.

In jedem Fall kam Rosinenbrot zum Mittagessen nicht in Frage. Ich holte Julies Visitenkarte aus dem Karton, wählte die Nummer und erklärte das Problem. Sie schien nicht gerade begeistert über eine zusätzliche Lieferung und schaffte es heute ohnehin nicht mehr. Schließlich einigten wir uns auf morgen Vormittag, und ich machte mir ein Sandwich ohne Brot, was ungefähr so gut schmeckte, wie es klingt.

Am Nachmittag ging die Arbeit gut voran, aber gegen drei fing ich an, auf die Uhr zu sehen. Trotz meiner nachlassenden Konzentration fuhr ich fort, weil ich darauf vertraute, dass die Sperren die Folgen einer Unachtsamkeit begrenzen würden. Vier Uhr schlich vorbei, dann war es endlich halb fünf, und mein erster Neun-Stunden-Tag war geschafft.

Ich hockte mich hin und betrachtete mein Tagwerk. Die Katastrophe von Montag war größtenteils behoben, es sah aus, als hätte ich über drei Viertel der umgefallenen Steine wieder aufgestellt. Nur zwei- oder dreitausend fehlten noch, die mussten bis morgen warten.

Ich machte mir ein einfaches Abendessen und ging damit auf den Balkon. Es war schon eine Weile her, dass ich mich dort draußen aufgehalten hatte. Nach einem harten Arbeitstag, in der Hocke und verdreht, fühlte sich das Sitzen so gut an, dass mir fast schwindelig wurde.

Nach dem Essen blieb ich noch lange auf dem Balkon und sah zu, wie die Sonne über den Bergen hinter der Stadt verschwand. Eine sanfte Brise ließ mein Hemd flattern und zerzauste mir die Haare, während der Abend hereinbrach und die Lichter der Stadt aufleuchteten.

Morgen wären die letzten Spuren der Katastrophe beseitigt; an sie erinnern würde nur noch der Eintrag in meinem Tagebuch. Das war doch was.

TAG

zehn

Wecker um sechs Uhr. Das dritte Mal in Folge früh aufgestanden.

Ich rollte mich aus dem Bett und absolvierte meine ersten Übungen noch im Halbschlaf. An den besten Tagen – Tagen wie diesem – fühlte ich mich wie ein Bildhauer, der einen Marmorblock bearbeitete. Jede Kraftanstrengung, jeder Schweißtropfen, der über meine Wange lief, gestaltete mein künftiges Ich.

Nach dem Duschen und Frühstücken spülte ich und räumte die Küche auf. Komisch, für Mr. Lester hatte ich nie geputzt.

Oder vielleicht doch nicht so komisch. Bis gestern hatte ich keine Erinnerung daran, jemals mit einer jungen Frau gesprochen zu haben, ganz zu schweigen davon, sie in meine Wohnung einzuladen. Meine einzige echte Begegnung (wenn man es so nennen wollte) hatte acht oder neun Wochen nach dem Neustart meines Gedächtnisses stattgefunden. Ich hatte genug Selbstvertrauen aufgebaut, um mich der Außenwelt zu stellen, und freute mich jeden Abend auf einen langen Spaziergang bei Sonnenuntergang über den gewundenen Pfad durch den Park zur Uferpromenade. Wenn die Sonne versank und die Lichter am Fluss zu glitzern begannen, kehrte ich immer um und ging zurück nach Hause.

Ich sah gern den Joggern zu. Während der Rest der Welt trottete und stapfte, flogen die Jogger förmlich über den Weg, lebendig und energiegeladen.

An jenem Abend war ich erst kurz unterwegs, als mir eine Joggerin entgegenkam. Im Lauf der Wochen hatte ich mir die Verkehrsregeln eingeprägt, nach denen die verschiedenen Freizeitnutzer sich im Park bewegten, und normalerweise war es nicht besonders schwierig, den anderen auszuweichen, aber an diesem Abend war ich offenbar mit den Gedanken woanders. Als ich merkte, was los war, stießen wir schon fast zusammen.

Ich bekam nur einen kurzen Eindruck – schweißglänzende Haut, glatte dunkle Strähnen, die sich aus dem Pferdeschwanz gelöst hatten und das Gesicht einrahmten, eine schnittige schwarze Sport-Sonnenbrille – und sprang im selben Augenblick zur Seite wie sie. Und zwar in dieselbe Richtung. Sie wich abrupt aus, landete mit dem Fuß auf der Wegkante, und augenblicklich löste sich all ihre Anmut in Luft auf. Sie kippte nach vorn, den Knöchel seitlich verdreht.

Ohne nachzudenken, machte ich Anstalten, sie aufzufangen. Ich wusste, dass es klappen konnte. Sie war nah genug, und ich war schnell genug. Doch plötzlich sah ich vor meinem geistigen Auge, wie meine Hände nach ihr griffen, und blieb erschrocken stehen.

Wie würde sie reagieren? War es in Ordnung – erlaubt –, eine Frau anzufassen, die man nicht kannte? Während ich noch zögerte, knickte ihr Knöchel ein und sie stürzte mit einem Aufschrei ins Gras.

Entsetzt musterte ich ihre zusammengesackte Gestalt. Ich wollte ihr helfen, wirklich, aber die Scham überwältigte mich. Ich wich zurück und betete bei jedem Schritt, dass sie nicht den Kopf heben und sehen würde, wie ich die Flucht ergriff. Schließlich machte ich kehrt und ging weiter, bis mich ein Grüppchen Palisanderholzbäume ihren Blicken entzog.

Wochenlang quälten mich deswegen Schuldgefühle. Ich lag nachts wach und fragte mich, ob sie sich den Knöchel verstaucht oder nur verdreht hatte. Meine Abendspaziergänge stellte ich komplett ein.

Kein Wunder also, dass ich jetzt nervös war. Aber es half ja nichts, da musste ich durch. Julie würde weiterhin schön bleiben und ich peinlich. Wenigstens konnte ich etwas Trost aus ihrer abweisenden Haltung und ihrer Stöpsel-im-Ohr-Gleichgültigkeit ziehen.

Ich konzentrierte mich auf etwas, das ich tatsächlich kontrollieren konnte, und ging ins Wohnzimmer, um eine neue Reihe aufzustellen.

Als das Klopfen an der Tür und der Ruf »Lieferdienst« durch die Wohnung hallten, war es später Vormittag. Der Unfall vom Montag war Geschichte. Kein einziger umgefallener Stein war mehr zu sehen. Wäre das Ereignis nicht in meinem Tagebuch verzeichnet gewesen, hätte niemand jemals davon erfahren. Außer Julie natürlich.

Ich entriegelte die Tür und öffnete sie. Ein Ohrstöpsel, genau wie beim letzten Mal.

»Hallo«, sagte sie mit einem höflichen Lächeln.

»Danke, dass Sie noch mal gekommen sind.«

»Kein Problem.« Sie reichte mir zwei Einkaufstüten. »Dreimal Mehrkorntoast.«

»Danke.«

»Entschuldigen Sie das Versehen.« Sie zog ein Klemmbrett und einen Stift hervor. »Können wir kurz das Bestellformular durchgehen, um sicherzugehen, dass sonst alles stimmt? Sieht so aus, als wäre es schon länger nicht mehr überprüft worden.«

»Klar, kein Problem.« Ich hatte die Hände mit den Tüten voll. »Ähm. Möchten Sie reinkommen?«

Ich brachte die Tüten in die Küche. Julie wartete im Wohnzimmer. Als ich zurückkam, sah sie von einer Seite zur anderen und nickte.

»Ja«, sagte ich. »Die Sperren waren eine gute Idee.«

»Hm.« Sie reichte mir das Klemmbrett und den Stift.

Ich ging die Liste durch und hakte die Artikel ab. Alles schien in Ordnung.

»Sie haben doppelt so viele wie nötig aufgestellt. Dadurch sind diese größeren Lücken entstanden.«

Ich folgte ihrem Blick zu den Pappkärtchen.

»Sehen Sie?« Sie zupfte sich den Stöpsel aus dem Ohr. »Jeder Abschnitt hat eine eigene Sperre. Deshalb haben Sie diese ganzen doppelten Wände, die unnötig Platz verbrauchen. Wenn Sie einfach halb so viele aufstellen und Abstand dazwischen lassen, haben Sie denselben Effekt.«

»Ah, verstehe.« Ich war erleichtert, als ich begriff, was sie meinte. Die meisten Dominos konnten durch die Sperre geschützt werden, die die Nachbargruppe absicherten. Nachdem sie es erklärt hatte, war es offensichtlich. »Danke. Guter Tipp.«

»Hm.« Sie tippte sich bescheiden mit dem Stift an die Stirn. »Wenn es sein muss, kann ich sehr strate…« Ein elektronisches Kreischen übertönte sie und hallte mit atemberaubender Nachdrücklichkeit von den Wänden wider.

»Was ist das?«, schrie Julie mit den Händen auf den Ohren. »Ein Feueralarm? Ist heute eine Übung?«

»Keine Ahnung.« Meine Stimme ging in dem Lärm unter. Ich versuchte es noch einmal, lauter: »Ich glaube, nicht.« Julies Beispiel folgend drückte ich mir die Hände auf die Ohren, aber der Lärm war gnadenlos.

Die Dominos blieben noch stehen, aber wenn die Vibrationen, die in meinen Ohren dröhnten, sich durch den Fußboden fortsetzten, ging das nicht lange gut. Mein Herz zog sich zusammen. Die Sperren konnten verhindern, dass ein einzelnes Missgeschick den ganzen Aufbau zum Einsturz brachte, aber gegen einen Generalangriff konnten sie nichts ausrichten.

Ich löste die rechte Hand vom Ohr und legte sie flach auf die Wand.

Nichts.

Trotz des Krachs empfand ich Erleichterung. Julie sah mich an, dann ging sie geschmeidig in die Hocke und legte eine Hand auf den Boden. Sie lächelte zu mir auf und nickte. Eine nette Geste, für die ich dankbar war. Vermutlich lag sie richtig, was den Lärm anging. Ein Feueralarm. Das Geräusch kam aus dem Gebäude selbst. Es konnte nichts anderes sein.

»Wir sollten rausgehen.« Julie musste sich vorbeugen und schreien, um sich verständlich zu machen. »Soll ich Ihnen helfen, irgendwelche Sachen mitzunehmen?«

Sie hatte recht – der Lärm war nicht die Bedrohung: Der Lärm sollte uns vor der Bedrohung warnen.

Feuer.

Das ganze Haus konnte in Flammen stehen. Es ging nicht nur um die Dominos, die komplette Wohnung konnte ausbrennen. Mit offenem Mund stand ich da und versuchte zu begreifen, was das bedeutete. Die Wohnung enthielt mein gesamtes Leben. Jede Erinnerung, jeder Hinweis auf meine Vergangenheit, all die Dinge, mit denen ich für die Zukunft vorgesorgt hatte, befanden sich in diesen vier Wänden. Ich schüttelte mich. Was sollte ich mitnehmen? Als ich in die Küche stürmte, folgte Julie mir.

Ich schnappte mir den Rucksack und lief zur Aktenkiste. Aus

all den Sachen zog ich nur den Brief meines vorigen Ichs und den Befund der Ärztin heraus. Beides schob ich in den Rucksack, dicht an die versteifte Rückseite, damit es nicht verknitterte. Dann schüttete ich den Inhalt meiner Andenkenkiste in den Rucksack. Trotz der Eile vergewisserte ich mich, ob alles da war: der kleine Elefant aus dunklem Holz, das Perlenarmband, die kleine, aber massive Kristallvase, die Amethystdruse, das gravierte Kupfermedaillon und … Wo war der Schlüssel? Beinahe hätte ich das alte Ding übersehen, das sich, getarnt durch seine schmutzige Farbe, in einer Ecke der Kiste versteckte. Okay: die Brieftasche mit den mühsam ersparten hundertvierzig Dollar in Zwanzigern, die Wohnungsschlüssel – und natürlich das neue Tagebuch. Das durfte ich auf keinen Fall vergessen.

Fertig. Mein Leben in einem Rucksack. Der nicht einmal voll war.

Ich wandte mich zu Julie um. Sie sah in die andere Richtung, zur offenen Wohnungstür, und ihr Gesicht war kreideweiß.

Sie sagte etwas – oder zumindest bewegten sich ihre Lippen, als bildeten sie Wörter. Nein, ein Wort, immer wieder. Aber nichts durchdrang den Lärm der Sirene.

Rauch.

In dem Augenblick, als der Geruch in meiner Nase kribbelte, erkannte ich auch das Wort auf Julies Lippen. Wir sahen eine dünne schwarze Wolke durch die Tür strömen, pulsierend wie ein lebendiges Wesen.

»Ich kann nicht …« Julie schüttelte den Kopf. Ihr Blick schnellte zu mir und dann zurück zu dem eindringenden Qualm. Sie schien vor Schreck gelähmt.

Schweiß glänzte auf ihrer zu bleichen Haut. Sie strahlte nackte Angst aus, obwohl ich derjenige hätte sein sollen, der in Panik war. Schließlich war es meine Wohnung, die in Gefahr war. Julie streckte den Arm aus und klammerte sich an meinem Hemd fest, ohne die Rauchwolke aus den Augen zu lassen.

»Keine Angst.« Ich versuchte, ruhig zu klingen, obwohl ich schrie. Nicht ganz einfach. »Die Feuertreppe ist gleich da draußen. Uns passiert nichts.«

»Ro-Robert«, stotterte sie. »Ich kann da nicht raus. Ich hab schon mal einen Brand erlebt.« Sie starrte mich mit großen Augen an und zog mich an sich. »Es war der Rauch«, sagte sie, als erklärte das irgendetwas.

Ich legte meinen Arm um ihre Schultern. Sie drückte sich fest an mich. Mein Herz klopfte schneller.

»Schon gut.« Ich beugte mich an ihr Ohr. »Wir gehen zusammen runter. Uns passiert nichts.«

So dicht an ihrem Gesicht konnte ich ihre Panik fast spüren. Ihre Schultern hoben und senkten sich, als sie einmal tief durchatmete. »Okay.«

Ich schlang den Arm enger um sie und zog sie auf die Wohnungstür und den sich kringelnden Qualm zu. Der Weg durch die Dominos war nicht für zwei nebeneinander hergehende Menschen gemacht. Sie war in Panik, und ich wiederum machte mir Sorgen, dass sie auf meine Pappsperren trat. Aber wir schafften es, das Wohnzimmer ohne Zwischenfall zu durchqueren, und quetschten uns durch die Tür.

Auf dem Flur war der Rauch dichter und brannte mir in Augen und Hals. Es war zwar nicht annähernd so heiß, wie ich befürchtet hatte – vielleicht brannte es auf der anderen Seite des Gebäudes (bitte, hoffentlich war es so!) –, aber ich konnte das grüne Leuchtschild über der Tür zum Treppenhaus nicht erkennen. Es war sicher nicht mehr als zwanzig oder dreißig Schritte entfernt. Wenn ich mich an der Wand entlangtastete, würde ich zwangsläufig auf den Notausgang stoßen.

Da blieb Julie so abrupt stehen, dass ich beinahe über sie fiel. Verdammt. Vielleicht musste ich sie wie ein Feuerwehrmann auf den Schultern heraustragen.

»Tür zumachen«, flüsterte sie gepresst, »um die Ausbreitung zu verlangsamen.«

Ich nickte und schob die Tür hinter uns weiter auf, um den Keil aus dem Türspalt zu lösen. Er fiel zu Boden, und die Wohnungstür schlug zu. Wir standen im Dunkeln, eingehüllt von Rauch. Es war nicht schwer nachzuvollziehen, warum der vorige Brand bei Julie solche Spuren hinterlassen hatte.

Aber es war immer noch keine Hitze zu spüren, und meine Augen brannten weniger stark. »Hier lang.« Schritt für Schritt drangen wir in die Dunkelheit vor. Angst wallte in mir auf. Zu viele Schritte, ohne die Tür zu erreichen. Trotz des Feueralarms hörte ich das Blut durch meine Adern rauschen, in meinen Ohren pochen.

Schließlich stieß ich mit der Hand an einen Türrahmen, und das Leuchtschild darüber tauchte auf. Eine Woge der Erleichterung. Die Tür ließ sich problemlos öffnen, ich schob mich mit Julie im Schlepptau hindurch, und als sie hinter uns zuschlug, standen wir in einer Oase aus frischer sauberer Luft und Neonbeleuchtung. Hellgraue Betonstufen und weiß gestrichene Wände. Ich holte tief Luft. Keine Hitze zu spüren. Nicht einmal ein Hauch von Qualm. Der Alarm schrillte weiter, aber die massiven Mauern des Notausgangs dämpften ihn.

Julie lachte. Ein Laut purer Erleichterung, der durch das Treppenhaus hallte. Sie ließ mein Hemd los. Als sie sich aufrichtete, entstand ein winziger, unsichtbarer Abstand zwischen uns. Ich löste meinen Arm von ihren Schultern, sie rückte von mir ab.

»Danke.« Julie sah auf ihre Füße. »Entschuldigung.«

»Kein Problem. Ich hatte auch Angst.« Ein merkwürdiges

Gefühl der Leere blieb dort zurück, wo sie gerade noch gewesen war. »Gehen wir besser weiter.«

Fünfter Stock bedeutete, dass wir zehn Treppen hinuntersteigen mussten – genug Zeit, um mir wieder Sorgen um meine Wohnung zu machen. Was würde ich tun, wenn sie ausbrannte? Normalerweise wären die hundertvierzig Dollar in meiner Brieftasche eine Menge Geld, aber für eine neue Bleibe würden sie absolut nicht ausreichen. Und das Vergessen setzte schon in zehn Tagen ein.

Als wir nach draußen kamen, blinzelten wir in der grellen Mittagssonne. Eine kühle Brise hielt die Hitze in Schach. Ich sah mich nach dem Wohnblock um. Alles schien in Ordnung. Der Alarm war gerade noch zu hören, aber von Rauch oder Feuer war nichts zu sehen.

Einige andere Mieter schlenderten vor uns auf dem Rasen herum. Ich folgte Julie zu ihnen. Einige lächelten und unterhielten sich, andere tippten nur auf ihren Handys. Sie wirkten vollkommen entspannt.

Julie ließ sich ins Gras fallen. »Erst eine Woche im Job und schon ein Brand. Ich sollte eine Gefahrenzulage verlangen.«

Niemand sonst saß auf dem Boden, aber ich konnte schlecht so über ihr aufragen. Ich trat von einem Fuß auf den anderen, dann hockte ich mich neben sie.

Julie setzte sich eine dunkle Sonnenbrille auf. Ich hätte das auch gerne getan, denn die Sonne schien gnadenlos auf uns herab. Meine vom Rauch gereizten Augen tränten. Ich beschattete sie mit den Händen, so gut ich konnte.

Julie kramte in ihren Taschen und holte ein Päckchen Zigaretten und ein Feuerzeug heraus.

Ich wollte nicht unhöflich erscheinen, konnte mir die Frage aber nicht verkneifen: »Sie rauchen, obwohl Sie Angst vor Feuer haben?«

Mit der Zigarette zwischen den Lippen verzog sie den Mund zu einem schiefen Lächeln. »Da besteht ein gewisser Zusammenhang.«

Tiefes Inhalieren, und die Zigarette glühte auf. Julie nahm einen langen Zug und sah dabei aus wie jemand, der zum ersten Mal wieder frische Luft einatmete, nachdem er in einer Kohlengrube eingeschlossen war.

»Du weißt doch – entschuldige, ich bin ganz schlecht im Siezen, duzen wir uns, ja? Jedenfalls wird doch immer davor gewarnt, im Bett zu rauchen, weil man mit der Zigarette in der Hand einschlafen könnte, stimmt's?«

»Ja, klar.«

Sie grinste. »Tja, da ist was dran.« Sie nahm einen weiteren tiefen Zug und ließ sich nach hinten sinken, sodass sie halb im Gras lag. »Als der Feueralarm mich geweckt hat, stand das Zimmer schon halb in Flammen, aber durch den Rauch konnte ich das Feuer kaum sehen. Ich bin schnell rausgerannt, aber meine ganzen Sachen waren im Arsch. Hat mich zu Tode erschreckt.«

»Und dadurch wurde der Brand ausgelöst? Durch deine eigene Zigarette? Hast du danach nicht überlegt, mit dem Rauchen aufzuhören?«

»Natürlich.« Sie nahm einen letzten Zug und drückte die Zigarette auf dem Rasen aus. »Aber so einfach ist das eben nicht. Immerhin rauche ich nicht mehr im Bett.«

Ich sah in den leuchtend blauen Himmel. Keine Spur von Rauch. »Hoffentlich bleibt meine Wohnung verschont.«

»Wir haben keine Flammen gesehen. Manchmal qualmt es besonders stark, gerade weil es kein offenes Feuer gibt.«

Ich schob die Lippen vor. Das klang wie etwas, das man nur sagte, um jemanden zu beruhigen.

»Hat jemand Flammen gesehen?«, rief Julie in Richtung der Gruppe. »Weiß jemand, in welchem Stockwerk es brennt?«

Die Gruppe wandte sich zu ihr um. Eine der Mieterinnen – eine Frau aus dem ersten Stock, glaube ich – war die Erste, die das Wort ergriff, und die anderen taten es ihr nach. Niemand hatte offenbar ein Feuer gesehen. Es klang, als wäre der Rauch auf den fünften Stock beschränkt gewesen. Mein Stockwerk. Bei dem Gedanken verkrampfte sich mein Magen.

Ein älterer Mann sagte, dass irgendwelche idiotischen Jugendlichen manchmal nur aus Spaß Mülleimer anzündeten. Viel Qualm, aber nur ein winziges Feuer. Es war seltsam zu hoffen, dass das ganze Chaos absichtlich ausgelöst worden war, aber wenn das bedeutete, dass meine Wohnung verschont blieb, war es genau das, was ich mir wünschte.

Das Heulen einer Sirene näherte sich und unterbrach Julies Unterhaltung mit den Hausbewohnern. Ein Feuerwehrwagen tauchte auf, fuhr mit blitzendem Blaulicht und brüllendem Motor über den Bordstein und kam holpernd auf dem Rasen zum Stehen. Kräftige Männer mit Helmen und dicken Jacken hasteten aus dem Fahrzeug. Unsere kleine Gruppe machte schnell den Weg frei. Wir versammelten uns im Schatten eines großen Feigenbaums. Knappe Kommandos wurden gebellt, und die Feuerwehrleute teilten sich in mehrere Trupps auf, von denen einer direkt auf den Vordereingang zulief. Sie hatten die Lage unter Kontrolle.

»Wie lange die wohl brauchen?«, fragte Julie. »Mein Rollwagen steht noch da drin.« Sie sah mich an, und sofort hellte sich ihre finstere Miene auf. »Sorry. Du machst dir Sorgen um deine Wohnung, und ich beschwere mich, weil ich auf den Rollwagen warten muss. Ehrlich, es ist bestimmt alles in Ordnung.« Sie lächelte mitfühlend, dann runzelte sie die Stirn. »Ist das Mrs. Davis?«

»Wer?«

Ich folgte Julies Blick. Eine schmale ältere Frau stand auf dem Fußweg neben einem Karton, der ihr fast bis zum Scheitel reichte. Sie sah sich händeringend um.

»Zweiter Stock.« Julie sprang dienstbeflissen auf. »Du bist nicht der Einzige im Haus, den wir beliefern.« Sie begrüßte meine Nachbarin, während ich mich erhob.

Aus ihrer Unterhaltung schloss ich, dass Mrs. Davis ein neues Möbelstück bestellt hatte, das sich in besagtem Karton befand. Die Spedition hatte ihn wegen des Feueralarms einfach auf dem Weg stehen lassen, und jetzt wusste sie nicht weiter.

»Sie sollten wenigstens aus der Sonne gehen«, sagte Julie. »Wir tragen das Ding unter den Baum.« Sie kippte den Karton leicht und wandte sich mir zu. »Los, du Muskelpaket. Mach dich mal nützlich, fass mit an.«

Ich lief zur anderen Seite. Soweit ich mich erinnerte, hatte mich nie jemand je Muskelpaket genannt. Ich war unsicher, was ich davon halten sollte. Auf ein Knie gestützt, schob ich meine Finger unter den Karton und hob ihn an. Nicht allzu schwer für mich, aber Julies schlanke Arme spannten sich an. Unbeeindruckt drehte sie den Oberkörper zur Seite und ging rückwärts. Ich folgte ihr. Meine Nachbarn machten den Weg frei.

Wir kamen unter dem Baum an, und Julie wollte ihre Seite langsam absetzen. Als sie sich bückte, verschob sich der Schwerpunkt des Kartons in ihre Richtung, und sie kippte. »Hey. Verdammt.«

Ich konnte nichts tun. Der Karton drohte mir aus den Händen zu rutschen. Julie taumelte, und ihre Finger waren unter der Kante gefangen.

»Schwerpunkt senken!«, schrie ich. »Breitbeiniger hinstellen.«

Julie schob den hinteren Fuß weiter zur Seite und ging in die Hocke. Ihr Schwerpunkt senkte sich ab, sie stemmte Arme und

Schultern gegen den Karton und stabilisierte ihn. »Alles klar. So geht's.«

So ging es wirklich. Sanft setzte sie den Karton ab.

»Na also, geschafft.« Ich lächelte Julie an, aber sie hatte den Blick abgewandt und ignorierte mich und Mrs. Davis' Dankesbekundungen.

»Verdammt, dieser Qualm …« Ihr Gesicht war von der Anstrengung gerötet, und sie rieb sich die Augen. »Ich muss los. Vor der Mittagspause habe ich noch vier Lieferungen.«

Ich biss mir auf die Lippen. Hatte sich etwas verändert? Lag es an mir? Ich hatte sie *angebrüllt. Schwerpunkt senken. Breitbeiniger hinstellen.* Wo kam das her? Die Worte waren mir einfach so rausgerutscht.

Kein Wunder, dass sie sauer war. Niemand wurde gern herumkommandiert, schon gar nicht von einem verschrobenen Einsiedler wie mir.

Julie schwang sich ihre Tasche über die Schulter. »Könntest du Mrs. Davis später helfen, das in ihre Wohnung zu tragen?« Sie wies mit dem Kinn auf den großen Karton.

»Klar. Kein Problem.«

»Und könntest du den Rollwagen einfach bei dir reinschieben? Dann komme ich morgen vorbei und hole ihn ab.«

»Ja. Natürlich.«

»Prima. Und, übrigens: Danke.« Sie streckte die Hand aus, als wollte sie nach meinem Arm fassen, hielt aber mitten in der Bewegung inne. Der Augenblick verstrich. Sie steckte sich einen Stöpsel ins Ohr, bedachte mich wieder mit diesem höflich-distanzierten Lächeln und ging zur Straße.

Vielleicht war sie doch nicht so sauer, sondern wollte nur ihre Arbeit erledigen. Mit schnellen Schritten lief sie davon. Das Sonnenlicht schien auf ihre dunklen Haare und verlieh ihnen ein rötliches Schimmern. Als sie den Gehweg erreicht hatte, sah sie über die Schulter zu mir.

Dass ich ihr nachstarrte, merkte ich erst, als unsere Blicke sich trafen. Mein Magen zog sich zusammen. Ich fühlte mich, als wäre ich bei etwas Verbotenem ertappt worden. Aber sie wirkte nicht verärgert. Ihre Miene war völlig neutral. Sie drehte sich wieder nach vorn und verschwand aus meinem Blickfeld.

Mein Herz pochte. Der sekundenkurze Blickkontakt hatte mich mehr aufgewühlt als der Feueralarm zuvor. Wenn man keine Erinnerungen aus dem Erwachsenenleben hatte, fiel es einem schwer, zwischenmenschliche Beziehungen zu durchschauen. Belanglose Ereignisse – zwei Menschen sahen sich vielleicht zwei Sekunden lang in die Augen – konnten so leicht übertrieben aufgebauscht werden.

Ich atmete tief durch und konzentrierte mich wieder auf dringendere Angelegenheiten – zum Beispiel den Zustand meiner Wohnung. Die Hektik, die die Feuerwehrleute in den ersten Minuten ausgestrahlt hatten, ließ bereits nach. Ihre Bewegungen wurden langsamer, und knappe Anweisungen wichen entspannter Unterhaltung. Ein gutes Zeichen. Vielleicht war das Ganze tatsächlich viel Rauch um nichts.

Trotzdem sah es nicht so aus, als könnten wir bald in unsere Wohnungen zurückkehren. Das einzig Sinnvolle, was ich im Moment tun konnte, war mich zu entspannen und Kraft zu sammeln, damit ich später die verlorene Zeit aufholen konnte.

Ich ließ mich zu Boden sinken wie Julie vorher und holte meine Erinnerungsstücke aus dem Rucksack, weil ich befürchtete, sie in der Eile beschädigt zu haben.

Eins nach dem anderen überprüfte ich. Der geschnitzte Elefant, der sich immer kompakter anfühlte, als er aussah, lag schwer in meiner Hand, als ich ihn neben das Armband mit den nachtblauen Edelsteinen, die Kristallvase, die Druse, die Kupferscheibe mit den eingravierten fremden Schriftzeichen und den Schlüssel stellte. Alles war unversehrt. Erleichtert packte ich die Sachen wieder ein, legte mich in das weiche Gras und verschränkte die Hände unter dem Kopf.

Einer der Feuerwehrmänner kam zu unserer kleinen Gruppe, um mit uns zu reden. Gute Nachrichten. Das Feuer war gelöscht; anscheinend hatte der ältere Nachbar recht gehabt, und es waren nur Jugendliche gewesen, die einen der großen Mülleimer angezündet hatten. Der Rauch hatte sich fast verzogen, wir durften bald in unsere Wohnungen zurück.

Hoffentlich hatten die Feuerwehrleute nicht meine Wohnung betreten müssen. Ich wollte mir gar nicht vorstellen, wie ein Trupp kräftiger Männer mit schweren Stiefeln, halb blind in dem verqualmten Chaos, durch meine Dominos trampelte.

Aber offen gestanden blieb nach den ganzen Ängsten, die an diesem Morgen auf mich eingestürzt waren, in meinem Kopf kein Platz mehr für weitere. Außerdem schien der Brand im Umkreis der Mülleimer, die auf jeder Etage bei den Aufzügen standen, eingedämmt worden zu sein. Meine Wohnung lag am anderen Ende des Flurs, also waren die Feuerwehrleute mit ein wenig Glück nicht einmal in die Nähe gekommen.

Es dauerte weitere dreißig Minuten, bis wir die Erlaubnis bekamen, in unsere Wohnungen zurückzukehren. Alle strömten zum Eingang. Ich wollte unbedingt schnell nach oben gehen und mir einen Überblick verschaffen, aber ich konnte ja schlecht die alte Dame im Stich lassen. Wir warteten, bis alle hineingegangen waren, dann hievte ich mir den Möbelkarton auf die Schulter. Allein war er unhandlich, aber ich schaffte es. Muskelpaket hatte Julie mich genannt. Vielleicht verbarg mein langärmeliges Hemd weniger, als ich gedacht hatte.

Wir fuhren mit dem Aufzug in den zweiten Stock, und ich stellte den Karton in Mrs. Davis' winzigem Wohnzimmer ab. Ihre Nichte werde später kommen, um ihr beim Aufbau zu helfen, sagte sie, deshalb fühlte ich mich nicht länger verpflichtet. Ich verabschiedete mich, sobald es die Höflichkeit erlaubte, und lief die Feuertreppe hinauf, immer zwei Stufen auf einmal nehmend.

Meine Wohnungstür war zu; Julies Rollwagen stand daneben. Der Türgriff rutschte in meiner Hand und hinterließ eine dünne Rußschicht auf meiner Haut, aber in der Wohnung war alles so, wie ich es hinterlassen hatte. Selbst der Rauch, der hineingeweht war, bevor ich die Tür geschlossen hatte, war abgezogen, ohne einen unangenehmen Geruch zu hinterlassen. Ich stieß ein erleichtertes Lachen aus.

Alles wieder wegzuräumen dauerte nicht lange. Der Brief, der ärztliche Befund und die Erinnerungsstücke wanderten in ihre Kartons, und Julies Rollwagen schob ich in die Küche.

Der Rest des Tages verlief ohne weitere Zwischenfälle. Ich schlug ein strammes Arbeitstempo an, und es tat gut, wieder voranzukommen. Julie hatte recht gehabt damit, dass die Hälfte der Sperren ausreichte, und das sparte Zeit. Außerdem konnten die Dominos auf beiden Seiten der Sperren auf diese Weise dichter zusammengestellt werden: perfekt positioniert für den großen Schlussmoment.

Am späten Nachmittag ließ meine Konzentration nach, und meine Hände verkrampften sich. Der hektische Vormittag forderte seinen Tribut. Vielleicht konnte ich in den verbleibenden neun Tagen irgendwann eine Stunde extra hineinquetschen, aber heute nicht.

Außerdem hatte ich gerade einen Domino-Karton geleert. Und das bedeutete, ich konnte meinen Fortschritt genau bemessen. Eine kurze Berechnung ergab, dass ich soeben die schicksalhafte Fünfzigtausender-Marke überschritten hatte. Ein wohliges Triumphgefühl breitete sich in meiner Brust aus – nur leicht getrübt durch das Wissen, dass ich planmäßig diesen Punkt schon zwei Tage früher erreicht hätte.

Ich machte mir ein schnelles Abendessen und ging damit wieder auf den Balkon, während die Sonne hinter den Häusern der Stadt verschwand. Im Anschluss holte ich Tagebuch und Stift nach draußen und nutzte das letzte Licht, um die Ereignisse des Tages ausführlich zu schildern.

Je länger ich draußen blieb, desto öfter musste ich an den Augenblick denken, als Julie sich zu mir umgedreht hatte. Die Klarheit in ihrem Ausdruck, als wäre eine Maske gefallen. Ich war bisher davon ausgegangen, dass sie einen Freund hatte. Nicht, dass sie einen Ring trug oder so etwas, aber sie war klug und schön und selbstbewusst, warum sollte sie also keinen haben?

Jetzt war ich mir nicht mehr so sicher. Etwas an diesem letzten Moment verunsicherte mich, auch wenn es mich innerlich mit einer merkwürdigen Freude erfüllte.

Müßige Gedanken eines müden Geistes. Ich goss mit dem restlichen Wasser aus meinem Glas eine Topfpflanze und legte mich ins Bett.

TAG neun

Noch neun Tage und über dreißigtausend Dominos, die aufgestellt werden mussten. Selbst diese gewaltige Zahl drückte dabei nicht einmal annähernd aus, wie schwierig die vor mir liegende Aufgabe war. Das Problem war nicht die reine Anzahl der Steine, sondern wo sie hingehörten.

Hoch.

Auf die Podeste und Brücken. Einige davon hatte ich schon angebracht, die meisten aber noch nicht. Und leider kostete der Aufbau viel Zeit.

Ich hetzte durch den Frühsport, und als ich unter die Dusche stieg, tropfte mir der Schweiß aus allen Poren. Meinen Toast aß ich im Schneidersitz auf dem Wohnzimmerfußboden, während ich mir meine Skizzen ansah und einen Schlachtplan erarbeitete. Bis zum Abend wollte ich zwei weitere Podeste montiert und zumindest eins davon mit Dominos bestückt haben.

Aber es ging nicht gerade schnell voran. Fast eine Woche war vergangen, seit ich das letzte Podest angebracht hatte. Mir fehlte die Übung, und ich musste über jeden einzelnen Schritt nachdenken. Allein, sich wieder an den Umgang mit den ganzen kleinen Werkzeugen zu gewöhnen, brauchte Zeit, und nach mehreren Stunden war das erste Podest erst zur Hälfte fertig. Ich hatte gerade den Sockel festgeschraubt, als das vertraute Klopfen an der Tür ertönte. Julie, natürlich, die ihren Wagen abholen wollte.

Sie trug ein enges weißes Off-Shoulder-Top, und ein hellblauer Rock umspielte ihre Beine. Heute passte alles zusammen. Der Kurzhaarschnitt, die grünen Augen mit den passenden Ohrringen, das einfache Oberteil, der flatternde Rock. Sogar die klobigen schwarzen Stiefel.

Mein Herz pochte.

»Hi.« Dieses Mal wirkte ihr Lächeln echter. Seit dem Brand hatte sich die Lage verändert. Ich verstand nur nicht, wie und warum.

»Hi.« Ich erwiderte ihr Lächeln. »Du siehst …« Ich suchte nach dem richtigen Wort. »… anders aus.«

Anders. Echt jetzt?

»Ach so.« Julie sah an sich herab. »Freitags hab ich frei.«

Und dann verwandelte sie sich in so ein furchteinflößendes Wesen.

»Komm. Der Wagen steht in der Küche.« Ich winkte sie herein.

Der weite Saum ihres Rocks flatterte beim Gehen um ihre Knie herum und bewegte sich dabei besorgniserregend auf und ab. Ich hatte angenommen, ihre Beine wären schmal wie ihre Arme. Nicht, dass ich länger über das Thema nachgedacht hätte. Aber unter dem tanzenden Rock zeichneten sich kräftige Muskeln ab.

Augen nach vorn. Die Küche. Der Wagen.

Ich musste sie so schnell wie möglich aus der Wohnung bekommen, ohne unhöflich zu wirken.

»Hier.« Ich ging zu dem Wagen in der Ecke. »Es hat ein bisschen Ruß dran geklebt, aber ich hab ihn abgewischt.«

»Wow! Du hast aber eine schöne Aussicht.« Julie sah aus dem Fenster. »Kannst du vom Balkon aus den Fluss sehen?«

»Man muss sich ein bisschen vorbeugen.«

»Super.« Mit der linken Hand wickelte sie das Kabel ihres Ohrhörers auf.

»Willst du mal sehen?«

»Klar.« Der Stöpsel rutschte aus dem Ohr und fiel ihr in die Hand.

Ich öffnete die Tür und folgte ihr nach draußen.

»Die Brise ist traumhaft.« Sie stellte sich schnurstracks ans Geländer. »Man kann die Sturmsaison fast schon riechen.«

Ihr Rock wurde vom Wind erfasst und flatterte an ihren Beinen hoch. Ich spürte einen Adrenalinstoß.

»Schau mal«, sagte Julie. »Das dachte ich mir schon.« Sie zeigte in die Ferne, aber nicht zum Fluss, sondern nach Süden. »Siehst du das rote Haus da?«

Ich trat zu ihr ans Geländer und blinzelte in die Morgensonne. Julie rückte näher, legte einen Arm auf meine Schulter und drückte sich an meine Seite.

Konzentration, Robbie.

»Das Haus dahinten, neben dem großen blauen.« Als sie sich näher beugte, umwehte mich ihr frischer, süßlicher Duft. Wahrscheinlich hätte ich in diesem Moment nicht einmal einen Atombombeneinschlag bemerkt, aber ich nickte trotzdem.

»Da wohne ich«, fuhr Julie fort. »Ich bin erst vor zwei Wochen eingezogen. Dritter Stock, also leider keine Aussicht. Nicht so wie hier.«

Dann lehnte sie sich zur anderen Seite und über die Brüstung. »Ha! Blick auf den Fluss. Tatsächlich.«

Ich lächelte. Ihre Würdigung der Aussicht machte mich fast stolz, obwohl ich ja nichts dazu beigetragen hatte.

»Tja. Mein Wagen und ich sollten uns mal aus dem Staub machen, wir sind dir im Weg.« Lächelnd sah sie mich an. »Danke, dass du mir die Aussicht gezeigt hast.«

Als sie sich abwandte und hineinging, zupfte der Wind ein letztes Mal an ihrem Rock. Ich starrte eisern an ihr vorbei, während ich ihr folgte. Nur ein paar Minuten noch musste ich durchstehen, dann würde ich sie nie wieder so sehen. Nächste Woche steckte sie bestimmt wieder in ihrer sackartigen Uniform.

Bei dem Gedanken empfand ich neben Erleichterung auch eine Spur Bedauern. Natürlich war es nicht Julies Schuld. Das Problem war meine begrenzte Erfahrung mit Frauen in der Vergangenheit. Und meine noch begrenztere Zukunft.

Im Wohnzimmer begutachtete Julie mein Werk, während sie sich den Stöpsel wieder ins Ohr steckte. »Brauchst du vielleicht Hilfe? Mit den Dominos, meine ich.« Die Worte sprudelten nur so aus ihr heraus. »Morgen ist Samstag. Ich hab frei. Wenn du willst, kann ich vorbeikommen und mit anpacken. Sieht aus, als würde es Spaß machen.«

Mein Mund wurde trocken. Hatte Julie gerade gefragt, ob ich gern Besuch von ihr hätte? Nicht als Lebensmittellieferantin, sondern eher als Freundin?

»Danke, das ist ein sehr nettes Angebot«, stieß ich hervor.

Es war natürlich undenkbar. Schon im besten Fall war Gesellschaft gefährlich – geschweige denn gerade einmal neun Tage vor dem Vergessen. Es war genau die Zeit, in der ich die Tür zur Außenwelt verbarrikadieren sollte, statt sie aufzustoßen. Und die letzten fünf Minuten hatten ohnehin gezeigt, wie schwer mir der Umgang mit Menschen fiel.

»Das Problem ist, ich versuche, eine Art Rekord aufzustellen. Dazu muss ich die Dominos ganz allein aufbauen. Es ist sozusagen eine Einzeldisziplin.« In gewisser Weise stimmte das auch. »Tut mir leid.«

»Ah. So was wie ein Weltrekord?«

»Ich weiß, das klingt wahrscheinlich albern, aber …«

»Überhaupt nicht. Ich find's irgendwie cool.«

Ein Schweigen entstand. Wahnsinnig peinlich, aber mir fiel beim besten Willen nicht ein, was ich sagen sollte.

Julie ergriff wieder das Wort: »Lautet die Regel nur, dass du die Dominos selbst aufstellen musst? Oder gilt sie auch für die Podeste und Brücken? Ich hab fast zwei Jahre lang als Bühnenbauerin gearbeitet, deshalb kann ich ziemlich gut mit Werkzeug und Maschinen umgehen.«

Wieder stieg Panik in mir auf. Meine Brust zog sich zusammen, bis es sich anfühlte, als zerquetschten die Rippen die Lunge. Es musste eine Möglichkeit geben abzulehnen, ohne ihre Gefühle zu verletzen.

»Wir könnten die Podeste, die du schon aufgebaut hast, besser befestigen.« Sie zeigte mit dem Kinn darauf. »So, wie die jetzt hängen, kann es sein, dass nicht nur die Dominos umfallen, wenn es so weit ist.«

»Das ist keine gute Idee«, sagte ich hastig.

»Ach.«

Du Idiot, zischte ich mich im Geiste an. *Du Vollidiot.*

Ihr höfliches Lächeln reichte nicht bis zu den Augen. Nicht einmal ihr Mund schien sich daran zu beteiligen. »Okay. Wie du meinst.« Sie steckte sich den zweiten Stöpsel ins Ohr. »Wahrscheinlich besser so. Ich arbeite schnell, und es wäre schade, sich zu hetzen.«

Sie drehte ihren Wagen zur Tür hin und blieb stehen. »Tut mir leid, wenn ich …« Kopfschüttelnd unterbrach sie sich selbst. »Es ist nur so, morgen habe ich Geburtstag, und ich bin neu hier. Deswegen die Frage. Entschuldige. Ciao.«

Mit einem Klicken fiel die Tür hinter ihr ins Schloss.

Wie war denn das so schnell passiert? Gerade noch hatte sie die Aussicht bewundert, im nächsten Moment schlug sie die Tür hinter sich zu, mit Sicherheit verlegen wegen der Zurückweisung.

Idiot. Ich spürte ein Stechen im Magen, in meinem Mund breitete sich ein bitterer Geschmack aus. Ich hatte ihre Gefühle nicht verletzen wollen. Bis vor wenigen Minuten hatte ich noch gedacht, es stünde nicht einmal in meiner Macht, die Gefühle anderer zu verletzen.

Das war das Problem, wenn man eine Krankheit hatte, von der niemand wusste, niemand wissen durfte. Welchen Eindruck hatte es auf Julie gemacht? Sie war auf mich zugegangen, und ich hatte sie zurückgestoßen.

Ein Gedanke schoss mir durch den Kopf – Julies Karte lag in dem Karton. Mit ihrer Nummer. Ich könnte sie anrufen. Die Situation retten. Vielleicht könnte ich sagen, ich hätte das Regelwerk für Dominorekorde überprüft und festgestellt, dass Hilfe bei den Podesten erlaubt sei.

Natürlich konnte sie ablehnen. Vielleicht war sie noch wütend, weil ich ihre Hilfe ausgeschlagen hatte, aber zumindest würde sie sich nicht mehr zurückgewiesen fühlen. Wenn ich sie schnell genug anrief, blieb ihr keine Zeit, sich darüber zu ärgern. Gut möglich, dass sie noch nicht einmal das Haus verlassen hatte.

Ich stand schon vor dem Karton, als ich wieder zur Vernunft kam.

Was dachte ich mir bloß? Julies Gekränktheit war mir so unangenehm, dass ich alles andere vergessen hatte. Der ganze Sinn der Dominos bestand doch darin, ein Projekt zu haben, das von meiner Vergangenheit erdacht, von meiner Gegenwart ausgeführt und an meine Zukunft weitergegeben wurde. Es *musste* mein Werk sein. Jemand anderen teilhaben zu lassen, war, als überließe ein Bildhauer seinen Meißel für ein paar Hiebe einer Fremden.

Außerdem hatte mich gerade schon ein fünfminütiger Besuch aus der Bahn geworfen. Jemand mit etwas mehr Erfahrung hätte es vielleicht geschafft, ihr Angebot abzulehnen, ohne sie vor den Kopf zu stoßen, aber nicht ich. Nicht auszudenken, was für Stress ich mir einhandeln konnte, wenn sie einen ganzen Nachmittag blieb.

Ich legte Julies Visitenkarte zurück und ging wieder ins Wohnzimmer. Wobei, von Wohnzimmer konnte eigentlich keine Rede mehr sein – die Dominoflut hatte es völlig vereinnahmt. Es war zum Domino-Zimmer geworden.

Meine Tagesaufgabe war noch nicht erledigt, das erste Podest nicht fertig. Es war fast eine Erleichterung, sich wieder auf die Arbeit zu konzentrieren. Beim Aufbau der Podeste blieb wenig Raum für andere Gedanken, da ich mit einer Hand die Schraube halten und mit der anderen den Schraubenzieher drehen musste, während ich das Brett auf dem jeweiligen Körperteil balancierte, das gerade auf der richtigen Höhe war – Schulter, Ellbogen, Knie. Manchmal sogar auf dem Kopf. Es war harte Arbeit, bei der meine Verrenkungen ein Zerrbild meiner morgendlichen Dehnübungen abgaben.

Zwei zusätzliche Hände hätten die Sache enorm beschleunigt. Ich wusste nicht, was Bühnenbau war, aber es klang beeindruckend. Julie hatte behauptet, es zwei Jahre lang gemacht zu haben. Gut möglich, dass solche Arbeiten hier in ihr Spezialgebiet fielen ... Mein Blick schweifte zum Telefon.

Ich riss ihn zurück und rief mir in Erinnerung, wie schwer es mir gefallen war, mich in Julies Gegenwart zu konzentrieren. Egal, wie gut sie war, ihre Hilfe würde mich wahrscheinlich nicht voranbringen, sondern im Gegenteil eher zurückwerfen.

Ich klemmte mir die nächsten beiden Schrauben zwischen die Lippen. Um die Podeste an der richtigen Stelle zu halten, musste ich sie mit dem Hals gegen die Wand drücken, dann verdrehte ich mich, bis die Hände in Position waren, und versenkte die Schrauben in der Wand. Das massive Holz hielt gut. Gleich musste ich mit weiteren Winkeln abstützen, aber erst einmal konnte ich zurücktreten und mir den schmerzenden Hals massieren.

Ach, vergiss die Plackerei; ich lächelte vor mich hin. Selbst ohne Dominos wirkte das Podest schon beeindruckend. Es hing knapp über Hüfthöhe, und von dort führte eine lange Rampe als Verbindung zum Fußboden an der Wand hinab.

Es war jetzt, als würde man sich in einem größeren Bauwerk befinden, als hätte eine technische Zeichnung dreidimensionale Gestalt angenommen. Und noch besser würde es aussehen, sobald weitere Podeste damit verbunden und sich auf allen ordentlich die Dominos aneinanderreihten.

Ich arbeitete und aß zu Mittag und arbeitete weiter. Es ging langsam voran, besonders im Vergleich zu den letzten Tagen. Doch als das durch das rückwärtige Fenster fallende Sonnenlicht schwächer wurde, prangten immerhin zwei Podeste an der rechten Wand.

Endlich konnte ich mit dem Aufstellen der Steinchen anfangen, was zumindest etwas Kreativität erforderte. Schon vor Wochen hatte ich an den Wänden Bleistiftmarkierungen angebracht und die Podeste ausgemessen; jetzt schraubte ich sie nur fest.

Das brachte mich ins Grübeln. Eigentlich würde es die Leistung doch nicht mindern, dabei Unterstützung zu haben. Das Entscheidende an dem Werk war die Kreativität und Geschicklichkeit beim Planen und Aufstellen der Dominos. Die Choreografie, nicht das Grundgerüst. Wenn Julie mir nur mit den Podesten half und nicht mit den Dominos selbst, erfüllten diese trotzdem ihren Zweck.

Allerdings änderte das nichts an den grundlegenden Gegebenheiten. Bei nur noch neun verbleibenden Tagen – bald acht – vor dem Vergessen war jetzt kein guter Zeitpunkt, Freundschaften zu schließen.

Ich widmete mich wieder den Steinchen auf dem ersten Podest und versuchte, mich darüber zu freuen, dass ich von der langweiligen Arbeit befreit war und mich wieder mit Gestaltung, Ablauf und Timing befassen konnte.

Am Ende des Tages standen Dominosteine auf den Verbindungsrampen und dem ersten Podest, wie eine Armee, die in Reih und Glied in höheres Gelände vorrückte.

Es reichte. Mein Nacken und meine Schultern taten weh. Ich aß, räumte auf und fiel erschöpft ins Bett.

TAG acht

In der Nacht wälzte ich mich schlaflos im Bett hin und her. Ununterbrochen gingen mir Julies Worte durch den Kopf.
»Ich bin neu hier.«

Das hätte ich sagen sollen, nicht Julie. Schließlich war das mein Fluch. Auf ewig neu zu sein.

Natürlich hatte Julie nur gemeint, dass sie neu in der Stadt war: ein neuer Job und eine neue Wohnung. Bei mir aber erneuerte sich alle sechs Monate das gesamte Ich. Dann war mir alles neu.

An *meiner* Situation konnte ich nicht viel ändern. Mein »Geburtstag« fand in acht Tagen statt, und man konnte ihn schlecht gemeinsam begehen.

Ich musste einfach hoffen, dass die Dominos, der Sport und das Tagebuch mir darüber hinweghelfen würden.

Aber wenigstens wegen Julies Geburtstag konnte ich etwas unternehmen. Sie war allein in einer fremden Stadt und hatte niemanden, mit dem sie feiern konnte. Wahrscheinlich kannte sie sonst niemanden. Vermutlich gingen die meisten ihrer Lebensmittellieferungen an ältere Leute mit Mobilitätseinschränkungen und nicht an junge Stubenhocker wie mich. Ob sie ihren Geburtstag allein verbringen musste, lag also in meiner Hand. Sie hatte mich nicht gebeten, ihr bester Freund zu werden. Ich sollte ihr nur Gesellschaft leisten.

Ich schob die zerknüllte Decke beiseite und setzte mich auf. Ein Anruf war immer noch drin. Ich konnte behaupten, ich hätte die ganze Nacht gebraucht, um die Regeln für Dominorekorde nachzulesen. Es war verlockend. Während ich meinen Pyjama aus- und die Sporthose anzog, ging ich die Optionen durch. Die Küchenuhr zeigte 6.47. Ich fischte Julies Karte aus dem Andenkenkarton und legte sie neben das Telefon.

Während ich meine Liegestütze absolvierte, dachte ich weiter nach. Geburtstage blieben in Erinnerung. Ich hatte die Kerzen und den Zuckergusskuchen aus meiner Kindheit nicht vergessen. Wenn ich mich darauf einließ – oder eben nicht –, bestand die Erinnerung in Julies Kopf noch Jahre fort, lange nachdem meine eigene erloschen war.

Ich drückte mich kräftiger ab. Schneller. Der Küchenboden vor meinen Augen wurde abwechselnd scharf und verschwommen. Julies Bitte brachte etwas Neues mit sich, die Möglichkeit, Einfluss auf die Außenwelt zu nehmen. In acht Tagen lief meine Zeit ab, und der Staffelstab wurde an mein nächstes Ich weitergereicht. Aber hier gab es etwas, das überdauern konnte, außerhalb meiner vier Wände.

Von den Liegestützen weiter zu Crunches, das langsame Brennen breitete sich in meinen Bauchmuskeln aus. Heute fühlte es sich an, als würde Öl ins Feuer geschüttet. Ich erhöhte das Tempo. Wegen meiner Krankheit konnte ich niemandem ein richtiger Freund sein und ganz sicher nicht acht Tage vor dem Vergessen. Aber diese eine Sache konnte ich tun.

Bei jeder Wiederholung verzerrte sich mein Oberkörper. Ich sprang auf und ging zum Türrahmen, um die Klimmzüge zu machen. Nur acht Tage vor dem Vergessen Julies Angebot anzunehmen, war riskant. Das musste ich berücksichtigen. Man stelle sich nur vor, sie würde in acht Tagen unangekündigt auftauchen, wenn ich sämtlicher Erinnerungen beraubt war und weder das Tagebuch noch sonst etwas gelesen hatte: geistig formbar wie Knete. Sie könnte aus mir machen, was sie wollte.

Erschrocken hielt ich inne. Es wäre der ultimative Kontrollverlust, während des Vergessens jemanden bei mir zu haben. Dadurch würde ich alles aufgeben, wofür ich so hart gearbeitet hatte.

Auf Klimmzüge folgten Burpees und dann Ausfallschritte, Kniebeugen, Wadenheben, Unterarmstütz. Trotzdem reizte mich die Versuchung, einen Schritt in die Welt hinauszuwagen und sie zu verändern, auf diese eine, winzig kleine Art. Sie besser zu machen.

Hitze schoss mir durch Brust und Schultern, Schweiß rann an meinen Armen herab. Der Schmerz fühlte sich gut an. Verdient. Eine gerechte Strafe dafür, dass ich gestern so plump auf Julies Vorschlag reagiert hatte.

Das Risiko war kontrollierbar. Ich konnte für alle Fälle am Tag vor dem Vergessen Anweisungen an der Tür hinterlassen. *Nicht aufmachen! Niemanden reinlassen.* Ich würde das schaffen.

Schweißtriefend griff ich zum Telefon.

»Hallo, Julie. Hier ist Robbie. Robert Penfold. Der Kunde von gestern.«

Pause. »Hallo, Robbie.«

»Du hattest recht. Ich habe in den Regeln nachgelesen, und es ist erlaubt, sich bei den Podesten helfen zu lassen. Nur nicht bei den Steinen selbst. Das hatte ich falsch im Kopf. Entschuldige bitte.«

»Okay.«

»Falls du immer noch helfen möchtest und nichts anderes vorhast, würde ich mich freuen, wenn du vorbeikommst.«

»Klar doch. Ich habe noch keine Pläne.«

»Vielleicht am frühen Nachmittag?« Ich dachte, so könnten wir ein paar Stunden arbeiten und es bliebe noch genug Zeit, ihren Geburtstag zu feiern, ohne dass mein Zeitplan völlig durcheinandergeriet.

»Gut. Dann bis nachher. Danke.«

»Prima. Ach so – alles Gute zum Geburtstag.«

In der Überzeugung, das Richtige getan zu haben, ging ich ins Bad, um mir den Schweiß abzuduschen.

Es war ein hartes Training gewesen, und auch nach dem Duschen spürte ich noch, wie mein Körper vor Energie vibrierte und sich Schultern und Brust beim Abtrocknen verkrampften. Im Spiegel zeichneten sich unter der glänzenden Haut Muskeln und Adern ab.

War diese Selbstbetrachtung nur Eitelkeit? Es verschaffte mir eindeutig ein Hochgefühl zu beobachten, wie mein Körper sich durch die Intensivierung des morgendlichen Trainings veränderte. Das Körperfett schmolz, die Muskeln wurden größer und ausgeprägter. Jeden Tag freute ich mich auf eine kleine Verbesserung. Eine sanfte Wölbung, eine angedeutete Vertiefung.

Anfangs hatte ich in dem Wissen geschwelgt, dass diese Veränderungen das nächste Vergessen überdauern würden. Dann, im Laufe der Monate, hatte ich das Gefühl, eine tiefergehende Entdeckung zu machen. Was zuvor wie ein Körper ausgesehen hatte, einfach ein x-beliebiger Körper, war eher eine Hautschicht, die einen geheimen Bauplan verbarg. Jeden Tag betrachtete ich ihn, um mich an das zu erinnern, was so tief in mir vergraben war, dass das Vergessen es niemals antasten konnte.

Wenn das Eitelkeit war, bitte. Jeder kleine Triumph war mir willkommen.

Normalerweise war das alles sicher unter meinem T-Shirt verborgen. Nur dass Julie es eben bemerkt hatte. Muskelpaket hatte sie mich genannt. Konnte es sein, dass Julie in mir mehr als einen potenziellen Freund sah? Und wenn ja, stellte das ein Problem dar? Ich hatte versucht, jegliche Begierden, die Julie in mir erweckte, zu ignorieren, denn sie waren bestenfalls nutzlos. Julie dagegen hätte keinen Grund, sie zu unterdrücken, wenn sie denn überhaupt ähnliche Gefühle hegte.

Vielleicht war diese Befürchtung albern und arrogant. Mir allerdings ging der seltsame Moment am Tag des Brands durch den Kopf, als sie sich zu mir umgedreht hatte. Ich wusste immer noch nicht, was ich davon halten sollte. Falls auch nur die geringste Möglichkeit bestand, dass Julies Gefühle über den Wunsch nach einem kurzen freundschaftlichen Besuch hinausgingen, war es verrückt, sie zu mir einzuladen. Der einzige Sinn meines isolierten Lebens bestand darin, die Kontrolle über den kritischen Augenblick zu behalten, der nur noch acht Tage entfernt war. Panik ergriff mich. Was hatte ich getan?

Ich atmete tief durch und betrachtete mich von Kopf bis Fuß im Spiegel. Was andere attraktiv fanden, war nicht leicht zu beurteilen. Einige Vorzüge waren offensichtlich. Groß. Sportlich. Breite Schultern, schlank von der Hüfte abwärts. Gute Haltung. Aber meine Haare waren alles andere als vorzeigbar: zu lang, zu unordentlich. Um Geld zu sparen, hatte ich sie mir mehrmals selbst geschnitten, es dann aber aufgrund des miesen Ergebnisses ganz sein lassen. Meine Kleidung – alte Jeans und T-Shirts, abgetragene Turnschuhe – erregte vermutlich bei niemandem glühendes Verlangen, und meine materiellen Aussichten als arbeitsloser Einsiedler waren wenig berauschend. Genauso wie mein herausragendes Talent für Small Talk.

Okay, so viel zu dem Thema. Ich wandte mich vom Spiegel ab und suchte nach einem frischen Oberteil und einer sauberen Hose.

Ich hatte etwa die Hälfte der Dominos für das verbliebene Podest aufgestellt, als mir einfiel, dass ich kein Geschenk für Julie hatte. Man konnte niemanden an seinem Geburtstag einladen, ohne ihm etwas zu schenken.

Ich hatte keine Ahnung, was sie sich wünschte oder wo ich es besorgen könnte. Um durch die Geschäfte zu bummeln, fehlte mir die Zeit, außerdem durfte ich sowieso nicht viel ausgeben. Aber es gab einen Getränkemarkt an der nächsten Kreuzung. Bei meinen Nachmittagsspaziergängen war ich immer daran vorbeigekommen. Einmal war ich sogar hineingegangen und hatte mir die Flaschen in den Regalen angesehen, neugierig darauf, ob mir irgendwelche Namen bekannt vorkamen, und festgestellt, dass ich einen Chardonnay von einem Syrah unterscheiden konnte. Der Geschmack prickelte fast auf meiner Zunge, als ich die Begriffe durchging.

Also eine Flasche Sekt. Ich versuchte, mir keine Gedanken über den Preis zu machen. Wenn Julie hier niemanden sonst kannte, war das vielleicht ihr einziges Geschenk. Es war schade, dass sie keinen Kuchen bekam, aber die Küchenuhr tickte erbarmungslos und zählte die Sekunden herunter. Ich musste mich wieder den Dominos widmen.

Mittags aß ich ein Sandwich, räumte die Küche auf und holte den Stuhl vom Balkon herein, damit man zu zweit am Tisch sitzen konnte. Der Balkonstuhl hatte schon bessere Tage gesehen, eine ganze Menge sogar. Neben den allgemeinen Abnutzungserscheinungen durch das Wetter litt er an einem verbogenen Bein. Auch nachdem ich den Staub abgewischt hatte, wirkten das rostige Metall und die verblichene Farbe trostlos. Ich hatte keine Zeit, um das Problem zu beheben, deshalb stülpte ich einfach einen alten Kissenbezug über die Lehne und schiente das Bein mit gefalteter Pappe.

Als Nächstes sortierte ich sämtliches Material, das mir mein voriges Ich hinterlassen hatte. Bald lagen in einer Ecke des Küchenbodens quadratische Bretter, lange, schmale Stege, Winkel und haufenweise Schrauben. Dazu mein Werkzeug: der Akkuschrauber und die Bohrer, Wasserwaage, Schraubenzieher.

Es war fast so weit. Da ich den ganzen Vormittag gearbeitet hatte und hin und her gelaufen war, musste ich das Oberteil wechseln. Ich warf das alte Shirt in den Wäschekorb und nahm von der Kleiderstange das Hemd, das am neusten aussah. Also, nicht das *allerneuste*. Mein Blick schweifte zur anderen Ecke des Schranks. Vielleicht war eine Geburtstagsfeier doch der passende Anlass für etwas Außergewöhnliches? Ich schob die ganzen verwaschenen beigen Hemden beiseite und kam zu dem, das völlig fehl am Platz wirkte. Es war aus so feiner Seide, dass es einem fast aus den Händen glitt, und hatte statt normaler Knöpfe Druckknöpfe. Auf den ersten Blick erschien der Stoff violett, aber dort, wo er Falten warf, eher purpurfarben. Das Hemd sah aus, als hätte es mehr gekostet als der Rest meiner Garderobe. Warum besaß ich es? Hatte ich es für einen speziellen Anlass gekauft? In dem Brief oder der Erinnerungskiste fand sich kein Hinweis darauf.

Bumm, bumm, bumm!

Julies Klopfen hallte durch die Wohnung. Das Hemd rutschte mir durch die Finger wie Quecksilber und blieb auf dem Bügel hängen.

An einem anderen Tag, in einem anderen Leben. Ich zog das zweitbeste an und knöpfte es auf dem Weg zur Tür zu.

Julie begrüßte mich mit einem sonnigen Lächeln, das zu ihrem hellen Sommerkleid mit gelbem Aufdruck passte.

»Alles Gute zum Geburtstag!« Ich erwiderte ihr Lächeln, so gut ich konnte, und hielt ihr die Tür auf.

»Danke. Und auch für die Einladung. Ich bin ausgerüstet.«

Das konnte man wohl sagen. In einer Hand hielt sie eine professionell aussehende Werkzeugkiste aus abgestoßenem Hartplastik, in die meine kleine Ausrüstung zweimal gepasst hätte. In der anderen Hand hatte sie eine Papiertüte aus einer der Bäckereien in der Nähe.

Sie trat mit federndem Schritt ein – es musste schön sein, wenn man seine Geburtstage als Anlass zum Feiern sah statt als mühsam zu überwindende Hürde –, und ich bat sie in die Küche. Ihr Kleid war ein Farbklecks in meiner Schwarz-Weiß-Welt. Sie stellte ihre Handtasche und die Papiertüte auf die Küchentheke und sagte, das sei für später. Sehr gut. Eine Pause bot mir die perfekte Gelegenheit, ihr mein kleines Geschenk zu überreichen.

Julie stellte ihre Werkzeugkiste neben meine Ansammlung von Material und Ausrüstung. Sie streifte ihre Schuhe ab und hockte sich mit nackten Füßen auf den Boden.

Nicht nackt. Barfuß. Bar-fuß.

»Okay.« Sie rieb sich die Hände.

Falls ich mir Sorgen gemacht hatte, dass sie die Bühnenbaugeschichte nur erfunden hatte, um eingeladen zu werden, wurde ich sogleich eines Besseren belehrt. Julie strahlte reine Begeisterung aus und nickte, während sie jedes einzelne Werkzeug mit Kennerblick musterte.

Vielleicht lief ja alles reibungslos. Je mehr wir uns auf die Dominos konzentrierten, desto schneller kamen wir voran. Und desto weniger musste ich mich mit Small Talk abmühen.

»Das ist ein nagelneues Gerät.« Sie hob meinen Akkuschrauber auf. Mein Vorgänger hatte ihn für mich gekauft, aber soweit ich wusste, hatte er ihn selbst nie verwendet. »Wir können deinen zum Bohren und meinen zum Schrauben benutzen.«

»Ist gut.«

Sie legte den Akkuschrauber zurück und klappte ihren Werkzeugkasten auf. Unter zwei Plastikablagen mit kleineren Fächern kam ein größeres Fach zum Vorschein. Kratzer und Schmutz ließen vermuten, dass der Kasten schon eine Weile im Einsatz war. So sollte ein richtiger Werkzeugkoffer aussehen. Julie kramte herum und holte einen Satz Bits für den Akkuschrauber heraus. Ich fragte mich, warum mein voriges Ich nicht auf die Idee gekommen war, welche zu besorgen. Damit konnte man in Sekundenschnelle eine Schraube in eine Gipskartonwand drehen.

Julie zog einen klobigen Werkzeuggürtel hervor, dessen Tasche aussah wie ein Pistolenholster, und schnallte ihn über ihr Baumwollkleid. Mein Herz raste in einem plötzlichen Ansturm nackter Begierde. Ich beneidete den Gürtel.

Gebührend ausstaffiert, gingen wir in das Dominozimmer. Ich erklärte, wo die Podeste angebracht werden und wie die Brücken sie verbinden sollten. Immer wieder stellte Julie Zwischenfragen.

Zum Einstieg wählte ich ein einfaches Podest relativ flach über dem Boden. Ich hatte gedacht, eine helfende Hand würde die Arbeit erleichtern; womit ich nicht gerechnet hatte, war fachkundige Anleitung. Julie entpuppte sich als echte Expertin. Sie verriet mir den Trick, die Schrauben mit Spucke zu schmieren, bevor man sie in die Wand drehte, erklärte mir, wie man die Winkel am besten unter den Podesten verteilte und dass man die Ellbogen beim Bohren anheben musste, damit das Loch gerade wurde.

»Woher weißt du das alles?« Ich stand mit dem Podest und Julies altem Akkuschrauber in der Hand neben ihr. Sie hockte unter dem Brett, wo wir gerade die Winkel anbrachten. »Du hast was von Bühnenbau gesagt?«

Ein angedeutetes Nicken. In ihrem Mundwinkel steckten zwei Schrauben, und ihr schlanker Hals war gereckt, weil sie den Kopf schief hielt, um unter das Podest sehen zu können. Die Beine hatte sie weit gespreizt und die Füße auf zwei Trittsteine gestellt. So musste man sich zum Anbringen der Podeste weniger verrenken. Das gelbe Kleid straffte sich über ihren Körper, als sie sich vorbeugte, um die Schrauben unter dem Podest anzubringen. Sie zog eine der Schrauben aus dem Mund und drückte sie in das vorgebohrte Loch. Der Akkuschrauber surrte.

»Genau«, murmelte sie mit der anderen Schraube zwischen den Lippen. »Beim Theater. Manchmal mache ich immer noch ein bisschen Ausstattung oder Bühnenbau. Da drin hab ich einen B. A. gemacht.«

»Wozu genau qualifiziert dich das?«

Sie zog sich die zweite Schraube aus dem Mund und befestigte sie. »Dazu, Dominopodeste für unfähige Fremde aufzubauen, du Superhirn. Gib mir noch ein paar Schrauben.«

Kleinlaut fischte ich sie aus meiner Hosentasche. Sie nahm sie mir aus der Hand, und der Akkuschrauber summte wieder. Sommerkleider und Akkuschrauber. Es gab keinen rationalen Grund, warum diese Kombination mich so aus dem Konzept brachte.

»Jetzt kannst du dir vorstellen, wie aufgeregt ich bin, mein Können mal in der echten Welt unter Beweis stellen zu dürfen«, drang ihre Stimme gedämpft unter dem Podest hervor. »Falls also nicht plötzlich jemand vorbeikommt, der vorhat, einen Shakespeare-Monolog zu inszenieren, kann mir gar nichts Besseres passieren.« Ihr Akkuschrauber jaulte zweimal auf, und sie entknotete sich. »Probe aufs Exempel.« Sie ließ das Brett los und trat zurück.

Ich hielt das Podest noch einen Moment lang fest. Meine Hände schienen daran zu kleben, als wäre die Angst um die Dominos in die Muskeln übergegangen. Schließlich hatte ich die Befestigung dieser Podests nicht selbst überprüft. Und die vorigen waren in den Ecken befestigt, was ihnen mehr Halt gab.

Julie sah mich mit hochgezogenen Brauen an. Ein tiefes Durchatmen, dann löste ich meine Hände. Das Podest hielt. Nicht das kleinste Wackeln. Okay. Erleichterung überkam mich, und unwillkürlich verzog mein Mund sich zu einem breiten Grinsen. Julie erwiderte es. Wahrscheinlich hielt sie es für ein Zeichen der Freude über den Fortschritt, nicht für eines der Erleichterung.

Beim zweiten Podest lief die Arbeit bereits wie am Schnürchen. Wir hatten bereits eine Art System entwickelt und wussten, wer wann was zu tun hatte. Sobald wir fertig waren, ließen wir das Brett gleichzeitig los. Das Podest saß fest an der Wand.

Ich sah auf die Küchenuhr und blinzelte. Für das erste Podest hatten wir etwas über eine Stunde gebraucht. Aber das konnte nicht stimmen. Das hätte bedeutet, dass das zweite Podest in nicht einmal dreißig Minuten fertig geworden war.

Dreißig Minuten für ein ganzes Podest! Unmöglich. Ich sah noch einmal auf die Uhr. Wenn wir dieses Tempo in den nächsten Stunden beibehielten, dann …

»Darf ich Musik anmachen?« Julie hielt ihr Handy hoch.

»Klar.« Ich versuchte, nicht zu desinteressiert zu klingen. Musik war offenbar nicht mein Ding, sonst hätte ich mir irgendetwas dazu hinterlassen, wie beim Sport und den Dominos. Trotzdem war ich neugierig, was Julie ständig in den Ohren dröhnte.

Sie legte ihr Telefon auf das erste Podest, das wir gerade aufgebaut hatten. Ein- oder zweimal tippte sie auf das Display, dann begann ein Lied. Es war ganz anders als die Missklänge, die an den Wochenendabenden von den Cafés unten halblaut zu mir heraufdrangen. Unter der sanften Synthesizer-Melodie lag ein treibender Rockrhythmus mit sich langsam steigerndem Schlagzeug. Ein seltsames Gefühl überkam mich, als würde ich in die Höhe und nach vorn gezogen. Ich legte den Akkuschrauber auf das Podest und drehte mich zu dem kleinen Gerät um. Meine

Brust fühlte sich an, als würde sie schweben, aber meine Füße standen fest auf dem Boden und erdeten mich gegen die Empfindung.

Ich merkte, dass Julie mich ansah. Sie musste mich für einen kompletten Spinner halten. Aber ich war völlig fasziniert. Meine Fingerspitzen kribbelten, mein Innerstes vibrierte.

Als ich mich über das Handy beugte, sagte Julie: »Das ist eine Band aus Sydney. Vielleicht kennst du die noch ni…«

Ich stieß mit dem Finger auf das Display, und die Musik riss ab. Die Stille war wie eine Befreiung. Der Atem floss zurück in meinen Brustkorb, die Gliedmaßen fühlten sich wieder zu mir gehörig an.

Ich spürte Julies durchdringenden Blick im Hinterkopf. Innerhalb einer Sekunde wurde aus der wohligen Stille eine peinliche. Der überwältigende Drang, das Schwindelgefühl abzustellen, hatte sich ohne Umweg über das Gehirn meiner Hände bemächtigt. Dass es unhöflich war, Julies Musik einfach auszuschalten oder auch nur ihr Handy zu berühren, war mir gar nicht in den Sinn gekommen.

»Entschuldigung«, stammelte ich, während ich mich mit einem reumütigen Lächeln zu ihr umwandte. »Mir ist nicht so gut, und die Musik, also, ich kann mich dabei schlecht konzentrieren.«

Das war nicht gelogen. Von der Musik war mir wirklich übel geworden.

»Ach so. Das wusste ich nicht. Und ich belästige dich auch noch.« Sie wich zurück. »Soll ich lieber gehen?«

Ein schlechtes Gewissen regte sich. »Nein, ist nicht so schlimm. Bloß Kopfschmerzen, deshalb wäre es mir lieber, wenn es nicht so laut wäre.«

»Ohne richtige Anlage klingt es sowieso nicht gut.« Sie schnappte sich das Handy und steckte es weg.

Ich nickte. Aber nicht zu nachdrücklich, sonst kam sie demnächst womöglich mit einer Stereoanlage vorbei.

Ohne größere Peinlichkeiten fanden wir in unseren Arbeitsfluss zurück. Wenigstens wusste ich jetzt, warum mein voriges Ich mir keine Anlage hinterlassen hatte. Allerdings wäre eine kleine Warnung gut gewesen.

Als wir um vier Uhr aufhörten, war das dritte Podest – weiter oben und schwieriger – fertig. Ich konnte kaum glauben, wie viel wir geschafft hatten. Dieser Tag musste wirklich gefeiert werden. Sekt war genau das Richtige.

Ich deckte den Tisch, während Julie zwei dick glasierte Cupcakes aus der Bäckertüte nahm. Ich ernährte mich ausschließlich von der Einkaufsliste, die vor dem letzten Vergessen erstellt worden war: einfache und gesunde Lebensmittel. Und doch erinnerten meine Geschmacksnerven sich an solche Köstlichkeiten. Mir lief das Wasser im Mund zusammen.

Erst als wir die Papierhüllen von den Cupcakes zogen, fiel mir ein, was noch fehlte. »Moment! Wir müssen singen.«

Ich kam mir ein bisschen komisch vor, als ich »Happy Birthday« anstimmte, aber Julie fiel mit ein. »Happy birthday to me!«, sang sie. Sie hielt ihr brennendes Feuerzeug wie eine Kerze über ihren Kuchen. Am Ende des Lieds blies sie es aus, und ich musste lachen.

Wir bissen in unsere Cupcakes, und die Süße explodierte förmlich in meinem Mund. »Wow! Das ist der Hammer.«

»Ich habe die Bäckerei erst letzte Woche entdeckt. Gefährlich.«

Ich nickte. So etwas sollte ich besser nicht auf meine Einkaufsliste setzen.

»Also«, sagte Julie zwischen zwei Bissen. »Ich muss einfach fragen. Was hast du für die ganzen Dominos bezahlt? Bestimmt mehrere tausend Dollar.«

Ich hustete und erstickte fast an meinem Cupcake. »Mehrere *tausend?*«

»Ja. In jedem Päckchen sind fünfzig Stück, oder? Selbst im Großhandel müssen die mindestens zwei Dollar kosten.«

Ich schluckte. »Könnte hinkommen.«

»Bei gut achtzigtausend Steinen macht das, was, drei-, viertausend Dollar?«

Mir stockte der Atem. Ich war noch nie auf die Idee gekommen, das auszurechnen. Woher hatte mein früheres Ich bloß so viel Geld gehabt?

»Die hat jemand anderes für mich gekauft, deshalb weiß ich es nicht genau.«

»Aha.« Julie lächelte. »Was für ein fantastisches Geschenk.«

Fantastisch, allerdings. Ich sprang auf und holte den Sekt aus dem Kühlschrank. »Ich habe keinen Kuchen besorgt. Aber eine Flasche Schampus.«

Meine Sorgen waren vergessen. Der Sekt passte perfekt zur feierlichen Stimmung.

Aber Julie rutschte auf ihrem Stuhl zurück. Ihr Blick sprang von mir zur Flasche. »Tut mir leid.« Sie zog kurz den Kopf ein. »Was für eine nette Idee! Das wäre wirklich nicht nötig gewesen.« Sie schüttelte den Kopf. »Aber ich trinke nicht. Überhaupt nicht.«

»Ach so.« Diese Möglichkeit hatte ich gar nicht bedacht. Was für ein blöder Fehler. »Entschuldige bitte.« Ich wandte mich zum Kühlschrank um.

»Das konntest du ja nicht wissen.«

Es war nett von ihr, das zu sagen, trotzdem fühlte es sich an, als wäre nicht nur mein Geschenk, sondern ich persönlich zurückgewiesen worden. Ich schob die Flasche in das unterste Fach des Kühlschranks und stellte die Milch davor, als könnte ich so das ganze Ereignis vergessen machen.

»Ich hatte versprochen, dich nicht zu lange von deiner Arbeit abzuhalten.« Julie stand auf und nahm ihre Handtasche. Vielleicht spürte sie mein Unbehagen. Sie kramte in ihrer Tasche. »Kannst du vielleicht ein Foto von mir vor den Podesten machen, bevor ich gehe?« Sie zog ihr Handy heraus und reichte es mir. »Nur so als Erinnerung.«

»Klar.« Der Vorschlag munterte mich auf. Aus meiner Sicht war das der Sinn der ganzen Sache – dass ihr Besuch festgehalten wurde und nicht dem Vergessen zum Opfer fiel.

»Super! Du brauchst bloß …« Sie zeigte auf das Kamera-Icon, ging voraus in das Dominozimmer und strich sich den Pony zurecht.

»Ja, ja, ich komm schon klar. Kein Problem.« Und das stimmte sogar. Als das Telefon sich in meine Hand schmiegte, senkte sich mein Daumen automatisch auf das kleine Symbol. Ich wusste, wie man die Kamera bediente, zumindest einigermaßen. Genau wie ich vorher gewusst hatte, wie man die Musik ausschaltete.

Julie stand barfuß auf den beiden Trittsteinen vor den neu gebauten Podesten. In meinem Bauch flatterten Schmetterlinge. Wenn jemand für ein Foto posierte, durfte man ihn direkt und ungeniert ansehen.

Ich hielt das Handy zwischen uns wie einen Schutzschild und näherte mich, bis ich einen guten Bildausschnitt hatte. Die Drittel-Regel: die vertikale Linie ihres Körpers ein Drittel vom Rand versetzt, die Domino-Podeste zu beiden Seiten und ihr lächelndes Gesicht auf Zwei-Drittel-Höhe des Bildschirms …

Ich blinzelte. Wo war das denn hergekommen? Welcher Teil von mir hatte diese Regel hervorgezaubert? Julies Besuch warf mehr Fragen auf als die Dinge, die ich in den Ecken meiner Wohnung gefunden hatte.

Ein Tippen auf das Symbol: Es klickte. Julie sah glücklich

aus. Stolz sogar. Jahre später konnte sie auf dieses Foto zeigen und ihren Freunden von ihrem merkwürdigen und irgendwie schönen Erlebnis an ihrem ersten Geburtstag in Brisbane erzählen.

»Toll, danke.«

»Noch eins.« Ich wählte einen engeren Bildausschnitt, nur Kopf und Schultern, die Podeste im Hintergrund unscharf. Wieder klickte der Verschluss. Sehr schön. »Fertig.« Ich verdrängte den Impuls weiterzumachen. Noch näher heranzurücken.

Schade, dass ich keine Kopie des Fotos für meine Aufzeichnungen hatte als Andenken.

Julie bedankte sich und nahm ihr Handy zurück. »Soll ich eins für dich machen? Hast du ein Smartphone?«

»Nein.«

»Hm«, sagte Julie. »Das ist irgendwie cool.«

»So bin ich eben.« Wahrscheinlich hatte mich auf der ganzen Welt noch nie jemand »cool« genannt. »Aber es muss schön sein, immer eine Kamera dabeizuhaben.« Fotos waren eine so perfekte Form der Erinnerung.

Julie zuckte mit den Achseln. »Ich persönlich würde die Musik vermissen. Egal, wo man ist, man hat sie immer dabei.«

Eine kurze Sekunde sahen wir uns in die Augen. Ich schluckte.

»Soll ich dir helfen, das Werkzeug aufzuräumen, bevor ich gehe?«, fragte sie.

»Gerne.«

Ein wohliges Gefühl machte sich in mir breit. Auch wenn wir nicht jedes Fettnäpfchen erfolgreich umgangen hatten, konnten wir jetzt am Ende mit einem Lächeln zusammenpacken.

Natürlich hatten wir das überwiegend ihr und ihrer zum Kleid passenden sonnigen Stimmung zu verdanken. Doch ich hatte es immerhin zugelassen, dass mein Besuch mehrere Stunden lang in meiner Wohnung geblieben war. *Mehrere Stunden.* Und ab einem gewissen Punkt – ich war zu abgelenkt gewesen, um den genauen Moment abzupassen – war es nicht mehr peinlich gewesen, sondern hatte sich zu etwas anderem, etwas Besserem entwickelt.

Ich stand auf. Julie kniete neben mir und räumte das letzte Werkzeug weg. Vielleicht wurde ich wirklich besser darin, mit anderen Menschen umzugehen. Selbst mit schönen Frauen wie Julie.

Aber das war unlogisch. Meine soziale Unbeholfenheit war eine Folge des Vergessens. Es raubte mir das Wissen darum, was normal war und erwartet wurde. Wie konnte ich also besser werden? Mein Gedächtnis war noch genauso leer wie vorher. Vielleicht ging es gar nicht um bewusste Erinnerung, sondern um etwas Tieferes. Schnelleres. Spontane Einschätzungen, durch Übung geschärft, bis sie instinktiv abliefen. Kein Gedächtnis, sondern … mentale Muskeln. Die man im Laufe der Zeit entwickelte wie Bizeps und Trizeps.

Wie Bizeps und Trizeps.

Wenn das stimmte, konnte man sie trainieren. Durch Übung. Und in einer Form abspeichern, nämlich als unbewussten Instinkt, der das Vergessen überdauerte.

Julie war fertig und sah zu mir auf.

»Das hat Spaß gemacht«, sagte ich, während mir das Herz bis zum Hals schlug. »Danke. Wenn du in den nächsten Wochen Zeit hast und mir noch mal helfen willst, sag einfach Bescheid.«

Sie stand auf. »Ich glaube, ich hab noch ein altes Handy. Vielleicht drei Jahre alt. Die Kamera müsste funktionieren. In gute Hände abzugeben.«

Ich sah sie verblüfft an, weil ich nicht begriff, was sie damit sagen wollte.

»Möchtest du es?«, fragte sie. »Morgen ist Sonntag. Ich hab nichts vor. Ich könnte es vorbeibringen.«

»Okay. Ja. Gern. Das wäre toll.«

»Soll ich irgendwas drauflassen? Musik? Spiele?«

»Nein, danke. Allein schon die Kamera wäre fantastisch.« Sie hatte Geburtstag und bot mir ein Geschenk an. Meine eigene Kamera. Das wäre wie Tagebuch auf Steroiden.

Julie packte ihre Sachen zusammen, und wir verabschiedeten uns mit einem fröhlichen »bis morgen«.

Ich versuchte, mich nicht zu sehr meiner Begeisterung hinzugeben. Seit den ersten schrecklichen Momenten, in denen ich den Brief gelesen hatte, hatte das künftige Vergessen in meinem Hinterkopf gelauert wie ein drohendes Unheil. Es glich fast einem Todesurteil, zumindest was meine Wahrnehmung betraf, mein Bewusstsein. Aber in den letzten Tagen hatte ich einige Möglichkeiten gefunden, Steinchen durch die Zeit hüpfen zu lassen. Zuerst das Tagebuch. Morgen die Kamera. Jetzt die Idee, meinen Geist durch neue Erfahrungen zu trainieren und Fähigkeiten und Gewohnheiten zu entwickeln, bis sie mir zur zweiten Natur wurden. Und waren es nicht letztlich diese Instinkte, die einen Menschen ausmachten?

Noch nie war mir meine Krankheit weniger unheilbar erschienen. Zum ersten Mal hatte ich das Gefühl, etwas aufbauen zu können, das die Zeit überdauern konnte. Eine Ansammlung von Instinkten und Fähigkeiten und Muskeln, Tagebuchseiten und Fotos und Dominos, die mich befähigte, das Vergessen zu überstehen. Zu überleben.

Das Hochgefühl trug mich durch die nächste Domino-Runde, und am späten Nachmittag hatte ich ein weiteres der drei Podeste bestückt, bei deren Aufbau Julie mir geholfen hatte. An einem einzigen Tag hatte sich das gesamte Zimmer verändert. Durch die dreizehn – *dreizehn* – fertigen Podeste schienen die Dominos in die Höhe zu schwärmen.

Ich schaltete das Licht aus. Dem schwachen Schein der Küchenlampe entsprangen Schatten in der seltsamen Skulptur, die mich umgab. Die hellen Podeste waren im Raum schwebende Knotenpunkte, verbunden durch ein komplexes Nervengeflecht. Die Dominos, von denen man nur die schwarzen Ecken und weißen Punkte sah, wirkten wie ein elektrischer Strom, der durch all die verrückten Schaltkreise strömte, reglos, aber summend vor Energie. Allmählich konnte ich mir vorstellen, wie es aussah, wenn es fertig war.

Es war schon spät und meine gewöhnliche Essenszeit verstrichen, trotzdem hatte ich keinen richtigen Hunger. Ich kramte im Kühlschrank herum. Die Sektflasche, die sich verschämt hinter der Milch versteckte, funkelte mich an. Mich überkam der Drang, den Inhalt in den Ausguss zu kippen und die Flasche in den Müll zu werfen – sechsunddreißig Dollar und neunundneunzig Cent, na und? –, aber letztlich beschloss ich, sie zu behalten. Die Arbeit lief gut, und mit Julies Hilfe morgen könnte das Projekt rechtzeitig fertig werden. An Tag eins hätte ich vielleicht Grund, in aller Stille allein zu feiern.

Ich schmierte mir schnell ein Sandwich, bevor ich mit dem Rechnen begann. Seit dem Unfall an Tag dreizehn hatte die abendliche Kalkulation nur dazu gedient, mir mein voraussichtliches Scheitern unter die Nase zu reiben.

Jetzt hatte sich die Lage geändert. Die heutigen Zahlen übertrafen alles, was ich für möglich gehalten hatte. Als ich sie auf meinen Block kritzelte, schrumpften die verbliebenen Arbeitsstunden vor meinen Augen zusammen. Ich strich die Berechnungen durch und begann noch einmal von vorn.

Dasselbe Ergebnis. Keine Neun-Stunden-Tage mehr. Mit normalen Arbeitszeiten an den verbliebenen sieben Tagen wäre das Projekt abgeschlossen – selbst wenn ich Julies Hilfe nicht mit einbezog. Noch ein paar Stunden mit ihr zusammen an den Podesten, und der Rest wäre ein Kinderspiel.

Ein Lächeln lag auf meinen Lippen, als ich die letzte Aufgabe des Tages beendete. Ich konnte mir wieder entspannt vorstellen, dass mein neues Ich, befreit von sämtlichen Erinnerungen, mit etwas Schönem aufwachte und meine außergewöhnliche Leistung bewundern konnte. Irgendwann morgen kam Julie und gab mir eine weitere Chance zu lernen, wie man sich dort draußen in Gesellschaft verhielt. Und mir eröffnete sich eine neue Möglichkeit, mich an dem Vergessen vorbei in die Zukunft zu mogeln.

TAG sieben

Ächzend hievte ich mich aus dem Bett; die Muskeln an Brust, Rücken und Bauch schmerzten vom gestrigen Training. Heute würde ich es lockerer angehen. Schließlich wollte ich meinem künftigen Ich keine Muskelzerrung hinterlassen.

Dass Julie und ich gestern so schnell vorangekommen waren, bedeutete natürlich, dass bald schwierige Entscheidungen bezüglich der letzten Dominos anstanden.

Ein Karton stand noch in der Küche. Wenn alles gut lief, würde ich ihn heute aufbrauchen. Dann musste ich an die letzten zwölf ungeöffneten Kartons. Leider bildeten sie mein Bettgestell. Ein gelber Spanngurt hielt die Kartons zusammen, und die Doppelmatratze passte perfekt auf die ungewöhnliche Unterlage. Das Bett war weder schick noch groß, durch den straff gespannten Gurt hielt die Konstruktion aber überraschend gut.

Wenn ich die Kartons leerte, musste die Matratze auf dem Boden liegen. Ich seufzte. Ein anständiges Bett verlieh dem Schlafzimmer Beständigkeit. Ohne würde die ganze Wohnung provisorischer wirken, als wäre ich nur auf der Durchreise. Eine unangenehme Erinnerung an meine Situation.

Vielleicht könnte ich das Bett noch eine Weile behalten. Wenn man eine Kartonreihe entfernte, hinge die Matratze zwar über den Rand, aber es würde sich immer noch wie ein Bett anfühlen. Ich löste den Spanngurt, entfernte vier Kartons und zog ihn um die verbliebenen acht wieder fest.

Mit einem ordentlichen Berg Dominos ausgestattet, begann ich die Arbeit an zwei langen Rampen, die an den beiden Seitenwänden hinaufführen sollten. Die Winkel mussten an der Wand angebracht und die Rampen daran festgeschraubt werden. Wenn ich sie beide am Morgen fertigstellte, konnten Julie und ich später etwas Anspruchsvolleres in Angriff nehmen.

Sie hatte nicht erwähnt, wann sie kommen wollte, deshalb wartete ich die ganze Zeit auf ihr Klopfen an der Tür. Ich rechnete damit, als ich die Löcher bohrte; ich rechnete damit, als ich die Winkel an der Wand befestigte und die Rampen montierte. Ich rechnete damit beim Mittagessen. Als das muntere Geräusch am frühen Nachmittag endlich durch die Wohnung hallte, spukte es mir schon so lange im Kopf herum, dass ich einen Moment brauchte, um zu begreifen, dass es echt war.

Julie kam hereingestürmt, ein Wirbel von Temperament und Farbe. Heute trug sie Shorts und ein enges, ärmelloses Oberteil, wieder in Gelb. Sie hatte mehrere große Taschen und auch eine Tüte aus der Bäckerei dabei, aber das war noch nicht mal der Tollste: Wie versprochen, hatte sie das Handy mitgebracht.

»Es ist schon alt.« Sie gab es mir. »Aber die Kamera funktioniert. Ich habe sie heute Morgen ausprobiert.«

Aus ihrer Sicht war das Telefon vielleicht alt, für mich sah es neu aus. Voller Begeisterung setzte ich mich damit an den Tisch. Jetzt hielt ich eine neue Art Gedächtnis in der Hand. Eine andere Möglichkeit, über die Zeit hinweg Wissen an mein auf der anderen Seite wartendes Ich weiterzugeben.

Ein seltsamer Stolz – oder vielleicht eine Art Zugehörigkeitsgefühl – überkam mich. Was, wenn ich diesen Gegenstand an mein künftiges Ich weitergab? Würde damit auch diese Empfindung weitergegeben? Konnte ich zusammen mit dem Besitz meine Persönlichkeit vererben?

Das Telefon schmiegte sich angenehm in meine Hand, und mein Daumen schwebte über dem Display. Ich ging ganz intuitiv damit um, genau wie gestern.

Und warum auch nicht? Wahrscheinlich hatte ich früher einmal so ein Gerät besessen. Bevor ich krank wurde, hatte ich vermutlich einen Job. Geld. Freunde und Bekannte wie jeder andere auch.

Aber warum hatte ich das Telefon dann nicht mehr? Vielleicht war es kaputtgegangen oder es hatte nicht mehr richtig funktioniert, und ich hatte es nicht für wichtig genug gehalten, um es als Andenken aufzubewahren. Vielleicht verkörperte das fehlende Handy eine weitere verblüffende Lücke in meinem Leben, eine der Leerstellen, die mehr aussagten als meine vorhandenen Erinnerungsstücke.

»Es ist blitzblank.« Julies Stimme riss mich aus meinen Überlegungen.

Verwirrt betrachtete ich das mattschwarze Telefon.

»Nichts drauf«, erklärte sie. »Komplett bereinigt.«

»Blitzblank.« Ich nickte. Sie meinte leer.

»Das können wir sofort ändern, wenn du willst.« Ihre Fingerspitzen streiften meine Hand, als sie es zurücknahm. Dann ging sie in die Hocke, um mit mir auf einer Höhe zu sein. Sie lehnte sich mit der Schulter so dicht an mich, dass ihre Haare mich an der Wange kitzelten. Der Duft ihres Parfums strömte mir in die Nase.

Einen Augenblick lang hatte ich keine Ahnung, was geschah, aber ich folgte ihrem Blick zum Handy. Das Display zeigte Julies hinreißendes Gesicht, das sich meinem zuneigte. Ich wusste, wie man so etwas nannte. Ein Selfie. Der Verschluss klickte und fing mein verhaltenes Grinsen gemeinsam mit Julies strahlendem Lächeln ein.

»Das machen wir zu deinem Startbildschirm.« Ein paar flinke Fingerbewegungen, und das Foto erschien wieder auf dem Display. Mein Gefühlschaos dieses Moments war für immer festgehalten. Sie reichte mir das Handy zurück. »Fertig. Nicht mehr blitzblank.«

Zu dem Telefon gehörte ein Ladegerät. Julie führte es mir kurz vor, aber wieder fühlte es sich selbstverständlich an.

Dann machten wir uns an die Arbeit. Julie streifte ihre Schuhe ab und schnallte ihren Werkzeuggurt um, während sie die beiden langen Rampen an den gegenüberliegenden Wänden begutachtete und die Dominos kommentierte, die in einer Reihe die kleinen Stufen hinaufführten. Die beiden Podeste in den hinteren Ecken stellten die größte Herausforderung dar. Doch wir wollten uns später darum kümmern und uns erst einmal mit den einfacheren befassen.

Es dauerte nicht lange, bis wir wieder in unseren Rhythmus fanden. Innerhalb einer Stunde brachten wir zwei weitere Podeste an. Bevor wir mit der kniffligen Arbeit an den Verbindungsrampen begannen, schlug Julie vor, eine Pause einzulegen.

»Ich brauche eine Zigarette«, sagte sie. »Setzen wir uns nach draußen?«

Sie lehnte mein Angebot ab, einen Stuhl aus der Küche auf den Balkon zu bringen, und setzte sich neben dem Geländer auf den Boden. Obwohl die Sommersonne tief am Himmel stand, hatte sie wenig an Kraft eingebüßt. Eine Brise versuchte vergeblich, ein wenig Leben in die stickige Luft zu bringen. Julie zündete ihre Zigarette an und blies eine Rauchwolke in die Landschaft. Die

Sommerhitze machte ihr offensichtlich nichts aus. Ich zog mich in den Schatten zurück.

Lächelnd sah sie zu mir auf. »Was denn?«

Sie hatte mich beim Starren ertappt. »Nichts.« Beschämt schüttelte ich den Kopf und beschäftigte mich damit, den Muffin auszupacken, den sie mitgebracht hatte.

Sie ließ die Zigarette auf die Untertasse sinken, die sie als Aschenbecher benutzte. »Entschuldigung. Der Rauch stört dich.«

»Nein, das ist es nicht.«

Julies Augen unter den geschwungenen Brauen sahen mich durchdringend an.

»Es wundert mich nur, dass du rauchst. Ich meine, weil du Alkohol so strikt ablehnst.« Am liebsten hätte ich mir auf den Mund geschlagen. Wenn man es laut aussprach, klang es wie Kritik. »Sorry. Blöder Gedanke.«

»Nein. Eigentlich ganz vernünftig.« Sie steckte sich die Zigarette zwischen die Lippen. »Man kann sich bloß nicht alle Laster gleichzeitig abgewöhnen.«

Ich nickte, aber ihre Prioritäten kamen mir merkwürdig vor. Wenn sie regelmäßig rauchte, war das schädlicher, als ab und zu ein Gläschen zu trinken.

Es sei denn …

Es sei denn, es ging nicht um ein Gläschen ab und zu. Es sei denn, das Trinken war ein echtes Problem gewesen. Aber das kam mir unwahrscheinlich vor. Julie war ein bisschen jünger als ich – zu jung, um Alkoholikerin zu sein, oder?

»Also mit dem schlimmsten Laster angefangen?«, wagte ich mich vor.

»Dreihunderteinundfünfzig Tage.« Sie grinste schief. »Aber wer zählt schon mit, oder?«

Sie kramte in ihrer Handtasche und zog einen klimpernden

Schlüsselbund hervor, an dem eine dicke Medaille hing. Mit einem Anflug von Stolz reichte sie sie mir. Sie war überraschend schwer. Sechs Monate, stand darauf, und in das mattgraue Metall war das Datum eingraviert. Sechs Monate trocken.

»Nur noch ein paar Tage, dann bekomme ich die Ein-Jahres-Medaille. Wie aufregend!« Wieder diese Mischung aus Stolz und Ironie, als würde sie sich über ihre eigene Leistung lustig machen.

»Das ist toll.«

Julie zuckte mit den Achseln. Sie nahm die Medaille zurück und stopfte sie umstandslos wieder in die Tasche. Obwohl sie so ungezwungen mit dem Thema umging, als könnte sie es mit einem Zug an ihrer Zigarette vergessen machen, fühlte ich mich ein wenig geehrt. Als hätte sie mich in ein Geheimnis eingeweiht.

Ehrlich gesagt, passte es irgendwie ins Bild. Seit sie vor meiner Tür aufgetaucht war, hatte ich mich gewundert, wieso jemand, der so lebhaft und charismatisch war, einer so banalen Arbeit nachging. Vielleicht war ich nur naiv, aber wenn sie trockene Alkoholikerin war, leuchtete es ein, dass sie mit diesem Lieferantenjob wieder auf die Beine kommen wollte. Neue Arbeit. Neue Wohnung in einer neuen Stadt. Das Leben wiederaufbauen. Stück für Stück. Ein warmes Gefühl durchströmte meine Brust.

»Noch mal: Was denn?« Sie kniff die Augen zusammen.

Verdammt. Wieder beim Gaffen erwischt worden. Ich musste an meinem Pokerface arbeiten. Andererseits ging es ja gerade ums Lernen. Fehler machen und besser im Umgang mit Menschen werden. »Tut mir leid. Ich dachte nur, du bist ein bisschen zu jung für ernsthafte Suchtprobleme.«

Sie kniff die Augen noch fester zusammen. »Ich weiß nicht, ob das ein Kompliment ist.«

»Doch, auf jeden Fall. Ich meinte nur, dass ich noch nicht so viel erlebt habe. Du hast eine richtige Vergangenheit.«

»Alkoholismus ist nicht gerade eine Errungenschaft.«

»Nein, das ist mir klar. Aber sich der Sucht zu stellen und sie zu überwinden, das ist doch was.«

»Hm.« Sie zog die Mundwinkel zur Andeutung eines Lächelns hoch. »Also, nach der Logik bin ich äußerst erfolgreich. Ich hab bestimmt schon zehnmal mit dem Trinken aufgehört.«

Ich verstand, was sie meinte: neunmal gescheitert. Trotzdem beneidete ich sie um ihre Vergangenheit. Um das Rauchen, das Nichttrinken, die Piercings, die schweren Stiefel und flatternden Kleider. All das zeugte von einem gelebten Leben, im guten wie im schlechten Sinn. Und das war so viel mehr, als ich hatte.

Unwillkürlich starrte ich sie wieder an, dieses Mal allerdings stellte Julie mich nicht zur Rede. Sie wandte sich zum Balkongeländer um und zog an ihrer Zigarette. Eine Zeit lang konnte ich einfach zusehen, wie die Sonne auf ihre schwarzen Haare schien und ihre Wangen leicht rötete. Dünne Lachfältchen umgaben die Augenwinkel, und eine dünne weiße Narbe führte von der Schläfe bis zum Haaransatz: vielleicht Spuren, die das Trinken hinterlassen hatte. Blessuren der Vergangenheit. Nichts davon beeinträchtigte ihre Schönheit. Es war die einer Überlebenden, hart erkämpft.

Sie drückte ihre Zigarette aus und warf die Kippe in den Küchenmülleimer, als uns die kühle Wohnungsluft wieder in Empfang nahm.

Ich erklärte ihr die neue Aufgabe, die vor uns lag. Es würde schwierig werden, das nächste Podest hoch oben in der Ecke anzubringen, und schnell stellte sich heraus, dass es ein gewisses Maß an Verrenkungen erforderte. Julies rechter Fuß und mein linker mussten sich einen Trittstein teilen – die geriffelte Außenseite meines Turnschuhs und ihre nackte Haut klemmten nebeneinander wie nicht zueinanderpassende Puzzleteile.

Ohne mich davon ablenken zu lassen, hob ich das Brett mit einer Hand in die richtige Position. Mit der anderen Hand hielt ich immer den jeweiligen Akkuschrauber, den Julie gerade nicht brauchte, während sie die eigentliche Arbeit erledigte. Meine Wange war nur Zentimeter von ihrer entfernt. Mit konzentriertem Blick richtete sie die Winkel aus. Ich konnte die Sommersprossen sehen, die ihre Nase und den oberen Teil ihrer Wangen sprenkelten und ihrer blassen Haut einen Hauch von Farbe verliehen.

Die Stille und unsere Nähe waren wie das leise Ticken vor einer Explosion. Der Drang, etwas zu sagen, überkam mich; Hauptsache, das Schweigen durchbrechen.

»Heute Morgen habe ich mich in die Geschichte eingelesen«, erbarmte sich Julie schließlich. »Ich bin darüber gestolpert, als ich Videos gegoogelt habe, wie andere ihre Dominobahnen bauen.«

»Die Geschichte der Dominosteine? Ich wusste nicht, dass sie eine haben.«

»Alles hat eine Geschichte.« Sie verlagerte das Gewicht, während sie die Löcher unter dem Podest bohrte. Als sie ein wenig in die Hocke ging, stieß ihr Knie gegen meine Wade und blieb dort, um mich als praktische Stütze zu nutzen. »Ich erinnere mich nicht mehr an alle Details. Es fing in einer Kleinstadt irgendwo im Orient an. Angeblich waren die Leute verrückt danach und haben den ganzen Tag Domino gespielt.«

Ich versuchte, mich auf ihre Stimme zu konzentrieren. Aber ihre Haut so nah bei mir und das Hauchen ihres Atems saugten meine Aufmerksamkeit regelrecht auf. Nur mit schierer Willenskraft konnte ich ihren Worten folgen.

»Dann wurde die Stadt von einem Kriegsherrn überfallen und geplündert. Nach der Invasion gaben die Dorfältesten dem Spiel die Schuld.« Sie unterbrach sich, als der Akkuschrauber in ihren Händen einmal, zweimal ansprang. »Und nicht zu Unrecht. Wenn die Bewohner ihre Grenzen bewacht hätten, statt Domino zu spielen und ihr Geld zu verzocken, wären sie vielleicht gar nicht überfallen worden.«

Von so nah konnte ich die einzelnen Muskeln an ihren Unterarmen erkennen, die sich im Rhythmus des aufjaulenden Akkuschraubers anspannten, wenn sie den Bohrer ins Holz trieb. Ich konzentrierte mich wieder auf die Dominos und ihre blutige Vergangenheit.

»Deshalb verfügten die Ältesten, dass niemand das Spiel je wieder erwähnen durfte. Und fast wäre es auch für immer in Vergessenheit geraten. Aber es heißt, dass ein junger Stadtbewohner auf Reisen ging und einem Fremden von dem Spiel erzählte.« Sie nahm mir den Akkuschrauber mit dem Bit aus der Hand und gab mir ihren. »Jetzt wird es verrückt.« Sie warf mir über die Schulter einen Blick zu. »Aus unerfindlichen Gründen kam der Fremde auf die Idee, die Spielregeln in Steintafeln zu ritzen. Dann verstaute er die Tafeln in Tonkrügen und vergrub sie. Alle an verschiedenen Orten. Einer auf einem Feld, ein anderer am Wegesrand. An dem Punkt hört die Überlieferung auf. Weder der Fremde noch die Stadt noch die Dominos werden noch einmal erwähnt. Aber die Tonkrüge sind dort geblieben, in ihren Verstecken. Kannst du dir das vorstellen?«

»Nein. Ich meine, ja, kann ich.« Natürlich konnte ich es mir vorstellen. Die Krüge lagen tief in der Erde, aus der Erinnerung und der Geschichte getilgt, aber sämtliche Informationen waren noch auf den Steintafeln vorhanden. Nicht ausgelöscht, nur vergessen.

»Die Seite ist schon fest, oder?« Julie begann, das Podest zurechtzurücken.

Ich nickte und drehte mich, um die nächsten Schrauben von

dem Haufen hinter mir aufzuheben. »Die rechte, ja.« Ich stockte. Das Bild in meinem Kopf stimmte nicht mit dem überein, was ich gerade gesagt hatte. Julie sah in die andere Richtung, also war ihr »rechts« für mich …

»Komisch. Es fühlt sich ein bisschen … Huch!«

Sie kippte nach vorn. Ihr Arm fuhr unter das Podest, doch das neigte sich von ihr weg und zog sie mit nach unten. Das Brett versperrte Julie die Sicht auf den Boden: Sie konnte nicht erkennen, wo die Trittsteine lagen. Ihre Füße rührten sich nicht vom Fleck, weil sie nicht ins Unbekannte treten wollte. Sie konnte sich nirgends abstützen. Nichts konnte ihren Sturz auf die Tausenden von Dominos unter ihr aufhalten.

Einen Sekundenbruchteil verharrte sie in dieser Position, als könnte sie der Schwerkraft durch reine Willenskraft trotzen. Der Vorfall mit der Joggerin schoss mir durch den Kopf. Ich hatte eine Vision, wie meine Hand ihren glatten muskulösen Körper berührte, und sie fühlte sich an wie eine echte Erinnerung.

»Mist! Hilfe, Hilfe!« Julie kippte nach vorn.

Ihre Stimme war der Zündfunken, der mich in Bewegung setzte. Blitzschnell fing ich mit einer Hand das Podest auf und streckte die andere aus, um Julies Oberkörper abzufedern. Ihre straffen Muskeln trafen auf meiner Hand auf, und ich wurde durch die Wucht rückwärts nach unten gedrückt. Knie und Arme beugten sich durch, strafften sich, hielten dem Druck stand. Julie, das Podest und ich kamen schwankend zum Stillstand.

Stille. Kein Klackern umfallender Dominos unter uns. Nichts, außer Julies zitterndem Atem.

»Mist«, sagte sie. »Gut gefangen.«

»Ich drücke dich wieder hoch.« Meine Stimme klang überraschend streng. Als hätte ich alles im Griff.

Zuerst konnte ich mich kaum rühren, weil die harten Muskeln in der weichen Baumwolle unter Julies gesamtem Gewicht auf meine Hand drückten. Langsam schob ich meine Schulter nach vorn und Julie nach hinten, bis sie wieder im Gleichgewicht war und auf eigenen Füßen stehen konnte. Wir entknoteten uns Glied für Glied und hielten beide das Podest fest, bis wir es sicher an der Wand verschraubt hatten.

»Alles klar«, sagte ich, und wir ließen beide los. Das Podest hielt, aber meine Wangen brannten. Das Ganze war meine Schuld.

»Sorry, das war ich.« Etwas verlegen drehte ich mich zu ihr um. »Ich meinte links. Von mir aus gesehen rechts, aber von dir aus links. Das kann schon mal vorkommen. Wenn man in die andere Richtung sieht. Ich meine, das weiß doch jeder. Klar.«

Wenn man schon in einem Loch steckt, sollte man aufhören zu buddeln. Ich presste die Lippen aufeinander.

»Kein Problem.« Julie zuckte mit den Achseln. »Ziemlich gut gefangen.« Sie strich die Falten aus ihrem Top, wo ich sie festgehalten hatte. Nachdem sie sich wieder richtig auf den Trittsteinen platziert hatte, sah sie sich im Zimmer um und drehte sich schließlich zu mir. »Ich platze, wenn ich nicht die naheliegende Frage stelle.«

Ich versuchte, mir meine Beunruhigung nicht anmerken zu lassen. Was für eine naheliegende Frage? Hatte ich mich verplappert, aus Versehen einen Hinweis auf meine Krankheit gegeben? Oder, vielleicht noch schlimmer, ging es darum, dass ich sie angefasst hatte?

Sie zog eine Braue hoch. »Bist du nicht auf die Idee gekommen, zuerst die Podeste aufzubauen?«

Ich blinzelte.

»Wenn du oben angefangen hättest«, sagte sie, »müssten wir nicht hier rumeiern, um die Bretter zu befestigen, und beinahe umfallen und alles kaputtmachen.« Sie grinste. »Ich meine, nicht, dass ich was gegen dreidimensionales Twister hätte, aber wäre es nicht zehnmal einfacher gewesen, zuerst die Podeste und dann die Sachen auf dem Boden aufzubauen?«

»Ach so, ich verstehe, was du meinst.« Ich nickte. »Nein, ich musste es so machen. Bevor die Dominos auf dem Boden alle stehen, ist es schwierig, sich das Timing vorzustellen.«

»Das Timing?«

»Es geht immer ums Timing. Die Spiralen, die dir so gut gefallen haben, die …« Ich suchte nach dem Wort, das sie verwendet hatte. »Die Wirbelmuster. Die stehen nicht da, weil sie schön aussehen. Durch die Spiralen ändert sich die Geschwindigkeit, mit der die Steine kippen.« Ich zeigte auf eins der großflächigeren Muster. »Längere Spiralarme brauchen mehr Zeit zum Fallen, deshalb bewegen sich die einzelnen Reihen unterschiedlich schnell voran, und es kommt zu mehreren Wellen, und die Steine jagen und überholen sich. Aber die Podeste sind zu klein für größere Muster. Die Dominos auf dem Boden bestimmen den Ablauf. Ich musste also zuerst die Steine auf dem Boden aufstellen, um zu wissen, wie die Podeste am besten reinpassen.«

Ich atmete tief durch. Das war die längste Rede, die ich je gehalten hatte. Soweit ich wusste.

»Hm«, sagte Julie. »Auf die Idee bin ich gar nicht gekommen.«

»Man braucht eine Menge Übung, um ein Gefühl für das Timing zu bekommen. Ich habe wochenlang Dominos auf dem Küchentisch aufgestellt und beobachtet, mit welcher Geschwindigkeit die unterschiedlichen Formen und Muster und Kurven fallen.«

»Wie bist du auf die Idee gekommen, darauf zu achten? Hast du das im Internet gelesen oder so?«

»Nein. Das ist einfach das Wichtigste dabei.« Manchmal waren die einfachsten Dinge am schwierigsten zu erklären. »Es geht nicht nur darum, dass einundachtzigtausend Dominos in einem Moment stehen und im nächsten flachliegen. Es geht darum, wie das passiert. Um den Fluss und die Wellen.« Ich hatte es noch nie in Worte fassen müssen, nicht einmal im Kopf. Es schien einfach selbstverständlich. »Die Schönheit des Fallens.«

»Aha.« Sie wandte den Blick ab, seitlich nach unten. »Okay.«

Ich biss mir auf die Lippen. Laut ausgesprochen klang das Ganze ein bisschen sonderbar. In dem Brief, in dem mir der Auftrag gegeben wurde, hatte kein Wort über die Schönheit dessen gestanden, was ich schaffen sollte. Je mehr ich in den ersten Wochen aber mit den Dominos herumspielte, desto zahlreichere Möglichkeiten gingen mir durch den Kopf. Jetzt kam es mir völlig selbstverständlich vor.

»Ich gehe besser mal.« Julie schüttelte kurz den Kopf. »Das Podest sitzt jetzt bombenfest, du solltest also klarkommen.«

»Auf jeden Fall. Du warst eine große Hilfe.« Ich hatte das Gefühl, zu viel gesagt zu haben.

Während Julie ihre Handtasche aus der Küche holte, versuchte ich mir einzureden, dass ich sie deswegen eingeladen hatte – damit ich Fehler machen und daraus lernen konnte. Aber ich kam mir nur dumm und peinlich vor.

An der Tür blieb sie stehen. »Danke, dass ich vorbeikommen durfte.«

»Du hast deine Geschichte nicht zu Ende erzählt«, sagte ich. »Von der Herkunft der Dominos.«

»Ach ja, stimmt.« Lächelnd lehnte sie sich an den Türrahmen. »Wo waren wir stehen geblieben?«

»Die Krüge wurden vergraben.«

»Genau.« Sie nickte. »Jahrhunderte verstrichen. Weltreiche

blühten auf und verfielen. Bis ein Reisender das Gerücht von einem in der Gegend vergrabenen Schatz hörte. Er grub danach, wochenlang. Das verärgerte die Einheimischen, weil sie ihre Felder bestellen wollten, aber, siehe da, er fand einen der Krüge.« Sie breitete die Arme aus. »Voilà.«

»Das ist ja irre.«

Sie grinste. »Stell dir vor, was dafür alles zusammenkommen musste. Der Mann aus dem Dorf, der nicht den Mund halten konnte. Der Fremde, der das Spiel der Nachwelt überliefern wollte. Der Schatzsucher, der die alten Gerüchte gehört hat.«

Ich lächelte. Halb, weil ich ihr zustimmte, halb, weil sich die Situation normalisiert hatte.

»Morgen hab ich eine Lieferung für Mrs. Davis«, sagte sie. »Was hältst du davon, wenn ich vorbeikomme, um zu sehen, wie es bei dir läuft?«

»Klar.« Ich nickte. »Unbedingt.«

Sie öffnete die Tür, drehte sich aber noch einmal um.

»Das hat mir gefallen, was du vorhin gesagt hast.« Sie nickte mir zu, dann war sie weg.

Was hatte ihr gefallen? Je länger ich über unsere Unterhaltung nachdachte, desto überzeugter wurde ich, dass sie meinen kleinen Vortrag über das Timing bei den Dominos meinte. Alles andere passte nicht. Sie fand es nicht merkwürdig; es hatte ihr gefallen.

Julie mit ihrer komplizierten Vergangenheit, mit ihrer geradezu übernatürlichen Schönheit, hatte mich gesehen und gehört. Und einen winzigen Moment lang hatte sie mich verstanden und auf mich reagiert. Eine wohlige Wärme stieg in meiner Brust auf, überwältigte mich so schnell wie ein Drogenrausch.

Den Rest des Nachmittags war ich wie benebelt. Es blieb noch genug Zeit, um die neuen Podeste zu bestücken. Die Arbeit ging langsam voran. Meine linke Hand prickelte immer noch von der Erinnerung an den Moment, an dem sie Julies Bauch berührt hatte. Die Nerven in meinen Fingern und Handflächen schienen ihr eigenes Gedächtnis zu haben. Immer wieder ließ ich das Ereignis vor meinem geistigen Auge ablaufen, genoss das Gefühl von Julies Top unter meiner Hand, den festen Druck ihrer Muskeln.

Schließlich war das Tagespensum trotz aller Ablenkungen geschafft. Wie gestern schaltete ich das Deckenlicht aus und nahm mir einen Moment Zeit, um das wachsende Bauwerk zu betrachten. Ich atmete tief ein und wünschte, ich könnte dieses Gefühl für immer konservieren.

Die Kamera.

Endlich einmal konnte das Ergebnis festgehalten werden, in einer konkreten Form, die ich an meine Zukunft weitergeben konnte.

Ich knipste mehrere Fotos und dann eine Panoramaaufnahme, auf der das ganze Gebilde zu sehen war. Der Umgang mit der Kamera fiel mir leicht, ganz offensichtlich hatte ich früher so ein Gerät besessen. Im schwindenden Licht kamen nicht alle Details zur Geltung, was mich aber nicht störte. In den dunklen Schatten der seltsamen Skulptur schien etwas Geheimnisvolles zu lauern.

Nachdem ich mein Tagewerk dokumentiert hatte, spulte ich mein Abendprogramm ab. Mein Essen schmeckte ich gar nicht richtig. Ständig wanderten meine Finger zu dem Handy neben dem Teller, mit dem Foto auf dem Startbildschirm. Julies Baumwolltop an meiner Schulter, als sie sich an mich lehnte. Aufgezeichnete Vergangenheit. Eingefrorene Erinnerung, überlieferbar.

Wie ferngesteuert spülte ich das Geschirr, im Geiste ganz

woanders. Aber das Tagebuch durfte ich nicht so schreiben. Diese Form von Erinnerung erforderte meine volle Aufmerksamkeit.

Ich schlug eine neue Seite auf und notierte die ersten Sätze. Die Konzentration rann mir durch die Finger wie warmer Honig. Das Telefon neben mir zog mich magisch an, und ich musste alle dreißig Sekunden auf das Display tippen, damit es nicht schwarz wurde. Es machte mir nichts aus.

Ich zwang mich, auf die knappe Überschrift der Seite zu sehen. *Tag sieben.*

Eine Woche. Sieben Tage waren eine Woche.

Das konnte nicht stimmen. Ich blätterte zurück zum Beginn des gestrigen Eintrags. Tag acht. Also war heute Tag sieben. Einfache Subtraktion.

Trotzdem fühlte es sich nicht richtig an. Ich ging zum Wandkalender. Wie jeden Abend strich ich den aktuellen Tag durch. Der direkt darunter war mit einem roten Sternchen gekennzeichnet. Es war fast sechs Monate her, dass ich ihn markiert hatte. Ich hatte zweimal nachgezählt, um auf Nummer sicher zu gehen. Damals hatte sich die verbleibende Zeit vor mir wie eine riesige Leere bis zu einem fernen Horizont erstreckt.

Jetzt kam er mir nicht mehr fern vor.

Heute war Sonntag. Am nächsten Sonntagabend wäre nicht ich es, der den Tag ausstrich. Nicht das »Ich«, das sich erinnerte, den Tag mit einem roten Sternchen markiert zu haben. Nicht das »Ich«, das sich erinnerte, eine blaue Diagonale durch das Kästchen darüber gezogen zu haben. Mein Herz zog sich zusammen. Heute war mein letzter Sonntagabend.

Was für ein blöder Gedanke! Natürlich war ich am nächsten Sonntag noch derselbe. Nur mein Bewusstsein nicht mehr, das diesen heutigen Sonntag erlebt hatte. Die Erinnerungen an die beiden Tage würden nicht nebeneinander abgespeichert, und dieser Moment, dieser Gedanke, wäre aus meinem Gedächtnis verschwunden. Bis auf das, was mein Tagebuch hinüberretten konnte.

Ich presste die Handballen auf die Stirn, um die aufsteigende Panik zu unterdrücken.

Tief durchatmen. Das Bewusstsein, das die Tagebucheinträge las und die Erinnerungen zurückgewann, wäre immer noch ich. Der Brief, die Dominos, die Andenken, der Sport und die Schlösser an der Tür – all das stellte sicher, dass der Mann jenseits des Vergessens meine Gedanken und mein Verhalten übernahm. Wie ich damals sollte er von meinen Entscheidungen und Handlungen beeinflusst werden. Immerhin bereitete ich mich seit den ersten Tagen auf diese Woche vor.

Dennoch, jetzt war diese Woche gekommen. Und was tat ich? Mein Blick schweifte zu dem Telefon auf dem Tisch. Julies Handy. Meine Finger prickelten immer noch von der Berührung ihres Körpers. In meinem Kopf hallten ihre Abschiedsworte wider.

Ich hatte mich ablenken lassen. So war es. Und zwar im schlimmstmöglichen Moment. Nämlich dem Moment, in dem Kontrolle wichtiger denn je war und in dem ich mich ganz darauf konzentrieren musste, die kommende Woche zu überstehen und hinterher noch derselbe Mensch zu sein.

Ich nahm das Handy und tippte aufs Display. Zwei lächelnde Gesichter leuchteten auf.

Die Vorstellung, mich Julie gegenüber zu öffnen, war schön gewesen. Aber bei nur noch sieben verbleibenden Tagen war das Risiko zu hoch. Nicht nur, dass Julie, falls unsere Freundschaft bestehen blieb, am nächsten Sonntag oder Montag unangemeldet auftauchen konnte, wodurch ich die Kontrolle über das verlor, was aus mir wurde. Das Problem lag tiefer. Eine Bedrohung, die ich nicht vorhergesehen hatte. Dass mein Herz heftig pochte, wenn sie bei mir war. Dass das Foto eine solche Faszination auf mich ausübte und ich eine seltsame Freude empfand, wenn Julie auf das reagierte, was ich sagte. Dass ich mich völlig anders benahm, wenn sie da war.

So musste es sein, wenn man süchtig war. Deswegen wollten sich viele Menschen gar nicht aus ihrer Abhängigkeit befreien.

Morgen, schrieb ich, übernehme ich wieder die Kontrolle.

TAG sechs

Heute musste es passieren.

Ich riss die Augen auf.

Nur noch sechs Tage. Ich brauchte einen Plan, um Julie loszuwerden. Zur Abwechslung war es nicht meine Aufgabe, etwas aufzubauen, sondern etwas zu zerstören.

Ihre Rolle als Lebensmittellieferantin erschwerte die Lage. Ich konnte mich nicht mit der kleinen Notlüge herauswinden, dass ich die nächsten Wochen im Urlaub war. Aber bei dem Gedanken an eine direkte Konfrontation brach mir der kalte Schweiß aus.

Ich warf die Decke zur Seite und stürzte mich in mein Morgentraining. Bald schon begann die körperliche Anstrengung, meine innere Beklemmung zu lösen. Ich erhöhte die Intensität, bis nur noch Erschöpfung und Gewohnheit zurückblieben und der einzige bewusste Gedanke das Zählen der Wiederholungen war. Gesunder heißer Schweiß spülte die klammen Ausdünstungen der Nacht ab.

Danach die Dehnübungen. Das langsame Atmen in jeder neuen Stellung half, einen klaren Kopf zu bekommen. Es gab keinen Grund, die Sache übermäßig zu verkomplizieren. Ich konnte

Julie bitten, morgen eine doppelte Lieferung zu bringen, um die Woche darauf zu überspringen. Ich würde einfach ankündigen, eine Weile nicht erreichbar zu sein. Falls sie nachfragte, konnte ich behaupten, eine Privatangelegenheit regeln zu müssen. Das würde sie bestimmt akzeptieren.

Und im Anschluss würde unsere Freundschaft – oder was auch immer sich da zwischen uns entwickelt hatte – von allein ausklingen. Mr. Lester kehrte aus dem Urlaub zurück. Und wenn es mir weiterhin wichtig war, den Umgang mit Menschen zu üben, könnte ich genauso gut ihn irgendwann zum Essen einladen. Julie hatte mir gezeigt, dass es möglich war: jemanden einfach so einzuladen.

Ein Plan. Erleichterung stieg in mir auf. Während der letzten Dehnübungen und unter der Dusche probte ich meinen Text. »Hör mal, Julie, ich muss mich um ein paar Sachen kümmern.« Ich sagte es versuchsweise mit einem freundlichen und zugleich bedauernden Lächeln in Richtung Spiegel.

Mit neu gewonnener Energie begann ich mit der Arbeit, obwohl ich wusste, dass ich die Aufregung von Julies Besuchen vermissen würde. Unwillkürlich warf ich einen mutlosen Blick auf die Stelle an der Wand, wo das letzte Podest hinsollte. Geplant war, dass es hoch über der Küchentür hing und die Elemente zu beiden Seiten davon miteinander verband. Ich hatte es bis zuletzt aufgespart, weil der Aufbau so weit oben besonders schwierig war; jetzt hätte ich mich ohrfeigen können, dass ich es nicht erledigt hatte, als ich Hilfe hatte. Tja, dann musste ich es eben allein schaffen. Bestimmt wurde alles leichter, wenn ich Julie erst losgeworden war.

Sie kam kurz nach Mittag, begrüßte mich mit einem herzlichen Lächeln und begutachtete nickend meinen Fortschritt. »Langsam fügt sich alles zusammen, oder?«, sagte sie. »Du hast letzte Woche so viel geschafft.« Sie drehte sich im Kreis und ließ alles auf sich wirken.

Ich setzte das bedauernde Lächeln auf und öffnete den Mund, um es hinter mich zu bringen.

Julie sah auf die Uhr und sagte: »Um zwei muss ich im Lager sein – also habe ich genau achtunddreißig Minuten Zeit. Wahrscheinlich würden wir das Brett über der Tür schaffen.«

Ich klappte den Mund zu. Das klang fantastisch. Und in achtunddreißig Minuten hätte ich auch genug Zeit, meinen Text aufzusagen.

Sobald wir angefangen hatten, kam es mir allerdings natürlicher vor, es ihr einfach beim Abschied zu sagen. Mal abgesehen davon, musste ich mich voll und ganz auf die Arbeit konzentrieren. Die Wohnung befand sich in einem Altbau und hatte daher besonders hohe Decken, und auch wenn die Türrahmen relativ niedrig waren, lag das Podest mindestens fünfzig Zentimeter über allen anderen. Ich musste mit den Händen über dem Kopf arbeiten, und trotz des häufigen Trainings war es überraschend anstrengend, sperrige Gegenstände in dieser Höhe zu halten. Bald spürte ich das Brennen in meinen Muskeln.

Für Julie war es noch schlimmer. Sie stand zwar wenigstens im Mittelgang, während ich auf den Trittsteinen auf einer Seite balancierte, musste sich aber zum Bohren mit ausgestreckten Armen auf die Zehenspitzen stellen.

»Danke, Mum, endlich zahlen sich die Ballettstunden mal aus«, sagte sie. »Kannst du in der Position bleiben?«

»Du weißt doch, dass ich auf dreidimensionales Twister stehe.«

Julie erwiderte mein Grinsen und betrachtete mich von Kopf bis Fuß. Wahrscheinlich wirkte ich in meiner breitbeinigen, tiefen Haltung mit den nach oben ausgestreckten Armen etwas lächerlich.

Während ich das Brett festhielt, nahm Julie ihre Position ein. Sie musste sich auf Zehenspitzen fast zwischen meine Beine stellen. Ich konzentrierte mich darauf, das Podest festzuhalten. Mit erhobenen Armen hatte Julie Mühe, genug Druck hinter den Bohrer zu bringen, und ihr gesamter Körper spannte sich an. Sie drückte sich ein Stück von der Wand ab, sodass ihr gereckter Hals nur Zentimeter von meinem Gesicht entfernt war. Es war noch schlimmer als gestern. Ich atmete tief ein, und ein dezenter Duft von Vanille und Salz kroch in mich hinein.

Von so Nahem konnte ich die winzigen Glieder ihrer zarten Goldkette sehen, die sich um ihren Nacken schlang und vorne unter ihrem Top verschwand. Ihre kurzen Haare waren unter den Ohren nach vorn gekämmt, sodass sie ihr Gesicht einrahmten. An den Ansätzen hatten sie ihr tiefes Schwarz verloren, und ein Hauch rötliches Braun schimmerte durch. Mein Pulsschlag dröhnte mir in den Ohren.

Ganz auf ihre Arbeit über dem Kopf konzentriert, schien Julie nicht zu bemerken, wie nah wir uns kamen. Sie setzte den Akkuschrauber an der nächsten Bleistiftmarkierung an und lehnte sich weit zurück, als sie in die Wand bohrte. Noch ein paar Zentimeter, und wir würden uns berühren. Meine Nasenspitze streifte schon fast ihren Nacken und die Haare hinter ihrem Ohr.

Ich konnte nicht ausweichen, ohne das Podest loszulassen. Panik überkam mich. Ich war gefangen, wie gelähmt, überwältigt von ihrer Nähe und ihrem Duft.

Es war ein Fehler gewesen. Sich noch einmal von ihr helfen zu lassen, war ein Fehler gewesen. Verdammt, sie auch nur durch diese Tür zu lassen, war ein Fehler gewesen. Wie hatte ich mir nur einbilden können, die Situation unter Kontrolle zu haben? Es schien mir unmöglich, dass sie nicht meinen Atem im Nacken oder das Klopfen meines Herzens spürte.

Kein Hinauszögern mehr. Sobald wir das Podest befestigt hatten, würde ich meinen Text aufsagen und die Sache beenden.

»Fertig!« Das Jaulen des Bohrers verklang. »Das letzte Brett hängt.« Schwungvoll drehte sich Julie zu mir um. »Oh.«

Sie hatte tatsächlich nicht bemerkt, wie nah wir uns waren, und wich ein wenig zurück. Ihre Lippen teilten sich zu einem schwachen Lächeln, und ihre Hand flatterte auf meine rechte Schulter, als wollte sie sich sanft mehr Raum verschaffen.

Wäre ich nicht ohnehin schon entschlossen gewesen, hätten der Anblick ihrer großen Augen und des halben Lächelns es besiegelt. Ich musste die Sache beenden. Auf der Stelle.

Ich holte tief Luft. Sie sah mir in die Augen, hob ihr Kinn um einen Millimeter an – eine winzige, vollkommen alltägliche Bewegung –, und ich küsste sie.

Ich dachte überhaupt nicht nach. Ein plötzlicher, irrwitziger Drang, eine Bewegung, die so natürlich war wie die Schwerkraft, so mühelos wie Gehen. Sanft trafen sich unsere Lippen. Hätte ich Widerstand gespürt – ein kurzes Zucken oder eine leichte Anspannung –, hätte mich das vielleicht aus meinem Rausch gerissen, aber ihre Lippen verrieten kein Zögern. Sie gaben meinem Druck nach, und dann erwiderte sie meinen Kuss leidenschaftlich. Sie öffnete den Mund und …

Ich riss mich los. »Sorry.« Ich ließ das Podest los und hob hilflos die Hände. »Tut mir leid.«

»Schon okay.« Sie lächelte und schüttelte etwas überrascht den Kopf. Ihre Wangen und Lippen waren gerötet. Trotz meines Entsetzens fand ich sie schöner als je zuvor. »Wirklich, kein Problem.« Sie streckte die Hand aus, als wollte sie sie auf meine Wange legen.

Ich wankte zurück, stolperte über die Trittsteine und erreichte den sicheren Mittelgang. »Doch.« Ich schüttelte heftig den Kopf.

»Entschuldige bitte. Das hätte ich nicht tun sollen. Es war ein Fehler. Ein verrückter, blöder Ausrutscher.«

»Fühlte sich aber nicht so an, sondern ziemlich nach Absicht.«

Wenn überhaupt, schien meine Entschuldigung sie zu erstaunen. Was vielleicht nachvollziehbar war. Sie musste mich für irre halten. Erst küsste ich sie ohne Vorwarnung, dann machte ich einen Rückzieher.

»Du verstehst das nicht. Es ist unmöglich, dass wir ...« Ich biss mir auf die Zunge. Es gab kein »Wir«. Durfte es niemals geben. Das Konzept würde nicht aufgehen. »Entschuldige bitte.«

Wenn der Kuss Julie schon nicht befremdet hatte, gelang das nun meiner tölpelhaften Entschuldigung. Ihr Lächeln wich einem Stirnrunzeln. »Okay, dann war es eben ein Ausrutscher.« Sie breitete die Arme aus und drehte die Hände nach oben. Beschwichtigend. »Nichts passiert. Jeder macht mal einen Fehler. Bleiben wir einfach ganz ruhig.«

Die Situation verlangte alles andere als Ruhe. Ich fühlte mich von meinen Lippen und dem restlichen Körper verraten. Und Julie war diejenige, die in den Kampf um mich selbst hineingezogen worden war. Oder in den Kampf gegen mich selbst.

Sie musste raus aus meiner Wohnung. Aus meinem Leben. Ich wusste nicht, was mir mehr Angst einjagte – dass ich sie geküsst oder dass sie den Kuss erwidert hatte. »Nein«, sagte ich. »Das muss ein Ende haben. Das Ganze. Dass du kommst und mir hilfst. Du musst gehen.«

»Okay.« Sie ließ ihre Hände in der Luft schweben. »Wenn du willst, dann gehe ich.«

»Ja, das will ich.«

Sie musterte mich noch einen Moment lang. Meine Reaktion musste skurril gewirkt haben. Wie verrückt musste man sein, um jemanden zu küssen und anschließend vor die Tür zu setzen? »Ich hole nur meine Handtasche.« Mit leicht gebeugtem Kopf wandte sie sich zur Küche um.

Schuldgefühle erfassten mich. Wie schrecklich von mir – erst benahm ich mich, als empfände ich etwas für sie, dann stritt ich es sofort ab. Aber ich verdrängte mein schlechtes Gewissen. Die Sache musste sofort beendet werden. In Julies Gegenwart konnte ich mich nicht mehr auf mich selbst verlassen. Als sie vorbeikam, wich ich auf die Trittsteine aus, um Abstand zu halten.

Im Vorbeigehen drehte sie sich zu mir. »Also«, fing sie an. »Bloß Freunde, oder? Wir tun so, als wäre nichts passiert.«

»Nein.« Sie begriff immer noch nicht, was auf dem Spiel stand. Wie sollte sie auch? »Wir dürfen uns nicht mehr sehen. Nie mehr. Es ist vorbei.«

Abrupt blieb sie stehen. »Was?« Sie verschränkte die Arme vor der Brust. »Warum bist du so?«

»Ich rufe bei dir in der Arbeit an und erkläre es. Ich sage …«

»Das kannst du nicht machen. Ich brauche den Job. Ich hab doch gerade erst angefangen.«

»Ich bringe dich nicht in Schwierigkeiten. Ich sage einfach, dass es meine Schuld ist. Ich sage, dass ich ein Problem habe.« Das käme immerhin der Wahrheit nahe. Ich streckte den Arm aus, nicht, um sie zu berühren, sondern um sie zur Tür zu winken. Mein einziger Gedanke war, sie so schnell wie möglich aus der Wohnung zu werfen.

»Nein!«, fuhr sie mich an und schlug nach meiner Hand. »Das kannst du nicht machen. Das ist unfair.«

»Es muss sein. Tut mir leid.«

»Nein!« Jetzt schrie sie fast.

Ich stutzte. »Was soll das heißen?« Wieder versuchte ich, sie zur Tür zu dirigieren. »Du musst jetzt gehen. Es geht leider nicht anders. Du musst gehen.«

Sie rührte sich nicht vom Fleck. »Warum bestrafst du mich?«, wollte sie wissen. »*Du* hast *mich* geküsst.«

Ich schüttelte den Kopf. Ihr Ärger war nicht schwer zu verstehen. Ich hatte nur erwartet, dass sie wütend hinausstürmte, statt wütend stehen zu bleiben. »Entschuldigung. Das war ein Moment der Schwäche.«

»Oder der Stärke – und jetzt, in diesem Moment, bist du schwach.«

Ihre Antwort brachte mich aus dem Konzept. »Ich weiß, das ist schwierig zu verstehen«, sagte ich flehentlich. »Aber ich kann nicht in deiner Nähe sein. Nicht mal für die Lieferungen. Es ist gefährlich für mich.«

»Warum sagst du mir nicht einfach, was los ist?«, sagte sie sanfter und kam auf mich zu. »Ich merke doch, dass du mich magst. Du hast mich geküsst.«

»Das verstehst du nicht.« Meine Stimme wurde immer lauter und höher, mehr Panik als alles andere. Ich wich zurück, aber die Dominos um meine Füße und die Podeste um meinen Kopf engten mich ein.

»Dann erklär es mir.« Ihre Füße fanden die Trittsteine mit der Präzision eines schleichenden Panthers, während sie mir folgte. »Du kannst mich nicht einfach rauswerfen. Sag mir, was los ist.«

»*Du musst gehen.*« Meine Stimme brach. Ich hatte das Podest in der Ecke erreicht. Jetzt konnte ich nirgends mehr hin. Und sie kam weiter auf mich zu.

»Du brauchst keine Angst zu haben.«

»Ich habe keine Angst vor dir. Ich habe Angst vor …« Ich brach ab.

»Sonntag.«

Das warf mich vollends aus der Bahn. »Wie bitte?«

Schweigend und mit brennendem Blick sah sie mich an. Sie

trat ein paar bedächtige Schritte zurück, als wollte sie mir Raum geben, um über das Gesagte nachzudenken.

Sonntag.

Noch sechs Tage.

Der Tag des Vergessens.

»Du hast das Datum auf meinem Kalender gesehen.« Ich zeigte mit dem Finger auf sie. »Du hast rumgeschnüffelt.« Der Kalender hing gut sichtbar in der Küche, und ein rotes Kreuz markierte den Sonntag. Vielleicht hatte sie das mit meiner Hast beim Aufbau der Dominos in Verbindung gebracht.

»Ich weiß, was Sonntag passiert. Ich weiß es schon die ganze Zeit.«

Die Erkenntnis traf mich wie ein Schlag. »Du hast mein Tagebuch gelesen!« An Gelegenheiten hatte es nicht gemangelt. Es lag die ganze Zeit offen herum, und ich war ihr nicht auf Schritt und Tritt gefolgt. »Was soll das? Spionierst du mich aus?« Ich ging auf sie zu und zeigte auf die Tür. »Du solltest gehen. Sofort.«

Sie rührte sich nicht. Und sagte nichts. Meine Dominos umringten ihre Füße wie Tausende von winzigen Geiseln.

Jetzt reichte es wirklich. Julie war offensichtlich eine Verrückte, die sich in meine Welt geschlichen hatte. »Was auch immer du da für ein Spiel treibst, es ist vorbei.« Ich schraubte mich zu voller Größe hoch und sprach mit lauter und fester Stimme. »Wenn du nicht sofort gehst, trage ich dich raus, du durchgeknallte …«

Sie schlug meine ausgestreckten Hände zur Seite und gab mir einen Stoß gegen die Brust.

»Ich bin deine Frau, Robbie!«

Zischend entwich die Luft aus meiner Lunge. Ich rang nach Atem und taumelte rückwärts. Mein Fuß verfehlte den Trittstein, zerknautschte eine der Pappsperren und mähte ein kleines Domino-Wäldchen nieder, aber ich bemerkte es kaum.

»Was hast du gesagt?«

»Wir sind verheiratet, du blöder Trottel.« Sie wischte sich über die Augen, aber sie schimmerten eher vor Wut als vor Tränen.

Ich schaffte es, meine Knie zu stabilisieren, bevor ich in das Meer der Dominos fiel. Sperren hin oder her, so einen Sturz hätten sie nicht überstanden.

»Wir. Sind. Verheiratet.« Bei jedem Wort versetzte sie mir einen Stoß. »Robert. Phillip. Penfold.«

Ich wusste meinen zweiten Vornamen nicht, nur dass auf dem ärztlichen Befund ein P stand, aber so, wie sie es sagte, klang es richtig. Ich schreckte vor der Möglichkeit zurück. Sie musste lügen. Verrückt sein.

»Du bist nicht verheiratet. Du trägst keinen Ehering.« Etwas anderes fiel mir nicht ein. Ich war kurz vor dem Ertrinken, und das war der einzige Strohhalm, an den ich mich klammern konnte.

Julie schnaubte. Sie fasste sich an den Hals, fischte die goldene Kette heraus, die sie immer trug, und brachte einen eleganten Ring aus weißem Metall und grünen Edelsteinen zum Vorschein. Smaragde, vermutlich. Sie passten zu ihren Ohrringen und Augen. Sie passten zu ihr.

Ich setzte eine trotzige Miene auf. Das bewies gar nichts.

Julie schloss die Finger fest um den Ring und riss ihn mit einem kurzen brutalen Ruck von der Kette ab, die daraufhin von ihrem Hals rutschte. Sie machte Anstalten, sich den Ring auf den Ringfinger der linken Hand zu schieben, dann hielt sie inne.

»Hm.« Mit einem kurzen Auflachen betrachtete sie ihre Hand. »Eigentlich hat man seinen Ehering sowieso immer an.« Sie hob die Finger und spreizte sie. »Wenn man einen Ring lange genug trägt, wächst die Hand darum herum. Er prägt sich ein.«

An ihrem Ringfinger war direkt unterhalb des Knöchels unbestreitbar eine Rille zu erkennen. Mir zog sich die Kehle zu.

So schnell, dass ich nicht reagieren konnte, packte sie mein Handgelenk. Sie riss die Hand nach oben, vor meine Augen.

»Wenn man einen Ring lange genug trägt«, wiederholte sie, »prägt er sich ein.«

Und da war sie. Am Ringfinger, knapp unter dem Knöchel, eine kleine Vertiefung. Kein Wunder, dass ich sie nicht bemerkt hatte. Es war nur ein minimaler Abdruck. Ein winziges Stück von mir fehlte.

»Nein«, flüsterte ich. Ich leugnete den Abdruck, ich leugnete seine Herkunft, ich leugnete, was er bedeutete.

»Doch.«

»Das ist unmöglich. Das wüsste ich doch.«

»Du weißt es. Du hast mich geküsst.«

Ich schüttelte weiter den Kopf, wusste nicht, was ich glauben sollte. Ich wusste nur, dass ich Zeit zum Nachdenken brauchte. »Du musst gehen.« Beim letzten Wort zitterte meine Stimme. Sie klang schwach. Armselig. »Bitte.«

Julie trat einen Schritt zurück, als hätte mein verzweifelter Tonfall sie entmutigt. Die Wut verschwand aus ihrer Miene. Sie legte sich die Hand auf den Mund. »Tut mir leid. Du bist durcheinander. So hatte ich das nicht geplant. Ich weiß, dass es schwierig ist.«

»Schwierig?«

»Du hast recht. Es ist nicht deine Schuld, und es ist ungerecht. Ich hätte mich besser auf diesen Fall vorbereiten sollen.«

Diesen Fall? Dass ich sie küsse? Dass ich sie rauswerfe? Beides?

»Kannst du bitte einfach gehen?« Ich dachte nicht an die Zukunft oder daran, dass ich Zeit brauchte, um es zu verarbeiten. Ich musste einfach in Ruhe durchatmen.

Sie suchte meinen Blick. »Gut, ich gehe. Wenn du das willst.«

»Ja«, stammelte ich erleichtert. »Das ist genau das, was ich will.«

»Also gut.« Sie nickte langsam. »Aber es ist noch nicht vorbei, Robbie. Es ist erst vorbei, wenn wir alles wieder in Ordnung gebracht haben.« Sie vollführte eine ausladende Handbewegung. Die Geste schien alles einzuschließen. Mich. Sie. Das Zimmer. Die Dominos.

Ich schwieg. Sie hatte sich bereit erklärt zu gehen. Nichts anderes zählte. Ich musste meine ganze Kraft aufbieten, nur um ihrem Blick standzuhalten. In ihren Augen funkelte Entschlossenheit. Ich empfand nur Verzweiflung.

Ein lautes Seufzen entfuhr ihr. »Verdammt.«

Bevor ich Gelegenheit hatte, mich zu sammeln, wandte sie sich ab und ging zur Tür.

»Warte.« Genauso dringend, wie ich diese Begegnung beenden wollte, musste ich es wissen. Julie sah sich um, und die Frage platzte aus mir heraus: »Warum hast du mich belogen? Warum hast du mir nicht von Anfang an die Wahrheit gesagt?«

Ihre Miene verfinsterte sich. »Klar«, sagte sie spöttisch. »Wie beim letzten Mal.«

Sie schüttelte den Kopf, ging hinaus und schlug die Tür hinter sich zu.

Mit letzter Kraft schleppte ich mich zur Tür. Ich verriegelte das Schloss und legte die Sicherheitskette ein.

Als ich endlich allein war, endlich in Sicherheit, sackte ich am Küchentisch zusammen. Die ganze Zeit sprang ihr letzter Satz in meinem Kopf herum wie eine Flipperkugel.

Beim letzten Mal?

Atmen.

Zitternd schnappte ich nach Luft und vergrub das Gesicht in den Händen.

Verheiratet.

Instinktiv wollte ich den bloßen Gedanken daran nicht zulassen, aber er grub sich in meinen Kopf wie eine Schraube in

Weichholz. Julies Behauptung war nicht unmöglich. Tatsache war, dass ich nicht viel über mein Leben, bevor ich vor einem Jahr in diese Wohnung gezogen war, wusste, außer dass ich aus Melbourne stammte, wo auch meine Ärztin ihre Praxis hatte. Julie hatte gesagt, sie käme aus dem Süden, vielleicht hatte ich also dort mit ihr zusammengelebt. Und war mit ihr verheiratet gewesen. Das würde erklären, warum sie über mich und meine Krankheit Bescheid wusste.

Und es würde den Abdruck an meinem Ringfinger erklären. Ich setzte mich auf und zwang mich, ihn zu betrachten. Die Vertiefung sah hässlich und unnatürlich aus, als wäre ein Baum durch einen Maschendrahtzaun gewachsen. Jahre später, nachdem der Zaun längst verrostet und gerissen war, trug der Stamm noch immer die Spuren seiner Gefangenschaft. Ich starrte auf den Abdruck, als hätte er mich verraten. Der einzige konkrete Hinweis, den Julie hatte vorbringen können.

Nein, es musste eine andere Erklärung geben. Julies Geschichte hatte zu viele Lücken. Wenn wir verheiratet waren, warum lebten wir dann nicht mehr zusammen? Warum war ich Tausende von Kilometern weggezogen und hatte mich allein eingerichtet? Und wenn sie mir hierher gefolgt war – »beim letzten Mal«, wie sie gesagt hatte –, warum sollte ich ihre Behauptung dann nicht akzeptiert haben? Warum dieses raffinierte Täuschungsmanöver, mit dem sie sich in mein Leben geschlichen hatte?

Und überhaupt, warum war keine dieser Informationen an mich weitergegeben worden? In meiner Andenkensammlung gab es keinen Ehering. Egal, was ich von ihr gehalten hatte, egal, wie es geendet war, ihn hätte ich sicher nicht weggeworfen. Nicht in meinem Zustand. Es gibt kaum etwas Wichtigeres als eine Ehe, und ich hatte nicht genug Verbindungen zu meiner Vergangenheit, um mich einfach davon zu trennen.

Außerdem wurde sie in dem Brief nicht erwähnt. Um mich zu vergewissern, dass ich nichts übersehen hatte, holte ich ihn aus der Andenkenkiste. Ich studierte jeden Satz, Wort für Wort, obwohl ich den Text fast auswendig wusste.

Dort stand nichts. *Vielleicht* spielten die Stellen, die die Wichtigkeit des Alleinseins und der Zurückgezogenheit betonten, auf eine Vergangenheit an, in der ich es nicht so gehalten hatte. In der ich versucht hatte, das alles mit jemandem an meiner Seite durchzustehen. Genauso gut aber konnten sie auch als Warnung vor Fremden gedacht sein, die versuchten, sich in mein Leben zu drängen. So oder so gab es keinen Hinweis darauf, dass ich verheiratet war.

Mein Mund fühlte sich staubtrocken an. Ein ganzes Leben schien in den letzten Augenblicken von Julies Besuch verstrichen zu sein. Ich zwang mich, zum Kühlschrank zu gehen und mir kaltes Wasser einzugießen. Ich drückte mir das Glas an die Schläfe. Während die Kälte in meinen Schädel sickerte, kehrte allmählich eine gewisse Klarheit zurück. Ich wusste nicht, welches Spiel Julie spielte oder woher sie ihr Wissen hatte, aber ihre Geschichte ging einfach nicht auf.

Der Balkonstuhl stand noch am Küchentisch. Ich trug ihn zurück nach draußen. Die Nachmittagshitze stieg von der Straße auf und brannte durch das Hemd auf meiner Haut. Ich sah auf die Stadt hinunter, und zum ersten Mal fühlte es sich an, als erwiderte die Stadt meinen Blick. War es möglich, dass Julie mich ausspioniert hatte? Beobachtete sie mich immer noch? Nach dem, was ich in der letzten Stunde erfahren hatte, traute ich ihr das durchaus zu.

Ich ging wieder hinein und zog die Balkontür zu. Der Schließmechanismus fühlte sich eingerostet an, als ich den Knauf drehte. Normalerweise war es hier oben im fünften Stock nicht nötig, die Tür zu verriegeln, aber jetzt brauchte ich jeden Schutzwall, den ich kriegen konnte. Überflüssigerweise überprüfte ich noch einmal die Schlösser an der Wohnungstür. Es gab keinen Grund zur Angst. Das war mein Zuhause. Ich war sicher.

Was auch immer Julie vorhatte, herein kam sie hier nicht mehr. Solange die Arbeit mit den Dominos gut voranging, war alles in Ordnung. Nichts anderes hatte irgendeine Bedeutung. Bis zum Vergessen blieben noch fünf Tage. Es war jetzt so wichtig wie noch nie, mich von Fremden fernzuhalten.

Also dann. Entschlossen biss ich die Zähne zusammen und blendete alles aus: Julie, den Ring, ihre verrückte Geschichte, alles. Ich konzentrierte mich auf die Dominos.

Aber sogar die schienen von Julies Berührung durchzogen wie dunkles Gestein von einer Goldader. Wohin ich auch sah, überall sprangen mir Hinweise auf ihren Besuch entgegen, von den Sperren, die das Zimmer in ordentliche, symmetrische Reihen aufteilten, bis zu den Podesten an den Wänden. Selbst die von mir entwickelten Wirbelmuster wirkten durch Julies Kompliment getrübt. Ich hatte Julie zwar aus der Wohnung geschmissen, aber sie hatte überall ihre Spuren hinterlassen.

Egal. Ich zwang mich zurück an die Arbeit und begann mit den beiden kleinen rechteckigen Dominoflächen, die ich bei meiner Flucht in die Ecke umgestoßen hatte. Mit jeder Reihe von Steinchen, mit jedem Domino, den ich wieder aufstellte, hatte ich das Gefühl, Julie aus meinem Leben zu verbannen. Ich klammerte mich an diese Vorstellung, während ich mich Stein für Stein durch den Rest des Tages arbeitete.

Gegen Abend wurde es schwieriger, meine Gedanken unter Kontrolle zu halten. Sie schweiften immer wieder zu Julie ab. Ich gab das Arbeiten auf, machte mir ein Sandwich und aß es am Küchentisch. Nach draußen wollte ich nicht, falls dort neugierige Blicke lauerten.

Das Handy lag neben meinem Teller. Meine unbeschäftigten Finger wanderten wie von selbst zur Home-Taste: zwei Freunde, die mich angrinsten.

Keine Freunde. Nur eine List. Eine Lüge.

Ich spürte Wut im Bauch. Julie verdiente nicht, Teil meines Lebens zu sein, und ganz bestimmt durfte sie sich nicht mit ihrem unschuldig wirkenden Grinsen in meine Welt stehlen. Ich drückte auf dem Telefon herum, bis ich das störende Bild vom Homescreen entfernt hatte. Am liebsten hätte ich es komplett gelöscht, aber das brachte ich nicht über mich. Ich hatte nicht genug Vergangenheit, um auch nur eine Winzigkeit davon entbehren zu können.

Schließlich faltete ich den Brief wieder zusammen und legte ihn zurück. Wenn er darauf abgezielt hatte, mich vor Julie zu warnen, dann war das nur indirekt gelungen. Für mein künftiges Ich konnte ich das besser machen. Ich schlug das Tagebuch auf der nächsten leeren Seite auf und begann zu schreiben. Gefahr erkannt, Gefahr gebannt.

Als es dunkler wurde, nutzte ich das Handy, um mir einen kleinen Lichtkreis zu schaffen. Das leere blaue Display leuchtete in der Abenddämmerung.

Wieder blitzblank.

Aber im Inneren blieb das Foto von Julie und mir archiviert. Wenigstens diese Erinnerung würde durch meine Hände in die Zukunft weitergereicht.

TAG fünf

Noch fünf Tage und zum ersten Mal seit Ewigkeiten kein morgendliches Training. Nachdem ich Julie losgeworden war, hätte ich mich frei fühlen sollen. Stattdessen empfand ich Trägheit. Ich schleppte mich zum Küchentisch und aß ein paar Scheiben Toast. Nicht einmal die Willenskraft, mich wegen meiner Antriebslosigkeit schlecht zu fühlen, brachte ich auf.

Es war fast, als würde sie mir fehlen. Als wäre die Vorfreude auf Julie der einzige Grund gewesen, der mich an den letzten Tagen aus dem Bett gebracht hatte. Und jetzt, da sie weg war, fehlte mir jegliche Motivation.

Mir blieb nichts anderes übrig, als irgendwie den Tag zu überstehen und meine Dominos aufzustellen. Ich brach das Frühstück ab und warf den geschmacklosen Toast in den Müll. Trotz meiner Lustlosigkeit musste ich Dinge erledigen, Entscheidungen treffen.

Zum einen musste ich mich mit dem Thema Vorräte befassen, sprich Lebensmittel. Mein künftiges Ich musste die ersten Tage zurechtkommen, ohne in seiner wichtigen prägenden Phase gestört zu werden. Deshalb musste ich Lieferungen organisieren. Ich musste beim Supermarkt anrufen, was ich noch nie getan hatte, und um einen neuen Lieferanten bitten, zumindest bis Mr. Lester aus dem Urlaub kam. Kurz dachte ich, dass mit einem Internetanschluss alles einfacher wäre, dann fand ich die Nummer, legte den Zettel auf den Tisch und griff nach dem alten Festnetzapparat.

Genau in dem Moment klingelte es.

Ich riss die Hand zurück, als wäre es ein lebendiges Wesen. Das Telefon hatte so lange nicht mehr geklingelt, dass ich mich an das Geräusch, das jetzt durch die stille Wohnung dröhnte, fast nicht mehr erinnern konnte. Julie. Sie musste es sein. Niemand sonst hatte einen Grund anzurufen. Und sie hatte gesagt, es sei nicht vorbei.

Das Telefon klingelte weiter. Ich ließ mich nicht erweichen. Es konnte brüllen, wie es wollte. Nichts würde mich dazu bringen abzuheben. Schließlich, nach einer halben Ewigkeit, hörte es auf. Aber nach einer kurzen Pause, die mir kaum Gelegenheit ließ, mich zu sammeln, begann es erneut. Immerhin war sie entschlossen. Und warum auch nicht, wenn ihre Geschichte stimmte und ich wirklich ihre verlorene Liebe war?

Ich konnte nicht bestreiten, dass die Vorstellung mich auf gewisse Weise anzog. Und nicht nur, weil Julie so attraktiv war. In den letzten vierundzwanzig Stunden hatte sie mir außerdem bewiesen, wie einfallsreich und energisch sie sein konnte. Ich schloss die Augen und gab mich einen Moment lang dem Tagtraum hin, dass sie mich kannte – wirklich kannte – und ich ihr vollkommen vertrauen konnte.

Es wäre eine so perfekte Lösung für meine Krankheit. Julie würde all meine Hoffnungen und Träume kennen. Meine Arbeit, meine Pläne. Wir könnten uns zusammen ein Leben aufbauen, und wenn das Vergessen einträte, wäre dieses Leben noch da und ich könnte es einfach wieder aufnehmen. Als würde man weichen Ton in eine harte Form pressen. Alles, was ich bisher versucht hatte, um mich über das Vergessen hinwegzuretten, der Sport, die Dominos, das Tagebuch – das alles könnte sie ersetzen und noch mehr.

Falls es überhaupt stimmte. Und falls man ihr trauen konnte.

Das Telefon verstummte, dann fing es wieder an. Ich schlug die Augen auf und sah es an. Ich musste mich auf Beweise konzentrieren, nicht auf das, was ich mir wünschte. Es stand zu viel auf dem Spiel. Es gab keine neuen Beweise. Sie hatte gesagt, es sei noch nicht vorbei, und jetzt versuchte sie es erneut.

Ich zog das Telefonkabel aus der Buchse. Das Klingeln riss mitten im Ton ab. Erledigt. Hoffentlich begriff sie jetzt allmählich, wie sinnlos ihre Bemühungen waren. Dass ich mich gegen sie wehren würde.

Ich blendete meine Fantasien aus und machte mich an die Arbeit. Schon bald war ich in die Aufgabe versunken, und die Stunden verstrichen schnell. Ich nahm den restlichen freien Bereich auf dem Fußboden in Angriff. Das erforderte kreative Entscheidungen, genau das Richtige, um mich abzulenken von …

Bumm, bumm, bumm!

Das Geräusch hallte durchs Zimmer. Julies Klopfen. Panik erfasste mich. Ich Idiot! Diese Möglichkeit hätte ich vorhersehen müssen. Ich konnte sie nicht hereinlassen, so viel war klar. Ich erinnerte mich immer noch daran, wie beklemmend es sich gestern angefühlt hatte, in meiner eigenen Wohnung in der Falle zu sitzen, weil sie sich geweigert hatte zu gehen.

Bumm, bumm, bumm, *bumm.*

»Hallo.« Julies Stimme drang ins Zimmer, so gefährlich wie der Gesang der Sirenen. »Ich bin's.«

Ich wollte antworten, dass ich ihre Lügen durchschaut hatte und sie gehen sollte, aber die Worte blieben mir im Hals stecken.

Nach einer kleinen Pause sagte Julie: »Komm schon, mach auf. Ich möchte mich für gestern entschuldigen. Ich hätte dich nicht so damit überfallen dürfen. Ich schulde dir eine Erklärung.«

Mein Mund war wie zugetackert. Ein Zucken schoss mir durch die Kiefermuskeln, sodass ich die Zähne fest zusammenbiss. In stumpfer Panik starrte ich die Tür an, reglos und wortlos. Vielleicht war es besser so. Wenn ich nichts sagte, konnten wir nicht kommunizieren. Sie konnte mich nicht überreden, die Tür zu öffnen und sie schließlich in die Wohnung zu lassen. Wenn man ihr den kleinen Finger reichte, nahm sie die ganze Hand.

»Ich hab deine Lebensmittel hier«, sagte sie. »Es ist Dienstag, falls du es vergessen hast. Irgendwann musst du rauskommen und die Sachen holen, sonst werden sie schlecht.«

Mist, sie hatte recht. Meine Beine lösten sich aus ihrer Erstarrung, und ich schaffte es bis zur Tür.

Wieder klopfte Julie, dieses Mal lauter, und ich konnte die Erschütterung förmlich spüren, von meinen am Boden festgeschweißten Füßen bis hin zum steifen Nacken.

»Ich weiß, dass du da bist, Robbie.« Ihre Stimme klang enttäuscht. »Bitte, mach auf.«

Auf keinen Fall. Ich konnte ihr nicht trauen. Und mir konnte ich auch nicht trauen, wenn sie bei mir war. Irgendwann musste sie aufgeben und gehen.

»Ist das dein Ernst?« Jetzt schwang eine Spur von Verärgerung in ihrem Tonfall mit. »Willst du dich wirklich stumm da drin verkriechen?«

Ich verschränkte die Arme vor der Brust. Von »verkriechen« konnte gar keine Rede sein.

Bumm, bumm, bumm. »Robbie?« Der Ärger wich Verzweiflung.

Ich streckte die Hand zur Tür aus. Tief drinnen in mir war da womöglich doch der Wunsch, sie noch ein letztes Mal zu sehen.

Trotz allem. Wie es sich wohl anfühlte, einfach nachzugeben? Überflüssige Frage. Ich wusste es genau. So süß wie ein Kuss. Ich legte die flache Hand auf die Tür und hielt sie mit meinem Gewicht dort, in sicherer Entfernung von den Schlössern.

»Na gut«, sagte Julie. »Dann rede ich eben mit der Tür. Ich stehe einfach hier und rede mit der blöden Tür. Wie eine Idiotin. Hoffentlich stört es deine Nachbarn nicht.«

Pause. Vielleicht wartete sie ab, ob ich Erbarmen mit ihr hatte.

Sie seufzte. Durch die Tür konnte ich es kaum hören. »Es tut mir leid, dass ich dir nicht sofort einfach die Wahrheit sagen konnte. Aber ich hatte keine andere Wahl.«

Ich wünschte, ich hätte sie sehen können. Welche Gefühle sich in ihrer Miene spiegelten, welche Gedanken sich in ihren Augen abzeichneten, ich würde es nie erfahren. Ich wich nicht von der Stelle und lauschte durch die Tür ihrer Stimme.

Wie ein Idiot.

»Ich hab dich verloren, als es zum dritten Mal passiert ist«, fuhr sie fort. »Das Vergessen.«

Sie benutzte meinen Ausdruck. *Das Vergessen.* War das ein Beweis für eine gemeinsame Vergangenheit? Oder nur ein Beweis, dass sie mein Tagebuch oder den Brief gelesen hatte?

»Du warst allein unterwegs. Deshalb wurden wir getrennt. Es hat Monate gedauert, bis ich dich endlich gefunden und erfahren hatte, dass du hier wohnst, ganz allein. Ich war so aufgeregt. Ich wusste, dass es schwer für dich sein musste, so allein und orientierungslos. Aber wie schwer, war mir nicht klar. Ich hatte gar nicht darüber nachgedacht, wie du reagieren würdest, wenn ich aus dem Nichts auftauche. Ich hab mich dir einfach an den Hals geworfen, so glücklich und dumm.«

Ich drehte mich um und lehnte mich mit dem Rücken an die Tür. An dem glatten Holz glitt ich nach unten, bis mein Hintern auf dem Boden landete. Vielleicht war es falsch, ihr nicht zu glauben.

»Du hast mich rausgeworfen«, fuhr sie fort. »Du hattest Angst und warst wütend. Du wolltest nichts mit mir zu tun haben. Du wolltest sogar …« Sie unterbrach sich. »Jedenfalls hätte ich schlauer an die Sache herangehen sollen. Du wolltest mich nicht kennen, also musste ich es anders versuchen.«

Ich legte den Kopf an die Tür und schüttelte ihn. Jede Antwort, die sie gab, warf eine Menge neuer Fragen auf, die zu stellen ich nicht die Kraft hatte. Ich saß einfach da, schweigend und jämmerlich.

»Es tut mir leid, dass ich dich angelogen habe. Aber ich habe es mit der Wahrheit versucht. Das ist nicht das erste Mal, dass mir nichts anderes übrig bleibt, als an deine Tür zu hämmern. Beim letzten Mal wusste ich schon, dass du mein Gesicht wieder vergessen würdest, und die Gelegenheit wollte ich nutzen.« Sie sprach schneller. »Ich wusste, dass du dich irgendwo tief drinnen noch an uns beide erinnerst, wenn wir uns eine Chance geben. Und so ist es ja auch. Ich habe gesehen, wie du mich anstarrst. Ich habe es gespürt, als du mich geküsst hast, Robbie.«

Ich kniff fest die Augen zu, als könnte ich dadurch alles ausblenden. Ich hatte es auch gespürt.

»So lässt du mir keine andere Wahl.« Sie sprach jetzt so leise, dass ich Mühe hatte, sie zu verstehen. »Ich weiß, dass du durcheinander bist, allein bist, aber ich bin für dich verantwortlich. Darauf haben wir uns geeinigt. Wir. Gemeinsam. Nimm mir nicht sämtliche anderen Optionen.«

Sämtliche anderen Optionen außer welcher?

»Du glaubst mir nicht, oder?«, sagte sie. »Ich habe jede Menge Fotos von uns auf dem Handy. Lass mich einfach rein, dann zeig ich sie dir.«

Julie schwieg einen Moment lang, dann hämmerte sie wieder gegen die Tür. Die Erschütterungen durchdrangen das Holz und ließen meine Schultern erzittern.

Plötzlich hörte sie auf. Vielleicht hatte sie bemerkt, dass ich an der Tür lehnte.

»Robbie?«

Ich meinte zu spüren, dass sich hinter der Tür etwas bewegte. Ein kaum merkliches Beben, als hätte Julie sich auf der anderen Seite niedergelassen, direkt hinter mir. So saßen wir Rücken an Rücken und sahen in entgegengesetzte Richtungen. Nur ein paar Zentimeter Holz trennten uns.

Stille.

An dem Blut, das durch meinen Hals pulsierte, spürte ich, wie die Zeit verging. Aber ich wollte mich nicht bewegen. Näher konnte ich Julie nicht kommen, ohne mich unsicher zu fühlen.

Ich weiß nicht, wie lange wir so dasaßen. Es können Stunden oder Minuten gewesen sein. Schließlich meldete sie sich wieder. »Tja, dich auszuhungern war eigentlich nicht mein Plan. Ich stelle deine Sachen hier ab und gehe. Für den Fall, dass du mir nicht glaubst, lasse ich meinen Führerschein hier. Der Nachname auf der Visitenkarte ist falsch, aber im Führerschein steht der richtige. Du wirst schon sehen.« Ein Augenblick verstrich, ehe sie weitersprach, Kaum hörbar. »Bleib nicht zu lange mit dem Rücken an der Wand, Schatz. Man kann nie wissen, was irgendeine Verrückte vielleicht ausheckt.«

Es folgte ein leises Poltern und Rascheln, und ich bekam den Eindruck, dass sie endlich aufgegeben hatte.

Erschöpft drehte ich den Kopf an der Tür hin und her. Ich wartete einige Minuten. Stille. Sie musste gegangen sein. Ich richtete mich auf, schloss auf und öffnete die Tür.

Die Luft war rein. Meine Lebensmittel waren ordentlich neben der Tür gestapelt. Auf dem Haufen lag eine hellgrüne Plastikkarte. Julies Führerschein. Auf dem Foto sah sie anders aus. Lange rote Haare fielen ihr auf die Schultern und umrahmten das Gesicht. Das Schwarz und der Kurzhaarschnitt waren neu. Auch ihre Augenbrauen und Wimpern hatte sie offenbar gefärbt. Unter dem Foto stand ihr Name schwarz auf weiß. Julie Penfold, las ich. *Penfold.* Und darunter eine Adresse in Melbourne.

Beweise.

Ich dachte darüber nach, während ich die Lebensmittel einräumte. Julies Geschichte klang jetzt logischer. Es schien durchaus möglich, dass ich aus Wut, weil sie mich allein gelassen hatte, nicht mehr mit ihr hatte zusammen sein wollen. Der Führerschein zeigte nicht nur, dass wir denselben Nachnamen trugen, sondern auch, dass sie vorher in Melbourne gelebt hatte. Und das war noch nicht alles. In ihrem letzten Satz hatte eine Zuversicht gelegen, als stünden ihr bisher noch nicht genutzte Optionen zur Verfügung. Es hatte fast wie eine Drohung geklungen.

Das war beunruhigend. Was, wenn sie meine Frau war – und das *nicht* gut war? Sie könnte alle möglichen rechtlichen Mittel gegen mich in der Hand haben, vor allem in der Phase unmittelbar nach dem Vergessen. Was, wenn sie an dem Tag mit einem Anwalt vor meiner Tür stand? Wenn ich die Polizei rief, wem würde sie glauben? Dem hysterischen Kerl mit Gedächtnisverlust? Oder der liebenden Ehefrau, die ihrem armen verwirrten Mann nach Kräften zu helfen versuchte?

Ich erschauerte und bekam eine Gänsehaut. Selbst wenn alles stimmte, was sie gesagt hatte – nein, *vor allem* wenn es stimmte –, war sie eine Fremde für mich. Alles, was ich bisher von ihr erlebt hatte, war Teil eines Täuschungsmanövers. Abgesehen von ihrer Bereitschaft zu lügen wusste ich nichts mit Gewissheit. Und trotzdem besaß sie enorme Macht über mich.

Kein Verkriechen mehr hinter verschlossenen Türen. Ich musste handeln. Ich musste das regeln.

»Wie wurden wir getrennt?«

»Robbie. Hallo.« Selbst durchs Telefon konnte ich aus ihrer Stimme das Lächeln heraushören. »Schön, dass du anrufst.«

»Du hast gesagt, wir waren nicht zusammen, als es passierte.«

»Können wir das nicht persönlich besprechen?«

»Nein. Ich will es hören. Jetzt sofort.« Ich wollte ihr keine Zeit lassen, sich eine Geschichte auszudenken.

Sie seufzte. »Okay, also, das war, bevor wir den Rhythmus erkannt hatten, deshalb wussten wir nicht, wann das nächste Mal anstand. Sonst hätte ich dich ja keinen Moment aus den Augen gelassen.«

Ich nickte vor mich hin. Das klang zumindest einleuchtend. Es musste das dritte Vergessen gewesen sein, als wir getrennt wurden. Das war der Zeitpunkt, an dem das Muster erkennbar wurde. »Aber warum hast du mich nicht sofort gesucht, sobald du es erfahren hast? Das verstehe ich nicht.«

»Ich war nicht erreichbar. Auf dem Land.«

»Warum?«

»Um jemandem zu helfen. Paradox, wenn man bedenkt, dass mein eigenes Leben kurz vor dem Explodieren stand.«

»Wem hast du geholfen?«

»Jacinta. Jazi.« Sie seufzte. »Ich hatte mich bei den Anonymen Alkoholikern gut geschlagen. Über ein Jahr trocken, und, ob du es glaubst oder nicht, ich war Sponsorin. Du dachtest, *ich* wäre zu jung, um Alkoholikerin zu sein? Jazi war noch nicht mal zwanzig. Ich bin mit ihr weggefahren, um ihr zu helfen, ihr Leben auf die

Reihe zu kriegen. Nach dem Vergessen hat es ewig gedauert, bis man mich erreicht hat. Und als ich zurückkam, war es ein bürokratischer Albtraum herauszufinden, wo du bist.« Ich konnte hören, wie sie erschauerte. »Als ich dich aufgespürt habe, hattest du alles schon ohne mich geregelt. Es war hart für dich. Ich glaube, diese schrecklichen ersten Stunden, als du allein und orientierungslos warst, haben dich ganz schön mitgenommen. Und vielleicht hast du mir die Schuld gegeben, dass wir getrennt waren. Doch das kann ich dir nicht vorwerfen. Es war ja wirklich meine Schuld.«

»Du bist meine Frau. Hattest du keine juristische Handhabe, um mich zurückzuholen?«

»Ich habe keinen Anwalt konsultiert. Aber das Problem war deine Ärztin. Sie wusste von meinem Alkoholproblem und hielt mich für unzuverlässig. Ohne Dr. Varnas Unterstützung konnte ich nichts unternehmen.« Ihre Stimme wurde eindringlicher. »Aber, Robbie, vergiss bitte nicht, dass wir das Datum nicht kannten. Sonst hätte ich dich keine Sekunde allein gelassen. Nicht für Jazi. Für nichts auf der Welt. Deswegen will ich jetzt klüger sein. Um mich nicht so leichtsinnig zu verhalten wie wir damals.«

»Okay.«

»Heißt okay, du kommst zu mir zurück?« Die Hoffnung in ihrer Stimme war für mich fast unerträglich.

»Okay heißt, ich glaube dir. Dass du meine Frau warst.«

Eine kurze Pause entstand. »Und was jetzt? Darf ich vorbeikommen?«

»Nein, nicht hierher.« Ich wollte nicht wieder wie gestern in meiner eigenen Wohnung in der Falle sitzen.

»Ich könnte dich heute Abend zum Essen einladen. Was hältst du davon? Ich kenne da ein Lokal.«

»Nein, nicht heute, nicht heute Abend.« Ich wollte ihr keinen strategischen Vorteil geben. »Morgen.«

»Also gut. Gleich morgens. Frühstück.«

Ich zögerte. Die Tageszeit erschien mir unpassend. Zu intim, zu ... häuslich. In meiner Vorstellung frühstückte man nur zusammen, wenn man ... verheiratet war.

»Die Zeit wird knapp, Robbie«, sagte sie. »Du willst das doch bestimmt bis Sonntag geklärt haben.«

»Okay. Aber nicht hier. Du hast gesagt, du wohnst in der Nähe. Du hast mir deine Wohnung gezeigt.«

»Ja.«

»Stimmte das? Oder gehört das zu deiner Show?«

Sie seufzte. »Es stimmt.«

»Dann komme ich zu dir.«

Sie gab mir ihre Adresse und eine Wegbeschreibung.

»Um acht Uhr«, sagte sie. »Bis dann.«

Ich biss mir auf die Lippen. Tappte ich gerade in die nächste Falle?

»Willst du das klären oder nicht?« Sie schien aus meinem Schweigen den Zweifel herauszuhören. Und warum auch nicht? Sie war meine Frau. Sie musste meine Eigenheiten besser kennen als jeder andere. Besser als ich.

»Unbedingt.«

»Dann bis morgen.«

»Bis morgen.« Ich legte auf. Erschöpfung überkam mich, obwohl es erst früher Nachmittag war. Aber davon ließ ich mich nicht aufhalten. Ich bereitete mich so gut wie möglich auf meinen Ausflug morgen vor, packte alles, was mir in den Sinn kam, in meinen Rucksack. Noch immer konnte ich mir keinen richtigen Reim auf das Ganze machen. Eine Weile stand ich einfach da und starrte auf den kleinen Holzelefanten in meiner Hand. Und daran vorbei ins Leere.

Ich war verheiratet gewesen.

Nein, falsch. Sie hatte das Präsens benutzt. Ich war immer noch verheiratet. Mit *Julie*. Ich hatte sie kennengelernt, berührt, geküsst, liebkost, umworben, geliebt, wütend gemacht, zum Lachen gebracht, um ihre Hand gebeten, geheiratet, angeschrien, auf Händen getragen, um Verzeihung gebeten, bedauert … und verlassen. So ungefähr in dieser Reihenfolge. All das hatte ich mit ihr getan. Wegen ihr. Für sie. Gegen sie. Und ich hatte sie vergessen, erneut kennengelernt, zurückgewiesen und wieder vergessen.

Ich hatte eine Vergangenheit.

Einerseits wäre ich gern stolz darauf gewesen. Darauf, einmal die Zuneigung einer so schönen und energischen Frau wie Julie gewonnen zu haben. Aber genauso gut hätte ich von den Leistungen eines Fremden erfahren können. Ich spürte keine Verbindung zu dem Mann, der sie geheiratet hatte.

Schade. Ich stopfte die letzten Erinnerungsstücke in den Rucksack und schnallte ihn zu. Es blieb noch genug Zeit, um mich für ein paar Stunden den Dominos zu widmen.

Die Arbeit ging zäh voran. Heute konzentrierte ich mich auf den Fußboden, und im Lauf des Nachmittags standen über fünftausend neue Steine. Erneut plünderte ich das Bett und brauchte zwei weitere Kartons auf. Einige Steine musste ich umstellen, um einen fließenden Übergang zwischen den alten und neuen Podesten und Brücken zu schaffen.

Dort war das Podest, das Julie und ich an ihrem Geburtstag aufgehängt hatten. Nur dass es natürlich nicht ihr Geburtstag gewesen war. Diese Behauptung gehörte bestimmt zu ihrem Täuschungsmanöver dazu. *Ich bin neu hier. Morgen habe ich Geburtstag.* Kein Wunder, dass ich darauf hereingefallen war. Es hatte alles zu ihrem Plan gehört.

Ich unterbrach die Arbeit und legte die Dominos auf den

Boden. Nicht erst ihr Geburtstag hatte die Dinge ins Rollen gebracht. Das war schon vorher geschehen. Bei dem Brand und ihrer Reaktion darauf.

Ich spürte, wie sich mein Rücken verkrampfte. Das konnte doch wohl nicht wahr sein!

Zuerst hatte Julie keine Angst gehabt. Als der Lärm losging, hatte sie als Erste begriffen, dass es sich um einen Feueralarm handelte, und mich aufgefordert, meine Sachen zu packen. Wieder und wieder lief der Moment vor meinem inneren Auge ab. Gerade noch hatte ich sie für ihre Idee mit den Sperren gelobt. Sie hatte gelächelt und etwas gesagt, was von dem Alarm fast übertönt wurde. Aber nicht ganz. Ich konnte mich noch an ihre Worte erinnern.

Wenn es sein muss, kann ich sehr strate…

Ich erinnerte mich, wie ihre Augen dabei vor Intelligenz gesprüht hatten.

Strategisch vorgehen.

Mein Magen zog sich zusammen. Womöglich hatte sie die Angst nur vorgetäuscht, damit wir uns näherkamen. Wer tat denn so etwas? Wer kam überhaupt auf so eine Idee?

Und ich hatte mich bereit erklärt, mich morgen mit ihr zu treffen. Worauf hatte ich mich bloß eingelassen?

TAG vier

Letzten Endes schlief ich gut. Überraschenderweise. Da das Treffen mit Julie bevorstand, hatte ich eine weitere unruhige Nacht befürchtet. Aber als der Wecker klingelte, fühlte ich mich frisch und munter.

Das Morgenprogramm verging wie im Flug: Sport, duschen, rasieren. Natürlich kein Frühstück. Mein Magen knurrte, als ich mir den Rucksack über die Schulter schwang und mich auf den Weg machte.

Draußen empfing mich die übliche Hitze, und ich kniff im grellen Sonnenlicht die Augen zusammen. Mittwochmorgens waren die Straßen und Gehwege belebt. Ich ließ mich mit der Menge über Kreuzungen und durch Gassen treiben. Es dauerte keine zehn Minuten, bis ich das rote Backsteinhaus erreichte, in dem Julie wohnte. In den Aufzug, einen langen Flur entlang, dann stand ich vor ihrer Wohnung im dritten Stock. Es war ein seltsames Gefühl. Normalerweise stand ich auf der anderen Seite, und Tür und Schlösser verteidigten mich und meinen Bereich.

Ich sah auf die Uhr. Es war ein paar Minuten vor acht. Ich holte tief Luft und klopfte.

Fast sofort ging die Tür auf. Julie lächelte freundlich, und wir begrüßten uns. Sie trug ein dunkelblaues Baumwollkleid mit Leggins darunter. Barfuß. Sie wirkte entspannt und unbefangen. Vielleicht sah ich sie zum ersten Mal, wie sie wirklich war. Oder es war nur eine weitere Maskerade.

So oder so war sie wunderschön. Genau wie ihre kleine Wohnung, die mit ihren Postern, den bunten Wandteppichen und dem kuscheligen Läufer vor dem Sofa Leben und Energie ausstrahlte.

»Ich mach uns gleich Frühstück.« Julie bedeutete mir, mich aufs Sofa zu setzen. »Soll ich dir einen Kaffee bringen?«

»Ich trinke keinen Kaffee.«

»Richtig.« Ich hatte den Eindruck, sie meinte »falsch«. »Saft?«

Ich nickte und versank unangenehm tief in der zu weichen Polsterung des Sofas.

Ein Räucherstäbchen brannte auf dem Wohnzimmertisch und erfüllte die Luft mit seinem süßen, exotischen Duft. Daneben lag mit dem Rücken nach oben ein gerahmtes Foto. Julies Handy stand in einem Holzkästchen. Die Musik, die es abspielte, schien von dem Kästchen verstärkt zu werden. Sie hatte keine Ähnlichkeit mit dem treibenden Rock, den Julie in meiner Wohnung aufgelegt hatte, sondern war melodisch und instrumental. Entspannend. Ich fragte mich, ob das der gewünschte Effekt war, und wenn ja, wen sie entspannen sollte.

Julie kam mit meinem Orangensaft und einem Glas für sich selbst zurück. Einen panischen Augenblick lang dachte ich, sie würde sich neben mich setzen, aber sie ließ sich in den Sessel auf der anderen Seite des Tischs fallen. Geschmeidig zog sie die Beine hoch und klemmte sie unter.

»Also«, begann Julie. »Ehemann.« Sie lächelte. So mit den Füßen auf dem Sessel wirkte sie fast neckisch.

»Ehefrau.«

»Entschuldige noch mal, dass ich dich am Dienstag so überfallen habe. Das war so nicht geplant.«

»Und mir tut es leid, dass ich dich angeschrien und überreagiert habe.«

»Ich weiß nicht, ob das in einer solchen Situation als Überreaktion zählt.« Sie beugte sich vor. »Du hast bestimmt Fragen.«

Ungefähr eine Milliarde, ja. »Wie viel von dem, was du an den ersten Tagen gesagt hast, war erfunden?«

»Gehen wir davon aus, dass absolut alles zum Täuschungsmanöver gehörte. Falls mir doch ein Fitzelchen Wahrheit rausgerutscht ist, können wir es als Bonus verbuchen.«

Tja, zumindest war sie ehrlich hinsichtlich ihrer Unehrlichkeit. Das war doch schon mal was. »Richtig oder falsch: Du bist gerade frisch hergezogen.«

»Falsch. Ich wohne schon seit Monaten hier. Es hat ewig gedauert, bis ich einen Zugang zu dir gefunden habe.«

»Du hattest letzten Samstag nicht Geburtstag.«

»Richtig. Sondern am 8. April. Vielleicht solltest du es dir aufschreiben. Meinen letzten Geburtstag hast du nämlich völlig vergessen, deshalb erwarte ich beim nächsten was Spektakuläres.«

Ein Scherz. Sie nahm mich auf den Arm. Aus einem seltsamen Instinkt heraus hätte ich gern ihr Lächeln erwidert.

»Bei meiner ersten Lebensmittellieferung hast du absichtlich einen Fehler gemacht, damit du einen Grund hattest, noch mal zu kommen.«

»Richtig. Gut aufgepasst. Ich mache noch einen Strategen aus dir.«

»Wir sind verheiratet?«

»Natürlich!« Schlagartig richtete sich Julie im Sessel auf. »Das ist absolut wahr.«

»Wir sind *immer noch* verheiratet? Ich meine, in diesem Moment.«

»Klar.« Ihre Augen schnellten nach rechts. »Richtig.«

»Du scheinst nicht sicher zu sein.«

»Doch, bin ich.« Schlagartig kehrte ihre Gelassenheit zurück. Sie sah mir wieder in die Augen. »Wir sind verheiratet. In diesem Moment. Ganz offiziell. Du brauchst es mir nicht zu glauben. Es steht in den Akten.«

»Du hast so viel Aufwand betrieben, um dich zurück in mein Leben zu schleichen, aber am Anfang wirktest du gar nicht, als ob du mich magst oder auch nur wahrnimmst.«

»Na ja, ich durfte mich nicht zu auffällig benehmen. Sonst hättest du noch Verdacht geschöpft, und dann hätte ich wieder von vorn anfangen müssen.«

»Verdacht schöpfen?«

»Ich war ziemlich sicher, dass du kein Foto von mir hast und dich nicht an mein Gesicht erinnern kannst. Trotzdem hättest du irgendwoher wissen können, dass du verheiratet bist, und dann wärst du vielleicht misstrauisch geworden.«

»Wusste ich aber nicht.« Ich schüttelte den Kopf. »Ich habe mir selbst einen Brief geschrieben. Aber du wirst darin nicht erwähnt.«

»Du hast dir einen Brief geschrieben und vergessen, deine Frau zu erwähnen? Na toll! Dann hab ich mir ganz umsonst die Haare schneiden und färben lassen.«

»Ich hab gesehen, dass du dein Aussehen verändert hast.« Ich zog ihren Führerschein aus der Tasche und legte ihn auf den Tisch. »Du warst hübsch. Mit langen Haaren und ungefärbt.« Mir fiel auf, dass das nicht unbedingt wie ein Kompliment klang. »Jetzt natürlich auch noch.«

Julie sah mich gelassen an. »Selbstverständlich habe ich Tausende von Fotos.« Sie deutete mit dem Kopf auf den Bilderrahmen, der umgedreht auf dem Tisch lag. »Aber ich war nicht sicher, was du sehen willst. Ich wollte nicht, dass es dich ...« Sie seufzte. »... einschüchtert.«

Es juckte mir in den Fingern, das Foto umzudrehen. »Wie kann auf der Visitenkarte, die du mir gegeben hast, ein anderer Name stehen?«, fragte ich stattdessen.

»Ach, bitte.« Julie rutschte wieder tiefer in den Sessel. »Das war der einfache Teil. Niemand überprüft die Identität, wenn man sich Visitenkarten drucken lässt. Aber ich musste hundert Karten bezahlen. Kleinere Bestellungen werden nicht angenommen. Wenn wir das Spiel nicht noch fünfzig Jahre weiterspielen, ist das rausgeworfenes Geld.« Sie grinste mich schief an.

Wieder machte sie sich über meinen Zustand lustig. Oder unseren. War das die echte Julie? Vielleicht konnte sie jetzt sie selbst sein. Wenn ja, dann hatte sie einen bissigen Humor.

»Du hast also deinen Namen geändert und dich desinteressiert gegeben, nur für den Fall, dass ich auf der Hut vor meiner Frau bin?«

Julie erhob sich, um sich ihren Führerschein zu nehmen. »Meinen Namen hätte ich sowieso ändern müssen. Selbst wenn du nicht auf der Hut vor einer verloren gegangenen Ehefrau gewesen wärst, hättest du bei demselben Nachnamen vielleicht geschaltet.«

Ich nickte langsam. Mir gefiel, dass Julie mich für so clever hielt. In Wirklichkeit wäre ich vermutlich nie auf die Idee gekommen.

»Was hältst du davon, wenn ich Frühstück mache?« Julie ging in die Küche.

Bald breitete sich ein angenehmer Essensgeruch im Zimmer aus. Ich sah mich um. Die Sterne und Spiralen auf den Postern an den Wänden kamen mir bekannt vor. Vielleicht waren es berühmte Bilder. Oder sie stammten aus unserer Wohnung in Melbourne und deshalb empfand ich sie als vertraut.

Je länger ich mich umsah, desto stärker schienen Erinnerungen von allen Seiten an mir zu zerren. Der Räucherstäbchenhalter. Die aufgerollte Yogamatte in der Ecke. Sogar die polierte Holzschüssel auf der Küchentheke.

Julie machte Omeletts. Ich deckte den Tisch, während sie die Eier briet.

»Das riecht gut«, sagte ich, als sie mir einen Teller hinstellte.

»Ich sollte dir das Rezept geben.« Lächelnd schob sie sich eine Gabel voll in den Mund. »Zurückgeben.«

»Habe ich gekocht?« Das Frühstück vor mir hätte aus einem der schicken Cafés am Fluss stammen können. Viel appetitlicher als der fade Toast, den ich jeden Morgen aß. »Ich habe solche Omeletts gebraten?«

»Jeden Morgen.« Julie nickte. »Als du weg warst, habe ich die Omeletts zum Frühstück erst ziemlich vermisst, aber dann habe ich es selbst ausprobiert, und offenbar konnte ich mir wohl einiges von dir abgucken.« Sie senkte den Blick auf ihren Teller. »Es ist schön, dich hierzuhaben.«

Ich griff nach meinem Saft. »Darauf trinken wir.« Ich hob das Glas.

»Prost.« Sie stieß mit mir an. Ihre Augen leuchteten hoffnungsfroh.

Normalerweise hätte ich schon längst gefrühstückt, und das Omelett war gut. Geschmolzener Käse und Pilze. Vielleicht besaßen Geschmacksknospen ihr eigenes Gedächtnis. Vielleicht war das schon immer mein Lieblingsfrühstück gewesen. Julie wusste, was ich mochte, weil ich gewusst hatte, was ich mochte.

»Wann hast du beschlossen, mir einfach zu folgen?«, fragte ich.

»Beschlossen?«

»Wieso hast du entschieden, alles aufzugeben und hierherzuziehen? Es muss doch etwas passiert sein?«

»Nichts ist passiert. Es gab keine *Entscheidung*. Ich würde dich nie im Stich lassen.«

»Ach so.«

Den Rest der Mahlzeit unterhielten wir uns über Belangloses, bis Julie schließlich den Tisch abräumte.

»Hast du Lust auf einen Spaziergang?«, fragte sie, während sie die Teller in der Spüle stapelte. »Es ist ein schöner Tag.«

»Könnte ich jetzt doch einen Kaffee haben?«

»Klar. Natürlich.« Sie wandte sich zur Arbeitsfläche um und schaltete den Wasserkocher ein.

»Das war ja ein ganz schön knapper Zeitplan, wenn du vor dem nächsten Vergessen wieder mit mir zusammenkommen wolltest. Du hattest nicht mal zwei Wochen.«

»Ja, stimmt. Zwölf Tage. Nicht viel Zeit, um die Unnahbare zu spielen.«

Mit dem Rücken zu mir löffelte sie Instantkaffee in zwei Becher. Ich stand auf, ging zum Tischende und beobachtete sie genau. »Bei dem Brand hast du nur so getan, als hättest du Angst.«

»Was?« Julie drehte sich um.

»Durch deine Panik sind wir uns nähergekommen. Ohne deine Reaktion auf den Rauch hätte sich zwischen uns nichts geändert. Du hast das alles erfunden. Die ganze Geschichte, dass du angeblich im Bett geraucht hast. Das war alles nur Theater.«

»Theater?«, sagte sie spöttisch. »Also bitte.«

Ich stutzte und spürte einen Funken Hoffnung aufglimmen. Vielleicht hatte ich mich geirrt. Vielleicht war die ganze Geschichte mit dem Brand einfach Glück gewesen und kein raffinierter Plan.

Sie zuckte mit den Achseln. »Das war doch der Sinn des Ganzen.«

»Der Sinn des Ganzen?«

Sie sah mich gelassen an.

Was redete sie da? Es klang fast, als …

»Du hast das Feuer gelegt«, flüsterte ich. »Damit wir uns näherkommen.«

»Na ja, kein richtiges Feuer, aber ja.« Sie wandte sich wieder den Kaffeetassen zu. »Karten auf den Tisch. Vorher habe ich hier in der Spüle einen Probedurchgang gemacht.« Sie zeigte auf das Becken, während sie zum Kühlschrank ging. »Ich musste sichergehen, dass die richtige Menge Rauch entsteht.«

Meine Knie wurden weich. Ich wich zurück, bis ich mit der Rückseite der Oberschenkel am Tisch Halt fand. »Du hättest das ganze Haus abfackeln können. Was, wenn du jemanden umgebracht hättest?«

»Aber nein.« Erschrocken drehte Julie sich zu mir um. »Ich hab eine Rauchbombe benutzt. Kein richtiges Feuer entfacht. Die Anleitung hatte ich aus dem Internet.« Sie wedelte beschwichtigend mit der Hand. »Kein Feuer. Keine Flammen. Nur Rauch. Völlig harmlos.«

»Nein, Rauch ist gefährlich.« Daran erinnerte ich mich noch aus der Grundschule. *Durch Rauch sterben mehr Menschen als durch Flammen. Alle Wände führen zu einer Tür. Ducken und los, los, los.*

Julie stellte die Milch auf die Arbeitsfläche, trat vor mich und sah mich durchdringend an.

»Normaler Rauch ist gefährlich. Dieser Rauch kann keiner Fliege was zuleide tun. Er ist nicht mal heiß. Ich hab das Ding selbst in der Hand gehalten.«

»Nein, das stimmt nicht. Es ist trotzdem …« Mir fehlten die Worte. »Es ist trotzdem …«

»Trotzdem was? Du machst dir Sorgen, dass der Rauch andere Leute auf der Etage erschreckt hat?« Ich wollte gerade nicken, als sie schon wieder weiterredete. »Alle anderen waren schon zur Arbeit gegangen. Die Letzte war die Frau aus 514, die gegen zehn das Haus verlassen hat. Wie jeden Donnerstag. Wir beide waren die Einzigen auf deiner Etage.«

Hatte sie meine Wohnung jeden Tag observiert? »Du meinst …«

»Oder machst du dir Gedanken wegen der Sprinkleranlage? Weil überall der Alarm anging? Wasserschaden.« Dieses Mal hielt ich den Mund. »Sprinkler werden durch Hitze ausgelöst, nicht durch Rauch. Und es gab keine Hitze, weil es kein Feuer gab.« Sie funkelte mich an. »Und? Hab ich noch was übersehen?«

»Woher weißt du das alles?« Ungläubig schüttelte ich den Kopf. »Über Feueralarm, Sprinkler und Rauchbomben?«

»Das sind alles öffentlich zugängliche Informationen. Im Internet. Jeder, der Zeit dazu hat, kann es nachlesen. Und was hatte ich schon außer Zeit?« Sie stützte die Hände in die Hüften. »Ich habe lange an dem Plan gesessen. Und letztlich ist er aufgegangen.«

»Das ist Wahnsinn.« Meine Stimme brach. »Rauchbomben bauen, meine Wohnung überwachen, in mein Leben eindringen. Wer macht so was?«

»Deine Frau! Ich liebe dich! Ich mache so was. Das haben wir uns versprochen.«

»In der Liebe geht es nicht um Strategie.« Ich sprach lauter, um mit ihr mitzuhalten. »Wir sind nicht im Krieg.«

Sie ignorierte das schrille Pfeifen des Wasserkochers und kam auf mich zu. »Das ist mein Krieg. Für mich geht es um Leben und Tod.« Trotz meiner Größe hatte ich das Gefühl, dass sie mich überragte. »Wach auf! Bei den wichtigen Dingen im Leben sollte man nicht romantisch sein. Da sollte man *strategisch* vorgehen.«

»Strategisch vorzugehen ist eine Sache«, widersprach ich. »Was ganz anderes ist lügen und … und gegen das Gesetz verstoßen. Das ist doch nicht normal. Das ist Stalking.«

»Du bist mein *Mann*. Du hast zugelassen, dass ich mich in dich verliebe. Und du hast dich in mich verliebt.«

»Findest du das alles nicht ein bisschen extrem?«

Schäumend vor Wut kniff Julie die Lippen zusammen.

Dann hob sie besänftigend die Hand, aber ich hatte den Eindruck, dass sie vor allem sich selbst beruhigen wollte. »Okay.« Mit unbeholfenen Schritten trat sie ein Stück zurück. Sie drehte mir wieder den Rücken zu. »Verrate mir doch mal, was du getan hättest. Wenn du jemanden lieben würdest und ihm dein Versprechen gegeben hättest und er hätte einen schrecklichen Unfall? Was würdest du tun, um ihn zu retten?«

»Darum geht es nicht.«

»Doch, genau darum geht es. Du hast gesagt, das wäre nicht normal. Na schön.« Sie drehte sich zu mir um. »Dann versetz dich mal in meine Lage. An welchem Punkt hättest du entschieden, dass es zu weit geht? Zu krass wird? Zu verrückt?«

»Ich würde nicht lügen. Ich würde nicht spionieren und Feuer legen. Oder Rauchbomben zünden. Was auch immer.«

»Also hättest du mich einfach im Stich gelassen, allein und verängstigt? Den Menschen, dem du in guten und schlechten Tagen die Treue geschworen hast?«

»Das habe ich nicht gesagt.« Ich verschränkte die Arme. »Ich hätte was anderes probiert.«

»Ich habe was anderes probiert! Ich habe *alles* andere probiert.« Sie riss die Hände hoch. »Ich habe mir einen Anwalt nehmen wollen. Als das nicht geklappt hat, habe ich versucht, ein Zimmer auf deiner Etage zu mieten oder zumindest im selben Haus. Kein Glück. Also habe ich was anderes probiert. Und noch was anderes. Und das hier ist dabei rausgekommen. Hab ich was übersehen?« Sie breitete die Arme aus. »Was hätte ich sonst noch tun können? Verrat mir das bitte!«

Mein Magen zog sich zusammen. »Ich weiß es nicht.«

»Du weißt es nicht?« Sie stützte die Hände wieder in die Hüften und sah mir in die Augen. »So redet jemand, der ganz genau weiß, wann er aufgibt. Nämlich wenn es zu schwierig wird. Zu verrückt. Zu einsam.«

»Ich hätte bloß nichts so Übertriebenes getan.«

»Übertrieben?« Ihre Wangen brannten vor Wut. »Genau das haben wir einander versprochen. Diese Sache hat mein Leben zerstört. Sie hat mir den besten Freund, den ich je hatte, aus den Armen gerissen und orientierungslos in die Welt geworfen. Ich würde tausend Lügen erzählen, tausend Brände legen, tausend Gesetze brechen, wenn ich dich damit zurückbekommen würde.«

Julie schlug sich die Hand auf den Mund und trat einen Schritt zurück. »Verdammt. Ich hatte mir geschworen, heute nicht die Beherrschung zu verlieren und nicht zu fluchen.«

Sie machte eine entschuldigende Geste. »Mist«, fügte sie hinzu, was in dem Moment leicht absurd war. Sie schaltete den Wasserkocher aus. Nach einer Weile endete das durchdringende Pfeifen. »Ich weiß, dass ich zu viel fluche. Das hast du mir schon öfter gesagt.«

»Habe ich nicht geflucht?«, fragte ich mit sanfter Stimme, um die angespannte Atmosphäre zu lockern.

»Nicht oft, nein. Du hast immer gesagt, die besten Wörter sollte man nicht durch übermäßigen Gebrauch abnutzen.«

Ich nickte. Das klang vernünftig. »Und was hast du dazu gesagt?«

Julie zuckte mit den Achseln. »Scheiß drauf.«

Ich brach in Gelächter aus. Warum, wusste ich selbst nicht. Es war nur so einfach, sich eine Welt vorzustellen, in der jemand wie Julie das zu jemandem wie mir sagen würde und beide lachen würden.

Aber Julie wirkte traurig. »Es tut mir leid, Liebling. Aber du musst es dir ansehen.« Sie ging zum Wohnzimmertisch und holte das gerahmte Foto. Dann stellte sie sich vor mich und umklammerte es fest, immer noch mit der Rückseite zu mir.

Ich nahm es ihr ab und drehte es um. Ein schwarz-weißes Hochzeitsfoto. Ein weiterer Beweis dafür, dass wir zusammengehörten. Julie lehnte sich mit dem Rücken an mich, ich hielt sie in den Armen. Soweit ich es beurteilen konnte, trug sie kein traditionelles Hochzeitskleid. Einfach etwas Langes und Elegantes. Trotzdem strahlte das Foto etwas Feierliches aus.

Sie sah wunderschön aus.

Ich sah glücklich aus.

Meine Hände zitterten. Aber ich ignorierte es, ignorierte alles, und hielt den Blick fest auf das Foto gerichtet. Auf jedem Zentimeter deuteten sich Unterschiede oder Gemeinsamkeiten an. Meine akkurate, gestylte Frisur. Meine Schultermuskeln, die sich unter dem Jackett abzeichneten, wo mein Arm um Julie geschlungen war. Der gute Sitz des schicken Anzugs um meinen Brustkorb. Und vor allem, sämtliche Details in den Hintergrund drängend, die Zweisamkeit, die Julie und mich verband. *Wir.*

Ich sah sie an. Mit großen Augen betrachtete sie forschend mein Gesicht, und einen Moment lang wirkte sie nicht raffiniert oder zu allem entschlossen. Nur klein. »Sag mir«, begann sie mit einer Stimme, kaum lauter als ein Hauch, »sag mir, dass es sich dafür nicht zu kämpfen lohnt.«

»Das kann ich nicht.« Das Foto schien mich wie magisch anzuziehen, als wäre es ein Fenster zu einer anderen Welt. Vergessen für mich. Verloren für Julie.

»Was würdest du tun, um das zu schützen? Zu retten?«

»Wenn ich das wäre, gäbe es nichts, was ich nicht tun würde.«

Zitternd atmete sie aus. Dann lächelte sie und drückte meinen Arm. »Danke, dass du das sagst. Man kann leicht ein bisschen durchdrehen, wenn man allein ist. Ohne jemanden, der einen auf den Boden zurückholt.«

»Nein. Es war richtig, dass du gekämpft hast. Dass du klug vorgegangen bist.« Ich erinnerte mich an ihre Worte, als der Feueralarm losging. »Strategisch.«

»Hm, es handelt sich um Herzensangelegenheiten. ›Strategisch‹ klingt etwas steril.«

»Was würdest du bevorzugen?«

»Durchtrieben.«

Ich erwiderte ihr Grinsen. Allmählich wuchs mir ihr Humor ans Herz. Oder ich gewöhnte mich wieder daran.

Julie ließ ihre Hand einen Moment lang auf meinem Arm liegen. »Kaffee.« Sie wandte sich um und hantierte mit dem Wasserkocher.

Ich setzte mich und stellte das Foto auf den Tisch. Aufrecht, wie es sich gehörte.

Der Löffel schepperte gegen das Porzellan, als Julie die beiden Tassen umrührte. Sie kam auf meine Tischseite und stellte meinen Kaffee ab. Einen Augenblick lang starrte ich ihn nur an. Bei dem ganzen Vorgang war irgendein Schritt übersprungen worden.

»Solltest du mich nicht fragen, wie ich ihn trinke?«

Sie zog die Augenbrauen hoch.

»Ach ja. Okay.« Ich nahm einen Schluck. Offenbar trank ich meinen Kaffee mit Milch und ohne Zucker. Woher sollte ich das wissen?

Julie lehnte sich an die Arbeitsfläche. Schweigend sah sie in ihren Kaffee.

»Was habe ich damals gemacht?«, fragte ich. »Beruflich.«

Sie schob die Lippen vor. »Wir müssen über die Zukunft sprechen. Es bleiben nur noch vier Tage, bis wir wieder zurück auf Los gehen.«

Ich nickte und fragte mich, worauf sie hinauswollte.

»Vier Tage reichen, um alles wieder in Ordnung zu bringen. Ich könnte Flüge buchen, und wir könnten nach Hause fahren. In unsere Wohnung in Footscray.«

»Nein.«

»Aber dann könntest du zu Hause aufwachen, und es würde dir leichter fallen, wieder in den Alltag, in dein altes Leben zu finden.«

Ich schüttelte den Kopf.

»Hör zu, ich weiß, wie schwer die ersten Wochen sind. Alles Ungewohnte macht dir Angst.«

»Nein.« Ich stand auf und verschränkte die Arme vor der Brust.

»Okay, kein Problem«, sagte sie. »Vielleicht könnten wir diese Wohnung hier für uns beide einrichten. Es wäre einfacher, wenn du hier aufwachen würdest, bei mir. Wir können deine Sachen herholen.«

»Julie …« Ich brach ab, weil ich nicht wusste, wie ich das, was gesagt werden musste, zum Ausdruck bringen sollte.

»Was ist los? Warum willst du nicht? Ist es wegen der Dominos? Du willst sie erst fertigbauen. Das können wir noch einschieben.«

»Nicht nur das.«

»Was denn?« Sie stellte ihre Kaffeetasse ab. »Du hast doch selbst gesagt, dass Kämpfen das Richtige ist. Alles zu tun, was getan werden muss.«

»Nein.« Ich schüttelte den Kopf. »Ich habe gesagt, ich kann verstehen, warum du kämpfst. Warum ich kämpfen würde, wenn ich an deiner Stelle wäre. Aber ich erkenne den Mann auf dem

Foto nicht. Ich weiß nicht, wer das ist. Und dich kenne ich auch kaum.«

»Es sind einfach wir beide.«

»Eben nicht. Das sind überhaupt nicht wir.«

»Du kanntest mich gut genug, um mich zu küssen.«

»Alles, was ich zu dem Zeitpunkt geglaubt habe, war gelogen. Ich mache dir deswegen keine Vorwürfe. Ich hoffe, ich hätte dasselbe getan. Aber eine Lüge bleibt eine Lüge.«

»Jetzt sag ich doch die Wahrheit.«

Ich beugte mich über den Tisch. »Du versuchst, etwas zurückzuholen, das du verloren hast. Und ich versuche, das zu bewahren, was ich habe. Meiner Ansicht nach ist das absolut nicht das Gleiche.«

»Das verstehe ich nicht. Sag mir, was du möchtest. Erklär es mir.«

»Ich will dasselbe wie alle anderen. Überleben. Die Kontrolle haben. Meine Entscheidungen und Pläne mit in die Zukunft retten.«

»Das alles kann ich dir geben. Ich habe es schon einmal getan. Wir haben das überstanden. Zusammen.«

Und wir sind daran gescheitert, wie sie selbst zugegeben hatte. Aber das wieder aufzuwärmen hätte nichts gebracht.

»Selbst wenn du mir das alles geben könntest, würdest du es am Ende auch wirklich tun?« Ich schnappte mir das gerahmte Foto. »Was, wenn du stattdessen nur das hier willst? Den Mann, den du geheiratet hast, mit all seinen Hoffnungen und Träumen. Dann würde von meiner Zeit und meinen Plänen nichts bleiben. Ich wäre nur noch ein Fremder, mitgerissen vom Strom des Lebens, herumgestoßen von Entscheidungen, die er nicht selbst getroffen hat.«

»Er wäre glücklich. Und würde geliebt werden.«

»Aber er wäre nicht ich, und ich würde nicht über ihn verfügen.«

»Es wärst einfach du, Süßer. Einfach du und einfach ich, mehr nicht.«

»Wenn du das glaubst, dann …« Traurig schüttelte ich den Kopf. »Dann bist du die Letzte, mit der ich während des Vergessens zusammen sein sollte.«

»Sag so was nicht«, zischte sie. »Hör mal, ich kann doch mehr über dich erfahren. Du kannst mir sagen, was wichtig ist.«

»Und wie soll ich dir trauen? Du würdest lügen und Rauchbomben bauen, um dein Leben zurückzubekommen. Warum solltest du nicht auch jetzt lügen und mir erzählen, was ich hören will, um dann alles rückgängig zu machen, wenn ich vergessen habe und du mit mir machen kannst, was du willst?«

»Das würde ich nie tun.«

»Ach nein?« Ich hob das Foto, das ich immer noch in den Händen hielt. »Lohnt es sich nicht, dafür zu kämpfen? Was würdest du tun, um das hier zurückzubekommen?«

Sie wich vor mir zurück und schüttelte den Kopf. »Das ist ungerecht.«

»Dann sag es. Sieh das Foto an und sag mir, dass du für das hier nicht lügen würdest.«

»Du weißt, dass ich das tun würde. *Ich würde alles tun.*« Ihre Stimme zitterte vor Enttäuschung. »Und warum auch nicht? Wieso zählen nur deine Entscheidungen? Was ist mit mir?« Sie zeigte auf das Foto. »Was ist mit ihm? Was ist mit dem, wofür wir beide uns entschieden haben? Mit allem, was wir einander versprochen haben?«

»Doch was bedeutet das für mich? Dass ich überhaupt keine Rolle spiele? Dass ich nur ein Fehler bin, den du korrigieren willst?«

»Das Ganze ist ein Fehler, den ich korrigieren will.« Sie wedelte mit den Händen. »Du. Ich. Alles.«

»Ich bin nicht einfach nur etwas, das dir im Weg steht!«, schrie ich. »Ich versuche, mein Leben auf die Reihe zu bekommen, Entscheidungen zu treffen, zu leben. Und ich werde sicher nicht bei jemandem bleiben, dem meine Wünsche egal sind. In dem Moment, wenn ich alles vergesse, bin ich weg. Mein Kopf ist wie Knetgummi. Und ich überlasse ihn auf keinen Fall jemandem, der mich nur für eine Anomalie hält. Jemandem, der mich zurechtbiegen will, so, wie es sich seiner Meinung nach gehört.« Mein Rucksack lag neben dem Sofa. Ich stand auf und nahm ihn. »Ich gehe jetzt. Es gibt ein Wort für Menschen, die sich von anderen einfach nehmen, was sie wollen, die sie in die Falle locken und einsperren, ohne sich darum zu kümmern, wie es denjenigen dabei geht.«

»Aber du hast dich ja selbst entschieden.« Sie versperrte mir den Weg. »Und zwar für mich. Und du hast mich gebeten, mich für dich zu entscheiden.«

»Das ist mein Leben. Ich habe das Recht, es zu beschützen.«

»Das ist *unser* Leben. Und *ich* habe das Recht, es zu beschützen. Vor all den Jahren habe ich versprochen, für dich da zu sein. In guten wie in schlechten Zeiten. Gerade sind sie schlecht, aber ich bin da. Wie versprochen. Wie du es wolltest.«

»Das sind Worte aus einer anderen Zeit. Einer anderen Welt. Sie bedeuten mir nichts.«

»Du warst für mich da. Du hast mir bei meinem Alkoholproblem beigestanden. Jeden Tag, bei jedem Schritt. Als ich alles für einen Schluck aus der Flasche getan hätte, hast du nicht nachgegeben, bis es mir besser ging. Das kann ich nicht einfach vergessen. Das Ganze ist mein …«

»Ich entbinde dich von deinem Versprechen. Du schuldest mir nichts mehr.«

»Du kannst mich nicht entbinden. Du kannst eine Ehe doch nicht einfach so aufgeben.«

»Ehen gehen in die Brüche. Das kommt vor. Man lässt sich scheiden.«

Sie schreckte zusammen. In ihrer Wortwahl war sie bisher nicht besonders zimperlich gewesen, aber das Wort Scheidung konnte sie offensichtlich nicht ertragen. »Ja, so geht es eben manchmal. Zwei Menschen leben sich auseinander. Aber das, was hier läuft, ist was anderes.«

Seltsam, denn ich hatte den Eindruck, dass sich hier genau das abspielte. Zwei Menschen hatten sich auseinandergelebt.

Julie sah mich finster an, als könnte sie meine Gedanken lesen. »Unsere Situation ist eine völlig andere. Wenn Leute sich scheiden lassen, kennen sie einander und treffen eine Entscheidung. Das hier« – sie zeigte auf uns beide – »hat damit nichts zu tun. Du weißt nicht, wie wir zusammen waren. Es gibt keine Entscheidung, bloß eine Katastrophe, die uns auseinandergerissen hat.«

»Es gibt eine Entscheidung. Ich entscheide jetzt.« Ich drängte mich an ihr vorbei zur Tür.

Ich hatte die Hand schon auf der Klinke liegen, als Julie mit plötzlich leiser Stimme sagte: »Was glaubst du, was ich mache, wenn du jetzt gehst?«

Ich blieb stehen und drehte mich langsam zu ihr um.

»Ich brauche dein Einverständnis nicht. Habe ich noch nie gebraucht.« Ihre Augen verdunkelten sich. »Du findest es krass, eine Rauchbombe in einen Mülleimer zu werfen? Wenn du mir keine Wahl lässt, breche ich deine Tür am Sonntag mit einem Stemmeisen auf und hole, was mir gehört. Was uns gehört. Hole mir meinen Robbie zurück. Und du kannst mich nicht daran hindern.«

»Wenn du es krass willst, das kann ich auch«, fuhr ich sie an.

»Ich könnte durch diese Tür gehen und gar nicht nach Hause laufen. Ich könnte in den nächsten Zug oder Bus steigen und irgendwo hinfahren. Ins Outback. Es ist ein großes Land. Du würdest mich nie wiedersehen. Und ich wäre frei von dir.«

»Ich würde dich finden, genau wie ich dich hier gefunden habe.« Sie kam näher, die Fäuste so fest geballt, dass die Knöchel weiß hervortraten. »Du kannst dir nicht leisten, dass das zu einer Schlacht zwischen uns ausartet, Robbie. Ich kenne dich. Und ich bin schlauer als du. Ich bin härter als du. Und ich werde dich nie aufgeben.«

Vielleicht. Aber ich besaß eine Macht, die sie nicht hatte. Die Macht zu zerstören. »Das spielt alles keine Rolle, weil du zu spät kommen würdest.« Ich verschränkte die Arme. »Wenn ich noch mal auf der Straße aufgegriffen werde, nehmen sie mich in Obhut. In einer Anstalt.«

Julie blieb abrupt stehen. »Was?«

»Die Ärztin hat gesagt, das müssen sie. Wenn es noch einmal vorkommt, halten die Behörden es für zu gefährlich, mich allein zu lassen. Dr. Varna meinte, sie kann nicht verhindern, dass man mich wegsperrt.«

»Wohin, in ein Krankenhaus? In die Psychiatrie?« Sie wich zurück. »Die würden dich einweisen?«

»Dr. Varna hat gesagt, es wäre die staatliche Fürsorgepflicht.«

»*Fürsorgepflicht*? Das würdest du nicht überleben, Robbie. Es würde dich umbringen. Du solltest nicht mal allein draußen rumlaufen. Ich hätte heute Morgen zu dir kommen sollen. Ich war so damit beschäftigt, was mit unserem Leben passiert ist, dass ich gar nicht …«

»*Unserem* Leben?« Das klang, als beträfe es sie genauso wie mich. Als drohte ihr in vier Tagen die Auslöschung.

»Ja, unserem Leben. Sieh dich um. Sieh, was aus meinem Leben geworden ist.« Sie wedelte mit den Händen, und ihre Augen glänzten plötzlich feucht. »Ich hab alles stehen und liegen lassen. Jede Sekunde meines Lebens, jeder Dollar, den ich verdiene, gehen dafür drauf zu planen, zu grübeln und zu lügen – um einen Mann zurückzugewinnen, der mich nicht kennt. Weinst du dich jede Nacht in den Schlaf? Musst du neben deinem einzigen echten Freund auf der Welt stehen und so tun, als wäre er ein Fremder, wo du doch mit jeder Faser deines Körpers nur …« Sie brach ab und schlang die Arme um ihre Schultern. Einen Moment lang wirkte sie nicht kämpferisch oder durchtrieben, nur verloren und allein. »Und nicht weil er beschlossen hat, dass es ein Ende haben muss, sondern weil er vergessen hat, dass es überhaupt einen Anfang gab.«

Sie konnte die Tränen nun nicht mehr zurückhalten, sie strömten ihr über das Gesicht. Ich empfand einen überwältigenden Drang, sie an mich zu drücken und zu trösten, aber ich ließ die Arme fest vor der Brust verschränkt. »Du verstehst, dass es mich umbringen würde, wenn ich in eine Klinik muss?«

»Natürlich.«

»Warum? Weil das Vergessen mir, wenn ich mein Leben und meine Welt nicht kontrollieren könnte, die Persönlichkeit rauben würde, vielleicht? Alles, was mich zu dem Menschen macht, der ich bin?«

»Klar.« Sie wischte sich die Tränen ab, als ärgerte sie sich darüber.

»Aber würdest du nicht dasselbe mit mir machen?«

»Nein! Ich versuche, dich zu retten. Dich zurückzuholen.«

»Ich will nicht zurück – ich bin hier! Deshalb muss ich allein sein und in meiner Wohnung. Damit ich so sein kann, wie ich wirklich bin, und nicht so, wie sich jemand anderes das für mich ausgedacht hat. Du bist schlauer als ich«, wiederholte ich verbittert. »Härter als ich. Besser als ich. Was glaubst du, was von mir in deinem Beisein übrig bleiben würde?«

»›Besser‹ hab ich nicht gesagt.« Sie sah mich finster an. »Nicht besser.«

Eine Träne löste sich aus meinem Augenwinkel. Ich hasste es, vor Julie schwach zu erscheinen, aber es ging nicht anders. Mein Gesicht fühlte sich an, als würde es unter der Anspannung zerreißen.

»Fang bloß nicht auch noch an zu weinen.«

»Was interessiert dich das? Du bist doch schuld. Du bist diejenige, die mich festhält.«

»Sag so was nicht. Ich würde alles für dich tun.« Sie streckte die Hand nach mir aus.

»Fass mich nicht an!« Ich schreckte zurück.

Sie schlug sich die Hand auf den Mund. »Mein Gott, Robbie! Ich würde Berge und Wüsten für dich überwinden, aber das kann ich nicht ertragen, auch nicht dir zuliebe. Diese Wut und Angst. Auf alles andere hab ich mich bewusst eingelassen, in guten wie in schlechten Zeiten, aber ich will nicht zu jemandem werden, den du fürchtest.«

Ganz langsam atmete ich aus. »Es ist nicht deine Schuld. Es ist einfach passiert.«

Sie zögerte einen Moment. Als sie sprach, war ihre Stimme ruhig. »Ich hab dir vorhin nicht die Wahrheit gesagt. Nicht die ganze Wahrheit. Ich glaube, dein voriges Ich hat mich in dem Brief nicht erwähnt, weil er dachte, er wäre mich losgeworden.«

»Was soll das bedeuten?«

»Er hat mir einen Scheidungsantrag geschickt.« Sie ging zu einem Karton, der an der Wand stand. An ebender Stelle, zu der sie geschielt hatte, als ich sie fragte, ob wir verheiratet seien. Sie ging in die Hocke, kramte in dem Karton und zog schließlich einen großen braunen Umschlag heraus. Er sah aus wie der, in dem ich meinen Brief aufbewahrte.

Aber als Julie sich an den Tisch setzte und den Umschlag öffnete, erkannte ich schnell, dass der Inhalt keinerlei Ähnlichkeit mit dem des anderen hatte. Es war ein Stapel zusammengetackerter Formulare. Kleine rote Klebezettel ragten an manchen Stellen hervor.

»Dein … dein Vorgänger … hat mir die Unterlagen vor acht oder neun Monaten geschickt, eine Woche nachdem ich zum ersten Mal bei dir reingeplatzt bin.« Sie verzog das Gesicht. »Ich wollte sie verbrennen. Ich konnte mir nicht vorstellen, dich jemals aufzugeben.«

Ich stand neben ihr und sah über ihre Schulter auf die spröden, amtlich wirkenden Zettel. »Warum hast du nicht …?«

»Ich wollte dir etwas zeigen, auf das du vertrauen kannst.« Sie nahm einen Stift vom Tisch und blätterte zu der Seite mit dem ersten Klebezettel. Er markierte ein leeres Kästchen: die Stelle für ihre Unterschrift. Darunter stand mein Name, geschrieben in meiner Handschrift. »Du hast recht. Du solltest selbst entscheiden können, was mit dir geschieht.« Sie hob den Stift. »Also wenn du es sagst, unterschreibe ich. Dann kannst du die Unterlagen abschicken, und wir sind nicht mehr verheiratet.« Sie sah zu mir auf. »Aber bitte, verlang das nicht von mir.«

»Aber du würdest es machen, wenn ich dich darum bitte?«

»Ich wollte nie, dass du Angst vor mir hast. Wenn du das in mir siehst, dann … Ja, ich würde unterschreiben.« Ihre Lippen zitterten. Tränen strömten ihr über das Gesicht.

Es tat weh, sie so zu sehen, aber ich antwortete ehrlich. »Ich sehe in dir etwas, vor dem ich Angst habe.«

Sie gab einen leisen, klagenden Laut von sich, dann wandte sie sich dem Dokument zu. Der Stift schwebte über dem Papier. »Du hast mich geliebt. So sehr.«

Ich hielt sanft ihre Hand fest. »Das ist nicht alles, was ich sehe.«

»Was denn noch?« Ihre Hand zitterte unter meiner wie ein gefangener Schmetterling. »Du musst es mir sagen. Ich brauche etwas, an dem ich mich festhalten kann.«

Ich sah etwas Schönes und Verlorenes. Etwas, das ich retten und wieder in Ordnung bringen konnte. Aber diesen Gedanken durfte ich nicht aussprechen. »Alles, was ich mache – mein Tagebuch, meine Dominos, mein Sport –, soll mir helfen zu bleiben, wer ich bin, trotz alledem, was in vier Tagen droht. Du hast vorhin gesagt, dass du das alles auch könntest. Dass du früher schon auf mich aufgepasst hast. Das glaube ich dir. Deshalb verkörperst du das, wovor ich am meisten Angst habe. Und das, was ich brauche. Und ich kann beides nicht auseinanderhalten.«

»Was bedeutet das für uns?«

Eine Idee meldete sich in meinem Hinterkopf. »Was, wenn ich es doch wüsste? Was, wenn ich wüsste, wie es war und wieder sein könnte – Karten auf den Tisch, wie du gesagt hast –, und dann entscheiden würde?«

»Aber wie willst du das rausfinden?« Sie schüttelte den Kopf. »Weder mit Fotos noch mit Anekdoten kannst du dahin zurück.«

Ich biss mir auf die Lippen. »Lass mich überlegen. Lass mich mal kurz überlegen.« Jede Entscheidung, die ich jetzt traf, stellte ein Risiko dar. Ich sah mich um und betrachtete all das Leben und die Vergangenheit an den Wänden und den Regalen. All das konnte man unmöglich in fünf Minuten in eine Tasche packen. »Ich kann uns einen Tag geben«, sagte ich. »Von morgens bis abends. Als wären wir zusammen.«

»Das reicht nicht. Das ist nicht mal annähernd …«

»Mehr Zeit habe ich nicht. Bis zum Vergessen sind es noch vier Tage. Ich muss mich vorbereiten. Du weißt ja, dass ich an dem Tag nicht in deiner Nähe sein darf, nicht, wenn ich meine Entscheidung noch nicht getroffen habe. Falls es nämlich passiert, während du da bist, kann ich nicht mehr frei entscheiden.«

»Aber …«

»Du hast gesagt, du würdest alles probieren. Ist das so viel verrückter als das, was du schon versucht hast?«

Sie drehte mir den Rücken zu. Zuerst dachte ich, sie wollte ihr Gesicht verbergen, aber sie ging in ein anderes Zimmer, ihr Schlafzimmer.

Kurz darauf kam sie mit einem Kleidungsstück in den Händen zurück. Dunkelgraues weiches Material. Ein abgetragenes Jackett. Es sah viel zu groß aus für Julie.

Also war es meins.

Sie blieb vor mir stehen und wickelte sich das Jackett um die Handgelenke, bis es mehr einem seltsamen Stoffverband ähnelte als einem Kleidungsstück. »Eine Bedingung: Wenn ich nur einen Tag bekomme, musst du dich wirklich bemühen. Du musst offen sein für unsere Vergangenheit. Du darfst dich nicht hinter diesem Schutzwall verstecken. Dieser Angst. Du würdest dich selbst betrügen, wenn du dich nicht bemühst. Du verdienst es, die beste Entscheidung für dich zu treffen.«

Ich nickte.

»Okay, zwei Bedingungen«, verbesserte sie sich. »Ich darf dich am Abend ausführen. Zum Essen. Wohin ich will. Was wir tagsüber machen, bestimmst du. Aber der Abend gehört mir. Das sind meine Bedingungen.«

Sie streckte mir das Jackett entgegen.

Ich machte keine Anstalten, es anzunehmen. »Und ich muss mich darauf verlassen können, dass du gehst, wenn ich das entscheide. Einen Tag, mehr haben wir nicht. Wenn ich Nein sage, unterschreibst du.«

»Wenn du dich wirklich bemühst und mir einen Tag Zeit gibst, ja, dann werde ich unterschreiben.«

»Und damit kannst du leben?«

»Falls du weißt, wie es ist, wenn wir zusammen sind, und du dich dagegen entscheidest, dann kann ich damit leben. Ich unterschreibe deine Formulare. Ich gebe uns beide frei.«

Ich streckte die Hände nach dem Jackett aus.

Julie hielt es fest. »Versprich es mir. Versprich mir, dir Mühe zu geben. Offen zu sein.«

»Versprochen.«

Sie lockerte ihren Griff um das Jackett. »Also, dann …«

»Du bist dran«, fiel ich ihr ins Wort. Ihr Lächeln erstarb. »Wenn der Tag vorbei ist, findest du dich mit meiner Entscheidung ab. So oder so.« Ich biss die Zähne zusammen. »Was auch immer passiert.«

Sie nickte. »Ich verspreche, dass ich deine Entscheidung respektiere, wenn der Tag vorbei ist. So oder so.«

Etwas hatte sich verändert, als ich ihr den Abend versprochen hatte. Ihre Stimme klang traurig, aber sie hatte die Stirn nachdenklich in Falten gelegt. Als würde sie einen Plan aushecken.

Natürlich hatte sie einen Plan.

Beklommenheit drückte mir auf den Magen. Konnte ich mich wirklich an einem einzigen Tag so verlieben? Was, wenn der Mann, der sie jahrelang geliebt hatte, noch irgendwo in mir steckte? Ich erinnerte mich an die plötzliche Euphorie, als ich sie geküsst hatte. »Wenn du nicht unterschreibst, rufe ich Dr. Varna an und sage ihr, was du getan hast und dass ich eingewiesen werden muss. Um mich vor dir zu schützen. Sie kann das arrangieren.«

»Du brauchst mir nicht zu drohen. Ich halte meine Versprechen. Deswegen bin ich hier.«

Ich nahm das Jackett.

»Sollen wir anfangen?« Sie lächelte.

»Heute nicht. Morgen.« Sie wollte mir widersprechen, aber ich schüttelte den Kopf. »Wenn ich mir wirklich Mühe geben soll, dann nicht heute. Ich weiß, es ist erst zehn Uhr, aber ich habe nichts mehr zu geben. Und du hast gesagt ohne Schutzwall.«

»Na schön. Morgen.«

Ich brach so schnell wie möglich auf. Die Scheidungsunterlagen waren sicher in meinem Rucksack verstaut, und ich wollte verschwinden, bevor Julie Zweifel kamen. Aber sie bestand darauf, mich nach Hause zu begleiten. Meine Erwähnung einer möglichen Einweisung hatte sie offenbar in Panik versetzt. Sie beharrte darauf, dass es ein unnötiges Risiko sei, so kurz vor dem erwarteten Datum allein durch die Straßen zu spazieren.

Draußen erinnerten mich das hellgelbe Sonnenlicht und die kühle Luft daran, dass es noch Vormittag war. Ich fühlte mich ausgelaugt, als wären meine Gefühle und Gedanken überstrapaziert worden, aber Julie schien es nicht zu stören, mich schweigend zu begleiten. Im Gehen sah ich sie verstohlen von der Seite an. Hin und wieder fing sie meinen Blick auf und lächelte, aber ich merkte ihr an, dass sie nachdachte. Strategisch. Durchtrieben. Je mehr Zeit verging, desto fröhlicher wurde sie. Als wir vor meiner Wohnung ankamen, hatte sich ein merkliches Federn in ihren Gang geschlichen. Aber sie behielt ihre Gedanken für sich, und unser Abschied fiel kurz aus. Wir vereinbarten, dass sie am nächsten Tag um sieben Uhr morgens zu mir kommen sollte.

Eine Welle der Erleichterung überkam mich, sobald ich mich in meiner Wohnung eingeschlossen und den Umschlag mit dem Scheidungsantrag in der Erinnerungskiste verstaut hatte.

Zum zweiten Mal innerhalb weniger Tage schnappte ich mir den Brief und durchforstete ihn dieses Mal nach einem Hinweis auf den Scheidungsprozess, den mein Vorgänger eingeleitet hatte. Nichts – bis auf die Stelle, an der er betonte, dass ich mich an alles halten musste, was er geplant hatte. Bisher hatte ich geglaubt, das bezöge sich auf die Dominos und vielleicht das Sportprogramm. Aber jetzt fragte ich mich, ob es auch für andere, weniger offensichtliche Pläne galt.

Ich verdrängte meine Überlegungen und wandte mich den Dominos zu. Da ich morgen anderweitig beschäftigt sein würde, blieben mir nach heute nur noch zwei Tage, um die komplette Bahn fertigzustellen.

Ich stürzte mich in die Arbeit. Nach zwei Stunden genehmigte ich mir eine kurze Pause. Aus einer Laune heraus ging ich zu dem kleinen Laden an der Ecke und kaufte mir Kaffee – dieselbe Marke, die Julie verwendete. Ich hatte keinen Wasserkocher, deshalb erhitzte ich das Wasser in einem Topf auf dem Herd. Das Treffen mit Julie hatte nicht so viele Geheimnisse aus meiner Vergangenheit enthüllt, wie ich mir gewünscht hätte, aber es hatte Licht auf einige kleine Dinge geworfen. Mit Milch, ohne Zucker, zum Beispiel.

Der Kaffee half mir, mich zu konzentrieren. Nach jeder Tasse schien mir die Arbeit ein wenig leichter von der Hand zu gehen, und ich wurde schneller. Mit jeder Stunde standen mehr meiner kleinen Hinkelsteine aufrecht, überzogen die Landschaft. Das Mittagessen ließ ich ausfallen und trank stattdessen eine weitere Tasse Kaffee. Irgendwann kam ich zu dem Schluss, dass es auch zu viel des Guten geben konnte. Mit schwirrendem Kopf verzichtete ich auf weiteren Kaffee und schmierte mir ein Sandwich.

Als die Nachmittagssonne durch die Fenster fiel, sah die Kalkulation besser aus. Ich beging mein kleines Ritual, zwei weitere Dominokartons unter dem Bett hervorzuziehen, sodass nur noch ein Drittel des ursprünglichen Sockels übrig blieb.

Nur noch gut zwölftausend Steine mussten aufgestellt werden. Das Dominozimmer spiegelte diese schwindende Zahl wider: Auf dem Boden waren nur noch eine große Ecke sowie ein paar Podeste zu bestücken. So kurz vor der Vollendung ähnelte das Ganze mehr denn je einer Skulptur. Einem Kunstwerk – auch wenn ich der Einzige war, der es würdigen konnte.

Mit einer einfachen Mahlzeit beschloss ich den Tag. Laut Julie hatte ich früher gern gekocht. Hätte sie mir doch bloß ein paar Zutaten und Küchengeräte hinterlassen, dann hätte ich wieder damit anfangen können. Meinem Instinkt folgend wie bei meinem morgendlichen Training.

Meine Gedanken schweiften zum nächsten Tag ab. So oder so musste ich bald eine Entscheidung treffen, und dann fand alles seinen Abschluss. Nicht durch eine neue Mauer, die Julie niederreißen konnte, sondern durch eine Einigung zwischen uns beiden. Rechtlich in Stein gemeißelt.

TAG drei

Hastig absolvierte ich meinen Morgensport. Julie wollte um sieben zum Frühstück kommen, also musste ich Gas geben.

In meiner Eile schnitt ich mich beim Rasieren, wodurch ich natürlich länger brauchte als in meinem vorsichtigen Normalzustand, und so war ich erst um kurz vor sieben fertig.

Hoffentlich kam sie nicht zu früh, denn ich musste noch einiges erledigen.

Jedes Mal, wenn ich die Wohnung verließ, traf ich Vorkehrungen, falls das Vergessen zu früh einsetzte. Allein mit Julie zu sein, stellte ein genauso großes Risiko dar. Sollte es zufällig genau heute schon passieren, musste ich gegen alle Lügen gewappnet sein, die sie mir in den ersten Momenten auftischen würde, wenn ich am verletzlichsten wäre.

Ich schrieb mir einen Zettel.

Lies das sofort. Und lies es allein. Ohne sie.

Wahrscheinlich hast du schon gemerkt, dass du wieder alles vergessen hast. Es passiert alle sechs Monate und war für Sonntag ausgerechnet. Wenn du das liest, muss es früher eingetreten sein, wodurch du mit Julie allein bist, bevor ich – oder wir – uns entschieden haben, ob wir ihr trauen können. Du musst das Tagebuch finden und lesen. Es hat einen blauen Einband. Es sollte auf dem Küchenregal liegen. Wenn du es findest, wirst du unsere Lage verstehen.

Wenn du es nicht finden kannst, hat sie es versteckt. Das bedeutet, du kannst ihr nicht trauen und musst weg: komplett untertauchen.

Ich schrieb den Zettel noch einmal ab und steckte ein Exemplar in meine Jeanstasche und das andere in die Sockenschublade.

Julie war schlau, und ich musste auch schlau sein.

Gestern hatte ich versprochen, offen zu sein. Das schuldete ich sowohl mir selbst als auch Julie. Aber was bedeutete offen genau? Vor zwei Tagen hatte ich sie geküsst. Mein Mund kribbelte immer noch, als wollte ich diesen Moment wiederholen. Ich biss die Zähne zusammen, um diesen unerwünschten Drang zu ersticken, und legte die Scheidungsunterlagen auf die Küchenablage, damit ich sie nicht vergaß.

Als Nächstes reihte ich alle Erinnerungsstücke auf dem Küchentisch auf: den Holzelefanten, das Armband, die Kristallvase, den Schlüssel, die Druse und das Kupfermedaillon. Gestern hatte ich nicht daran gedacht, Julie danach zu fragen, aber dieses Mal wollte ich mir die Gelegenheit nicht entgehen lassen. Die ersten beiden Gegenstände sahen afrikanisch aus. Nordafrikanisch, vermutete ich, vielleicht marokkanisch? Das war das Wort, an dem ich hängen blieb, während ich den kleinen geschnitzten Elefanten von einer Hand in die andere legte. Wie war er in meinen Besitz gelangt? Hatte ich eine Reise gemacht? Oder war er ein Geschenk gewesen? Oder vielleicht …

Bumm, bumm, bumm. Exakt sieben Uhr. Natürlich kam Julie pünktlich. Sie hatte nur einen Tag Zeit. Als ich den Riegel zurückschob, schoss mir der Gedanke durch den Kopf, dass jedes Schloss an jeder Tür in jeder Wohnung einen verhängnisvollen

Schwachpunkt hatte: den Menschen im Inneren, der nicht anders konnte, als die Außenwelt einzulassen.

Ich öffnete die Tür, und da stand sie.

»Hallo«, sagte ich.

Julie erwiderte den Gruß und schob sich an mir vorbei. Es war ziemlich eng. Neben der prall gefüllten Umhängetasche über ihrer Schulter war sie noch mit mehreren Plastiktüten beladen. »Hast du Essen mitgebracht?«

»Das siehst du noch.« Sie ging zur Küche. »Gehört alles zum Plan.«

»Natürlich.«

Sie zog einen Mundwinkel zu einem Grinsen hoch.

Neugierig folgte ich ihr in die Küche. Während sie ihr Gepäck abstellte, musterte ich sie unauffällig. Eine bequem wirkende Jogginghose flatterte um ihre Beine. Sie passte zu dem zerknitterten, mehrere Nummern zu großen T-Shirt, dessen Farbe zu einem fadenscheinigen Grau verblichen war. Der Ausschnitt hing locker herunter.

»Wenn ich gewusst hätte, dass du dich so rausputzt«, sagte ich, »hätte ich eine Krawatte umgebunden.«

»Karten auf den Tisch, haben wir gesagt.« Sie stellte die letzte Tüte auf den Küchentisch. »In diesem Sinne dachte ich, ich sollte mich in akkurater Eheuniform präsentieren.« Sie hob die Arme und drehte sich vor meinen Augen im Kreis. »Ich nenne es das Samstagmorgen-Sofa-Outfit.«

Während sie sich im Kreis drehte, verrutschte das T-Shirt und entblößte die Haut vom Hals bis zur Schulter. Das Ding war nicht nur weit, es war absurd weit. Niemand konnte sich so in der Größe irren. Als ich im Geiste aus den Indizien den einzig möglichen Schluss zog – es war ein altes T-Shirt von mir, das so verlockend ihre Kurven umspielte –, entwich mir ein betrübter Seufzer. Wenn sie mein Herz mit einem abgetragenen Band-T-Shirt und einer alten Jogginghose zum Klopfen bringen konnte, stand mir ein sehr langer Tag bevor.

»Deine Haare sehen anders aus.«

Sie fuhr sich mit der Hand durch die Frisur. »Das ist noch lange nicht die natürliche Farbe, aber ich habe so viel wie möglich von der Tönung ausgewaschen.« Sie musterte mich von Kopf bis Fuß. »Du siehst gut aus. Trainierst du noch?«

»Ja, Liegestütze, Crunches«, begann ich mein aktuelles Programm herunterzurattern.

»Klimmzüge, Ausfallschritte, Kniebeugen, Wadenheben, Unterarmstütz«, fiel sie mir ins Wort. Der Morgensport gehörte offenbar seit Langem zu meinem Tagesablauf.

Wir wandten uns den Tüten zu, die sie mitgebracht hatte. »Das ist für mich. Ich mache uns wieder Omeletts.« Während sie in ihrer Handtasche kramte, zeigte sie auf die anderen Tüten. »Das ist für dich. Du kochst Mittagessen.« Sie zog ein kleines abgegriffenes Notizbuch hervor. »Hier.«

Ich nahm es entgegen. Kein Titel, nur ein robuster Stoffbezug mit abgewetzten Ecken und mehreren Flecken. Ich schlug es auf: eine Rezeptsammlung. *Meine* Rezeptsammlung. Die Seiten waren verblichen und mit verschiedenen Stiften beschrieben. Manche Rezepte waren sorgfältig mit blauem Kugelschreiber abgefasst, andere mit Bleistift gekritzelt und voller Streichungen und Änderungen. Aber alle trugen dieselbe Handschrift. Meine.

Während ich durch die Seiten blätterte, sprühte meine Fantasie solche Funken, dass ich die Gerichte förmlich vor mir sah. Es war ein Schatz, der es mit sämtlichen anderen Erinnerungsstücken aufnehmen konnte. Ein Handbuch zu meinem eigenen Ich.

Julie beobachtete mich lächelnd. »Ich lese es später durch«, sagte ich. »Räumen wir erst mal die Einkäufe weg.« Das kleine

Stückchen Vergangenheit nahm seinen Platz in der Sammlung auf dem Tisch ein.

»Was ist das?« Julie deutete mit dem Kopf auf die Andenken, während sie die Lebensmittel sortierte.

»Ich dachte, das könntest du mir sagen.« Seltsam, dass sie die Sachen nicht sofort erkannte. »Das ist alles, was ich aus der Vergangenheit habe – Andenken aus meinem früheren Leben. In dem Brief wird nicht erklärt, was es damit auf sich hat, deshalb ...«

Julie kam zum Tisch. »Ich dachte, du hättest alles von früher verloren ...« Mit gerunzelter Stirn betrachtete sie meine Schätze. »Was ist das für ein Kram?«

»Weißt du das nicht?«

»Ich erkenne nichts davon wieder.« Sie drehte die Gegenstände in den Händen hin und her. »Sieht aus, als wäre jemand in einen Souvenirladen gegangen und hätte den erstbesten Schnickschnack gekauft. Bis auf das hier.« Sie nahm den Schlüssel. »Wofür ist der?«

Ich zuckte mit den Achseln. »Keine Ahnung.«

»Es steht eine Nummer drauf.« Sie wischte den Schmutz ab. »Eine Wohnung vielleicht? Für ein Schließfach sieht er ein bisschen groß aus. Vielleicht ein Postfach?«

»Zwei-acht-neun.« Ich hatte mir die Zahlen vor Monaten eingeprägt, als die Erinnerungsstücke bedeutungsschwer vor mir gelegen hatten. In drei Tagen wären die Zahlen, die ich mir mühsam eingeprägt hatte, wieder aus meinem Gedächtnis gelöscht. »Hatten wir keins? Ein Postfach?«

»Nein. Das ist nicht aus unserer gemeinsamen Zeit.«

»Also von früher? Bevor wir uns kennengelernt haben.«

»Wir waren sieben Jahre zusammen. Warum solltest du einen nutzlosen Schlüssel so lange aufbewahren?« Sie strich mit dem Finger darüber. »Außerdem ist er nicht so alt.«

»Er sieht aber alt aus.«

Sie schüttelte den Kopf. »Das ist nur Dreck. Fühl mal. Die Zähne sind scharf. Er wurde kaum benutzt.«

Julie streckte mir den Schlüssel entgegen, und ich fuhr mit dem Finger über die Zacken. Sie hatte recht.

Sie warf ihn zurück zu den anderen Andenken. »Ich weiß nicht. Vermutlich war er für deinen Vorgänger aus irgendeinem Grund wichtig. Aber er ist nicht von früher. Nicht aus unserer Zeit.«

»Vielleicht wusstest du einfach nichts davon.«

Sie sah mich spöttisch an. »Du warst nie jemand, der Geheimnisse hatte. Außerdem warst du nicht zu Hause, als es passiert ist. Beim dritten Mal, als wir getrennt wurden. Du hattest nichts außer den Klamotten am Leib. Du hattest keine Möglichkeit, irgendwelche Sachen mitzunehmen. Tut mir leid, aber wenn du was über deine Vergangenheit erfahren willst, die ist hier oben.« Sie tippte sich an den Kopf. »Und hier drin.« Sie zeigte auf die Rezeptsammlung. »Frag einfach, wenn du was wissen möchtest.«

Enttäuscht packte ich die Erinnerungsstücke zurück in den Karton. Ich konnte mir nicht vorstellen, warum Julie mich anlügen sollte. Trotzdem wurden sie in dem Brief als wertvolle Stücke aus meiner Vergangenheit beschrieben. Es passte nicht zusammen. Ich schob die Kiste zurück an ihren Platz.

Julie begann, die Omeletts zuzubereiten. Ich bot ihr einen Kaffee an.

»Du hast keinen Kaffee.«

Ich warf ihr einen Blick zu.

»Ach so. Dann bitte Milch und zwei Zucker.«

Schon bald erfüllte Essensduft und das Klappern von Geschirr die Küche. Es machte Spaß. Wir frühstückten und tranken Kaffee, während ich weiter durch die Rezeptsammlung blätterte. Julie kannte zu jedem Gericht eine Geschichte. Die Seiten strotzten vor Gebrauch und Leben. Ein echtes Kleinod.

Nach dem Frühstück spülte ich mit Julies Hilfe ab. Als sie mir ihre Kaffeetasse reichte, fasste sie mich mit der anderen Hand am Oberarm. Die Berührung wirkte ungezwungen und instinktiv. Sie fühlte sich wohlwollend an, nicht sinnlich.

»Weißt du, ich bin …« Lächelnd schüttelte sie den Kopf. »Ich wollte nur sagen, ich bin froh, dass du hier bist und dass es dir gut geht.« Sie ließ die Hand sinken. »Gestern auf dem Heimweg hatte ich plötzlich Panik, dass das Vergessen dich auf der Treppe nach oben erwischt hat. Am liebsten hätte ich angerufen, ob alles okay ist. Du solltest so kurz vor dem Datum nicht allein aus dem Haus gehen. Es ist eine Krankheit, kein Computerprogramm. Man kann nicht sicher sein, wann genau es passiert.«

»Ich treffe Vorsichtsmaßnahmen. Ich habe immer einen Brief an mich selbst und einen Stadtplan dabei.«

»Gut.« Sie lächelte anerkennend. »Das ist schlau.« Aus Julies Mund war das vermutlich das größte Kompliment. »In Zukunft musst du dir darum keine Sorgen mehr machen. Sobald wir wieder zusammen sind, lasse ich uns für immer an der Hüfte zusammentackern.«

Kopfschüttelnd wischte ich meine seifigen Hände an einem Geschirrtuch ab. »Machst du über alles Witze?«

»Sorry.« Sie lächelte entschuldigend. »Ich kannte mal jemanden, der meinen Sinn für Humor mochte.«

»Ich weiß, dass wir den Tag als Ehepaar verbringen.« Ich zögerte, weil ich nicht sicher war, wie ich es formulieren sollte. »Ich weiß nur nicht, was das bedeutet in Bezug auf …«

Julie runzelte die Stirn. Wir standen immer noch etwas zu dicht nebeneinander. Ihr dämmerte etwas, und sie wich zurück.

»Ach so. Du meinst …« Jetzt war sie an der Reihe, das Unsagbare nicht zu sagen.

»Genau.« Dann fiel mir auf, dass sie glauben könnte, ich meinte etwas anderes. »Oh, nein, nicht *das*«, versicherte ich ihr eilig. »Ich meinte nur, wie man Paare in der Öffentlichkeit sieht, wenn sie, also, Händchen halten oder so.« Gespräche über Sex mit den eigenen Eltern waren weniger peinlich.

Wir fingen beide gleichzeitig zu reden an.

»Ich meinte nicht …«, sagte sie.

»Es geht nur darum, dass du wolltest, dass ich mir wirklich Mühe gebe …«, setzte ich an.

»… im körperlichen Sinne. Nicht, dass ich das ausschließen wollte. Oder einschließen. Ich meine …«

»… und natürlich will ich mir Mühe geben, weil es ja stimmt, dass ich mich sonst nur selbst betrügen würde, aber …«

Wir verstummten abrupt.

Die folgende Stille war sogar noch quälender als das Gestotter.

»Wow«, sagte Julie. »Ich glaube, gemeinsam haben wir es geschafft, jegliche Spontaneität …«

Ich beugte mich vor und küsste sie. Einen köstlichen Augenblick lang reagierten ihre Lippen mit der gleichen Kombination aus Lebendigkeit und Leidenschaft wie bei meinem letzten Kuss. Aber ich spürte sie zurückweichen. Sie löste ihre Lippen von meinen und trat einen Schritt von mir weg.

Was hatte ich getan?

»O-kay«, sagte Julie. »Erstens, das war der schönste verrückt peinliche Kuss, denn ich je erlebt habe. Zweitens, das war verrückt und peinlich. Damit, dass wir offen sein sollten, meinte ich nicht, wir müssten …« Sie sah mit einer neuen Verletzlichkeit im Blick zu mir auf. Und ihre Verletzlichkeit war nachvollziehbar. Wie konnte sie wirklich sicher sein, ob ich offen war und mein

Versprechen hielt? Apropos, wie konnte ich selbst sicher sein, ob ich offen war und mein Versprechen hielt?

»Was ist?«, fragte Julie.

Absolute Ehrlichkeit. Ich konnte das.

»Komm mit.« Ich griff nach ihrer Hand. Kein Zögern dieses Mal.

Ich führte sie ins Dominozimmer und über die Trittsteine, bis wir eines der beiden noch unvollständigen Podeste erreichten. Es war nur zu einem Drittel mit Dominos bestückt und hing ein gutes Stück über dem Boden, aber nicht zu hoch für meine Zwecke. Hand in Hand standen wir davor. Dann schnippte ich mit dem Finger gegen einen Domino an der äußeren Ecke. Blitzschnell begannen die Nachbarsteine umzukippen.

Julie erstarrte und umklammerte meine Hand, als sich die Kettenreaktion beschleunigte. »Was machst du denn da?«

An das Podest war nur eine Brücke angeschlossen. Ich zog ein paar Dominos heraus, und der rasende Massensturz endete fast genauso schnell, wie er begonnen hatte. Innerhalb von Sekunden war alles vorbei. Wenn Dominos fielen, dann fielen sie schnell.

»Das ist dein Podest.« Ich wandte mich zu Julie um. »Du baust die Steine hier auf.«

»Wie bitte? Nein.« Sie tastete mit den Füßen nach dem nächsten sicheren Halt hinter sich. »Ich würde es nur vermasseln. Es würde alles durcheinanderbringen, was du gemacht hast. Wie du sagtest: den Fluss und das Timing.«

Ich schüttelte den Kopf. »Hier ist der Anfang. Du kannst das Podest gestalten, wie du willst. Hinter der Brücke gehört alles mir.«

»Es sollte doch alles von dir sein. Das hast du gestern gesagt. Dass die Dominos dir zeigen sollen, wer du bist und was du gemacht hast.«

Ich nickte. »Wer ich war, was ich gemacht habe und was ich wollte. Und das will ich.«

»Was, wenn wir es zusammen machen? Wir beide.« Typisch für Julie, einen strategischen Kompromiss zu suchen.

»Abgemacht.«

Wir arbeiteten bis kurz vor dem Mittagessen. Julie nahm das Entwerfen sehr ernst und stellte alle möglichen Fragen zu den verschiedenen Anordnungen, Techniken und der Fallgeschwindigkeit. Stein für Stein wurde das Podest bestückt. Falls Julie noch irgendwelche Bedenken hatte, schmolzen sie bei unserem gemeinsamen Aufbau dahin. Wir arbeiteten Seite an Seite und stießen gelegentlich mit den Schultern oder den Händen aneinander. Ich war entspannt. Sogar glücklich. Vielleicht hatte sie das damit gemeint, dass sie mir zeigen wollte, wie es sich anfühlte, wenn wir zusammen waren.

Julie hatte vorgeschlagen, dass ich Mittagessen kochte, und ich war gespannt darauf, eines meiner alten Rezepte auszuprobieren. Wir gingen also wieder in die Küche, und nun war ich an der Reihe, mit etwas Hilfe von ihr eine ungewohnte Aufgabe zu bewältigen. Für viele Rezepte hatte ich die Zutaten nicht da. Julie hatte nur mitgebracht, was sie konnte. Aber sie beharrte, dass es keine Rolle spielte und ich einfach improvisieren sollte. So hatte ich das früher angeblich auch gemacht.

Ich konnte mich kaum für ein Rezept entscheiden. Das Buch selbst war zu aufregend. Es fühlte sich noch lebendiger an als das Tagebuch. Ein Ratgeber zum Überleben. Oder, besser noch, zum Leben. Seite um Seite reichte es durch die Zeit zurück zu vergessenem Können und Wissen.

Schließlich entschied ich mich für eine Gemüsepfanne. Julie hatte die meisten Zutaten mitgebracht, und das Rezept wirkte unkompliziert. Meine Hände und Augen schienen sich zu erinnern, wie man schnitt und abmaß – Inseln der Erinnerung, die unbemerkt überlebt hatten, als das Vergessen mein Gedächtnis flutete –, aber ich merkte schnell, dass mir die Übung fehlte. Anfangs ließ ich das Öl in der Pfanne zu heiß werden, und Julie musste alle Fenster aufreißen, damit der Rauch abzog.

»Keine Sorge«, sagte sie grinsend. »Die Feuerwehr kennt die Adresse.«

Als das Essen fertig war, klebte die Küche vor Schweiß und Dampf und Rauch. Wir aßen auf dem Balkon. Der Wind war heiß, aber trocken. Julie saß auf ihrem üblichen Platz in der Sonne. Die Gemüsepfanne schmeckte nicht schlecht, da ich das verbrannte Öl weggeschüttet und noch einmal von vorn begonnen hatte, und Julie wirkte zufrieden. Allerdings vermutete ich, dass ich sie schon besser bekocht hatte.

Nach dem Essen blieb Julie zum Rauchen auf dem Balkon, während ich die Küche aufräumte. In dem Durcheinander des Kochens war der braune Umschlag auf der Küchenablage halb verdeckt worden. Ich wischte ihn ab und legte ihn an eine Stelle, wo man ihn gut sehen konnte.

Als Julie hereinkam, schlug ich einen Spaziergang zum Fluss vor. Obwohl ich über den Tag bestimmen durfte, kam es mir nicht richtig vor, Julie die ganze Zeit in der Wohnung an meinem Projekt arbeiten zu lassen.

Ich zog meine Turnschuhe an, während Julie in ihre Flipflops schlüpfte. Draußen stand die Sonne hoch und heiß am Himmel, sobald wir uns aber dem Fluss näherten, wurde die Luft frischer und ein paar vorbeihuschende Wolken sorgten für etwas Schatten.

Julie ging neben mir. Mit ihren kürzeren Schritten hätte sie fast die doppelte Frequenz gebraucht, um mit mir mitzuhalten, aber automatisch ging ich etwas langsamer. Das war nicht der einzige Instinkt, der in mir aufflackerte. Julies Hand streifte beim Gehen fast meine. Es juckte mich buchstäblich in den Fingern, sie zu ergreifen. Wie viele Kilometer war ich im Laufe meines Lebens neben ihr hergegangen? Und wie oft hatte ich dabei ihre Hand gehalten?

Gut möglich, dass Julie dasselbe empfand.

Bald erreichten wir den Fluss. Das Wasser glitzerte im Sonnenlicht, verwandelte die Hitze des Tages in Tausende von Funken. Nur wenige Leute saßen an diesem Donnerstagnachmittag auf der grünen Wiese der Uferböschung. Wir ließen uns im Schatten eines großen Feigenbaums nieder.

Für alle anderen mussten wir wie ein gewöhnliches junges Paar ausgesehen haben. Eine Weile saßen wir schweigend da und genossen die Aussicht und die Brise. Dann nahm Julie ihr Handy, steckte sich einen Stöpsel ins Ohr und reichte mir den anderen. Die Musik schepperte dieses Mal nicht blechern wie aus den winzigen Lautsprechern. Als sie direkt in meinen Kopf drang, klang sie klar und voll.

Julie murmelte irgendetwas. Einen Bandnamen. Ich nickte. Ausnahmsweise musste ich mich nicht fragen, ob er zu den Dingen gehörte, die ich zu kennen vorgeben sollte. Den ein oder anderen Vorteil hatte es wenigstens, mit jemandem zusammen zu sein, der über mein Geheimnis Bescheid wusste.

Mein Fuß begann, den Takt zu klopfen. Vielleicht lag es an der Beschaulichkeit des Wassers, das sich auf seinem Weg zum Meer um uns herumschlängelte, oder an dem Gefühl, das das Gras unter meinen Beinen und der Schatten auf meinem Gesicht hervorrief, aber die Musik verunsicherte mich weniger als an Julies Geburtstag.

Korrektur: ihrem angeblichen Geburtstag.

Julie legte sich auf den Rasen zurück und sah auf das Wasser, während sich ihr Brustkorb rhythmisch hob und senkte. Sie musste nah bei mir liegen, weil wir durch das Ohrhörerkabel verbunden waren. Wir berührten uns nicht, aber ich konnte all die Stellen spüren, an denen es fast geschah. Ich atmete tief durch. Zu versuchen, offen zu sein, war die eine Sache, in jemandes Bann zu stehen, eine völlig andere. Kein Wunder, dass Julie so zuversichtlich war, dass sie mich rumkriegen würde.

»Ich dachte, ich würde die Hitze im Sommer hier nicht mögen.« Sie lächelte. »Aber so übel ist es gar nicht.«

»War es früher so? Wir beide, zusammen?«

»Weniger Feueralarme, soweit ich mich erinnere.« Sie drehte den Kopf, um mich anzusehen. »Diese Zeiten sind nicht vorbei. Egal, was passiert, wir sind immer kurz vor dem Glücklichsein. Sieh uns jetzt an. Es ist wie am Sonntag, wir sind glücklich und zusammen. Wart es nur ab. Bald streiten wir uns wieder wie ein altes Ehepaar.«

Wie am Sonntag? Ich lächelte, aber innerlich schmerzten ihre Worte mich. Heute war ich mir der Lage bewusst und hatte die Kontrolle; damals war ich von ihr getäuscht worden. Das ließ sich also absolut nicht miteinander vergleichen.

»Ich hab dich noch nie gefragt, wie du an den Lieferantenjob gekommen bist.«

»Das war nicht mein ursprünglicher Plan.« Julie stützte sich auf die Ellbogen und sprach ein wenig lauter, um die Musik zu übertönen. »Eigentlich wollte ich mir eine Wohnung auf deiner Etage oder zumindest im selben Haus besorgen. Aber es war keine frei. Während ich das recherchiert habe, ist mir aufgefallen, dass du alle paar Tage eine Lieferung bekommst.« Sie sah mich an. »Frank konnte überhaupt nichts dafür.«

»Du meinst Mr. Lester?« Aus irgendeinem Grund ärgerte es mich, dass sie seinen Vornamen benutzte.

»Ja. Er wollte nur nett sein. Es ist nicht seine Schuld.«

»Du hast ihn dazu gebracht, dir seinen Job zu überlassen? Wie denn?«

Sie zuckte mit den Achseln. »Indem ich die Wahrheit gesagt habe.«

Ich musste skeptisch gewirkt haben, denn sie setzte sich auf und verschränkte abwehrend die Arme. »Ich weiß nicht, warum das so schwer zu glauben ist. Wenn die Situation verzweifelt genug ist, bin ich durchaus in der Lage, auf die Wahrheit zurückzugreifen.«

Beinahe wäre mir ein spöttisches Schnauben herausgerutscht, aber ich schluckte es hinunter.

Julie funkelte mich an. »Irgendwann kannst du meinem Humor nicht mehr widerstehen. Die Geschichte steht auf meiner Seite.«

Ich hielt die Lippen zusammengepresst.

»Sobald Frank klar wurde, dass wir noch verheiratet sind und ich dich unbedingt zurückwollte, hat er sich entschlossen zu helfen. Er ist streng katholisch, deshalb nimmt er die Sache mit der Ehe ernst. Außerdem mag er dich.« Sie lächelte finster. »Wie man sieht, konnte ich ihn leichter davon überzeugen, dass wir zusammengehören, als dich. Ich habe ihm erklärt, was ich vorhabe. Natürlich ist er nicht im Urlaub. Er beliefert ganz normal seine anderen Kunden.«

»Aber es bin ja nicht nur ich. Du kennst auch Mrs. Davis. Die Frau aus dem zweiten Stock. Du hast also auch andere beliefert.«

»Tja, die beiden anderen Kunden in deinem Wohnblock musste ich auch übernehmen.« Julie zuckte mit den Achseln. »Wenn du gesehen hättest, wie er andere beliefert, obwohl er im Urlaub sein sollte, hätte ich mir das Ganze auch gleich sparen können.«

Ich schwieg. All das überstieg meine Vorstellungskraft. »Was hattest du als Nächstes geplant? Wenn ich in Panik geraten wäre und dich letzten Montag rausgeworfen hätte?«

»Weiß ich nicht.« Sie ließ sich zurück ins Gras sinken. »Ich wollte nur, dass du mich wieder magst. Dass du dich erinnerst, wie es sich angefühlt hat, als wir zusammen waren. Viel weiter habe ich nicht gedacht.«

»Und ich bin davon ausgegangen, dass du alles durchgeplant hast. Das gefährdet deinen Ruf als gerissene Gaunerin.«

Ihre Mundwinkel zuckten. Sie verschränkte die Hände hinter dem Kopf. Durch die Bewegung spannte sich ihr altes T-Shirt über der Brust, und es wurde ersichtlich, dass zu ihrem Samstagmorgen-Sofa-Outfit kein BH gehörte.

Ich riss mich von ihrem Anblick los, wütend, dass die Lust mich plötzlich so überwältigt hatte.

»Weißt du«, sagte sie, »es wird immer so dargestellt, als wäre Machiavelli der Böse gewesen. Aber das stimmt nicht. Er wollte nur Frieden für sein Land. Er war gerissen, aber nicht aus Eigennutz, sondern für einen höheren Zweck.« Ihre Lider flatterten und schlossen sich fast.

»Ich nehme an, wenn ich mich in dich verliebt und dich gebeten hätte, bei mir zu bleiben, hättest du überhaupt nicht erwähnt, was passiert ist.«

»Wir wären zusammen gewesen.«

Meine Wangen brannten. »Warum solltest du die Vergangenheit ausgraben, wenn du die Zukunft gerettet hast?«

Einen Moment lang schwieg sie, dann riss sie, plötzlich misstrauisch, die Augen auf. Sie zog sich den Stöpsel aus dem Ohr. »Worauf willst du hinaus?«

»Du hattest nicht vor, es mir zu sagen. Wenn ich mich in dich verliebt und dich nicht fortgestoßen hätte, wärst du nie mit der

Wahrheit rausgerückt. Erst nach dem Vergessen, wenn du mir erzählen kannst, was du willst.«

Sie setzte sich in den Schneidersitz, ohne mich aus den Augen zu lassen. »Und du hättest keine Entscheidung treffen dürfen.«

Schweigend begegnete ich ihrem Blick.

»Ich weiß, wie es ist zu vergessen. Und zu hassen, dass einem etwas entrissen wird.« Sie klopfte eine Zigarette aus der Schachtel und zündete sie an. »Es ist nicht sofort passiert, erst nachdem ich gesehen habe, wie wütend und verängstigt du warst. Danach hat mein Unterbewusstsein anscheinend beschlossen, dass es zu schmerzhaft ist, mit all den glücklichen Erinnerungen zu leben. Sie verschwanden allmählich, durch eine Art Selbstschutzmechanismus. Diese ganzen Ereignisse, von denen ich wusste, dass sie passiert waren; einfach aus meinem Gedächtnis gelöscht. Weg.« Sie verlagerte ihr Gewicht, bis sie auf Knien vor mir hockte. »Deshalb habe ich angefangen, mir die Fotos anzusehen, jeden Abend, zusammengekauert und mit dem Kopf auf deiner Jacke. Um die Erinnerungen am Leben zu erhalten.«

Sie lächelte bitter. »Ich will nicht behaupten, dass es für mich das Gleiche ist wie für dich. Nur dass ich es nachvollziehen kann. Ich habe diesen Verlust gespürt oder zumindest eine Ahnung davon. Ich hätte mich in dich hineinversetzen müssen. Aber ich war zu sehr mit meinen eigenen Gefühlen beschäftigt.«

»Deshalb muss ich alles wissen«, sagte ich. »Als du gestern meintest, dass man die guten und die schlechten Seiten kennen muss, um eine Entscheidung zu treffen, eine fundierte Entscheidung, da kam mir das vernünftig vor. Deshalb habe ich es dir versprochen.«

Ein Schweigen entstand. Julie musterte mein Gesicht. »Okay«, sagte sie. »Ich verstehe.«

»Wenn du es wirklich verstehst, weißt du auch, dass es keine

Geheimnisse mehr geben, dass nichts verschwiegen werden darf. Wenn ich keine echte Entscheidung treffen kann, weil ich nicht die guten und schlechten Seiten kenne, ist alles sinnlos, was wir hier machen.« Ich schluckte. »Erst wenn ich alles weiß, habe ich die Wahl – wie du bei den Dominos heute Morgen. Wenn ich entscheide, dann ist es ein Teil von mir.«

»Das habe ich jetzt verstanden. Ehrlich.« Sie griff nach meiner Hand und sah mir tief in die Augen. »Über alles Gute und alles Schlechte Bescheid wissen. Darum geht es heute. Ich verspreche es.«

»Die Wahrheit. Komplett. Gut und schlecht.«

»Versprochen.«

»Okay.«

Sie schluckte. »Da war gestern noch eine Sache. Nur eine Kleinigkeit, aber wenn wir die Karten auf den Tisch legen wollen, dann muss es gesagt werden. Als wir über die Rauchbombe sprachen, habe ich gesagt, ich hätte alles durchdacht. Das war nicht ganz richtig. Weißt du noch, dass die Vibrationen von dem Alarm so stark waren und wir den Boden und die Wand abgetastet haben, weil wir dachten, die Dominos könnten umkippen? Darauf bin ich vorher gar nicht gekommen. In dem Moment war ich wirklich kurz in Panik über das, was ich beinahe angerichtet hätte. Was wäre das für eine Katastrophe gewesen!«

»Ich nehme mal an, niemand kann an alles denken.«

»Und die arme Mrs. Davis stand hilflos mit ihrer Möbellieferung da. Deswegen hatte ich wirklich ein schlechtes Gewissen.«

»Okay. Danke, dass du es mir erzählt hast.«

»Immer doch.« Sie lehnte sich zurück und ließ meine Hand los. »Willst du jetzt zurück?«

»Noch nicht sofort.«

Julie schien sich die Botschaft zu Herzen genommen zu haben, mehr konnte ich nicht verlangen. Es gab keinen Grund, uns den Nachmittag zu verderben.

Unser schattiges Fleckchen wurde dunkler, als die Sonne nach Westen wanderte, und die Brise vom Fluss her stärker. Eine Weile saßen wir schweigend da. Normalerweise war mir Stille schnell unangenehm, dieses Mal aber nicht. Menschen spazierten vorbei, Boote und Fähren überquerten den Fluss.

»Ich vermute, du hast einfach sein Uniformhemd benutzt«, sagte ich. »Das von Mr. Lester.«

»Er hat es mir für die Dienstage geliehen. Es passt nicht besonders gut, was?«

Ich musste lächeln, als ich mich erinnerte, wie sackartig es von ihren Schultern gehangen hatte.

»Warum grinst du so, du Blödmann? Schön, dann war meine Verkleidung eben nicht ganz so perfekt.« Sie prustete vor Lachen. »Eine winzige, kaum wahrnehmbare Schwachstelle.«

Dann lachten wir beide. Über Julies absurd weite Verkleidung. Darüber, dass ich ihr komplett auf den Leim gegangen war. Über alles.

Irgendwann rissen wir uns zusammen und machten uns auf den Heimweg, und als wir ankamen, war der Großteil des Nachmittags vorbei. Julie durfte über den Abend bestimmen. Sie hatte geplant auszugehen, so viel wusste ich, aber Genaueres hatte sie nicht verraten. Ich war nicht sicher, ob ich Vorfreude oder Argwohn empfinden sollte.

Ich duschte kurz und zog meine beste Hose an, dann überließ ich Julie das Bad. Sie summte auf ihre musikalische Art vor sich hin, und ihr Blick schweifte im Vorbeigehen über meinen unbekleideten Oberkörper.

Ich spürte, wie ich rot anlief, weil sie denken könnte, ich wollte angeben, obwohl ich doch nur den Mut aufzubringen versuchte, *das* Hemd anzuziehen. Eigentlich war es eine rein theoretische Frage, denn keines meiner fadenscheinigen Oberteile war auch nur annähernd für ein schickes Abendessen geeignet. Das gute Hemd mit seinem violett-purpurfarbenen Glanz sah aus, als hätte ich es gestern erst gekauft. Seufzend zog ich es an und spürte, wie der zarte, kühle Stoff über meine Schultern und Arme glitt.

Auf der Suche nach einer Beschäftigung, bis Julie fertig war, wollte ich die Küche aufräumen. Aber in dem schicken Hemd kam mir das irgendwie unpassend vor; es war, als wäre ich in eine neue Rolle geschlüpft. Stattdessen ging ich ins Dominozimmer und begann, an dem verbleibenden Podest zu arbeiten. Die anderen waren fast fertig. Das Ende nahte, in mehr als einer Hinsicht.

Bald war ich so vertieft in meine Arbeit, dass mich Julies Anblick ganz unvorbereitet traf. Sie trug ein enges schwarzes Kleid und hatte die kurzen Haare in Wellen gelegt.

Ich riss die Augen auf. »Wow, du siehst …«

»Ach!«, fiel sie mir ins Wort. »Aber natürlich.« Sie lächelte wehmütig, auf eine »Das hätte ich wissen müssen«-Art. Sie kam auf mich zu, öffnete den obersten Knopf und strich den Kragen glatt. »Das Hemd mochte ich schon immer an dir.«

Es stammte also wirklich aus meinem früheren Leben. Vielleicht hatte ich es beim dritten Vergessen getragen, als Julie und ich auseinandergerissen worden waren. Das wäre einleuchtend. Aber erklärte das, wie sehr sich das Hemd vom Rest meiner Garderobe unterschied? Oder machte es das Ganze noch verwirrender?

Forschend musterte Julie mich und blieb mit dem Blick an meinen Schuhen hängen.

»Wo sind …« Kopfschüttelnd unterbrach sie sich. »Hast du irgendwelche anderen Schuhe? Mit glatter Sohle?«

»Nein.«

»Gar keine?«

»Nein.«

Julie sah auf die Uhr und stampfte frustriert mit dem Fuß auf.

Ich biss mir auf die Lippen. Auch wenn ich keinen Grund gehabt hatte, elegante Schuhe zu kaufen, schämte ich mich ein wenig. Die Turnschuhe waren alt und abgewetzt. »Die sind wohl nicht so schick.«

»Was?« Julie runzelte die Stirn.

»Die Schuhe. Ist es ein feines Restaurant? Die sehen ziemlich mies aus.«

»Wie sie aussehen, ist mir egal. Passen sie dir überhaupt?«

»Klar«, sagte ich, kein bisschen trotzig.

In Wahrheit hätten sie besser passen können. Mein Vorgänger musste sie im Secondhandladen aufgegabelt haben oder so. Bisher hatte es keine große Rolle gespielt, auch wenn es mir bei meinen langen Spaziergängen aufgefallen war. Aber es schien ein wenig seltsam, dass es mein einziges Paar war. Hätte ich nicht auch Schuhe aus meinem früheren Leben besitzen sollen? Welche, die besser zu dem Hemd passten?

Ich trat nervös von einem Fuß auf den anderen. Vielleicht war ausgehen keine so gute Idee.

»Zerbrechen wir uns darüber nicht den Kopf«, sagte Julie. »Du siehst super aus. Sollen wir los?«

Ich nickte und war froh, das Thema abzuhaken.

Bei unserem gestrigen Spaziergang waren wir nördlich in Richtung Innenstadt gegangen. Dieses Mal wandten wir uns nach Westen und folgten der Dornoch Terrace, die sich durch die Hügel Richtung West End schlängelte. Während wir unterwegs waren, wurde es dunkel. In dieser Stadt gab es keine Dämmerung, vor allem im Sommer nicht. Die Nacht senkte sich herab wie ein Theatervorhang.

Julie hatte ein griechisches Restaurant fast am Ende der langen Straße ausgesucht. Sauber und freundliches Personal, aber überhaupt nicht edel. Meine Schuhe fielen niemandem auf, soweit ich das mitbekam. So ein Lokal war es nicht.

Angesichts des zwanglosen Gewimmels und lauten Stimmengewirrs atmete ich auf. Es war schwer genug, bei Tageslicht in Julies Nähe einen klaren Kopf zu behalten. Bei Kerzenschein und stimmungsvoller Atmosphäre wäre ich verloren gewesen.

Das Essen war hervorragend. Julie wusste, was ich mochte, und bestellte souverän: Souvláki, Halloumi mit Zitrone, Griechischen Salat und Limonade für uns beide. Aber beim Essen bedrückte mich die bevorstehende Entscheidung. Irgendwann würde der Abend enden, und ich musste eine Wahl treffen.

Auch wenn nicht alles reibungslos verlaufen war – oder vielleicht seltsamerweise genau deswegen –, hatte ich mich sehr wohlgefühlt. Doch es ging ja nicht darum, ob ich diesen oder ähnliche Tage bis in alle Ewigkeit wieder und wieder erleben wollte. Damit hätte ich mich sofort einverstanden erklärt.

Die Frage lautete, was mit meinem neuen Ich – dem knospenden Ich ohne jede Lebenserfahrung – geschähe, wenn es in Julies Welt erzogen würde. Wäre ich noch dazu in der Lage, eigene Pläne zu schmieden und meine Träume zu verwirklichen, wenn ich mit denen von Julie konfrontiert wurde? In dieser Hinsicht hatte der Tag mich etwas beruhigt. Da wir so gut miteinander arbeiten und essen und reden konnten, musste Julie mich nicht besonders manipulieren, um die verlorene Ehe wiederherzustellen.

Natürlich konnte ich mir da nicht hundertprozentig sicher sein. Julie könnte ihren Wunsch, mich zu verändern oder zu verbessern, ein Weilchen zurückgestellt haben. Und manche Details nagten immer noch an mir. Mein Vorgänger hatte Julie nicht nur zurückgewiesen, er hatte sich extra einen Anwalt genommen, um den Scheidungsprozess einzuleiten. Das wirkte wie eine Überreaktion. Julie hatte mir in die Augen gesehen und beteuert, dass sie mir alles erzählte und verstand, wie wichtig es war, mich meine Entscheidung auf Grundlage vollständiger Informationen treffen zu lassen.

Jetzt fing sie meinen nachdenklichen Blick auf und lächelte. Falls sie ähnliche Sorgen bedrückten, ließ sie es sich nicht anmerken. Sie wirkte zufrieden und schien den Augenblick zu genießen.

»Du hast gesagt, ich könnte dich nach meiner Vergangenheit fragen.«

»Klar, leg los.« Sie schluckte einen Bissen hinunter. »Ach so – außer womit du dein Geld verdient hast. Dazu kommen wir später.« Sie lächelte bedeutungsschwer, verschmitzt. Darüber hatte ich noch gar nicht nachgedacht. Jetzt natürlich schon.

»Wie haben wir uns kennengelernt?«

»Erinnerst du dich an die Geschichte von dem Brand wegen dem Rauchen im Bett? Alles wahr. Ich habe nur ausgelassen, dass ich in der Nacht getrunken hatte.«

»Okay.«

»Dein Arbeitsplatz lag gleich auf der anderen Straßenseite, und ich war dir da schon begegnet. In dieser Nacht hast du lange gearbeitet, und als mein Rauchmelder ansprang, warst du der Erste vor Ort.« Sie grinste. »Du hast nicht die Tür eingetreten und bist auch nicht ins brennende Haus gestürmt, falls du das glaubst. Der Feueralarm hatte mich geweckt, und ich hatte es geschafft, in den Vorgarten zu taumeln, halb wach und halb betrunken und ziemlich durcheinander. Du hast den Arm um mich gelegt und mich gefragt, ob alles in Ordnung ist.« Ihr Grinsen verwandelte sich in ein sehnsüchtiges Lächeln. »Es gibt mehr als eine Art, jemanden zu retten.«

»Deswegen dachtest du dir, du probierst es noch mal. Die ganze Geschichte mit dem Feueralarm und der Rettung.«

»Es hat ja funktioniert.«

»Und das hat dich dazu gebracht, mit dem Trinken aufzuhören?«

»Schön wär's.« Julie nippte an ihrer Limonade. »Aber es hat, sagen wir mal, die Sache ins Rollen gebracht.«

»Weil der Alkohol dich beinahe umgebracht hätte?«

»Eher weil ich was gefunden hatte, was mir auch ohne einen Schuss Jack Daniel's schmeckt.«

Unter ihrem Blick fühlte ich mich wie ein Reh im Scheinwerferlicht. Ich rutschte auf meinem Stuhl herum. »War der Alkohol damals schon ein großes Problem? Als wir uns kennengelernt haben?«

»Außer dass ich deswegen fast verbrannt wäre, meinst du? Nein. Ich hatte null Probleme mit dem Trinken.« Sie stützte die Ellbogen auf den Tisch und wiegte die Limonade in beiden Händen. »Genau das war mein Problem. Ich war gut drauf, wenn ich trank. Alle mochten mich. Ich konnte trinken, bis die Sonne aufging, und trotzdem musste man mich noch von der Tanzfläche zerren. Am nächsten Tag war ich bereit für die nächste Runde. Als wäre nichts gewesen.«

»Warum bist du überhaupt abhängig geworden?«

»Drei Worte: Bourbon ist total geil.« Sie hielt kurz inne. »Beziehungsweise vier.«

»Sonst nichts?«

»Sonst nichts.« Sie zuckte mit den Achseln. »Ich fand einfach alles daran großartig. Den Geschmack. Den Rausch. Sogar die bescheuerte Farbe. Wie Bernstein. Und das Geräusch, wenn man aus einer frischen Flasche einschenkt.« Sie gluckerte melodisch.

»Warum hast du dann aufgehört?«

»Das Problem war nicht, wie ich mich verhalten habe, wenn ich betrunken war.« Sie grinste bei dem Gedanken. »Sondern wie es mir ging, wenn ich nüchtern wurde. Ich kam im normalen Leben nicht mehr klar. Vorher war ich immer gut an der Uni gewesen, aber in meinem letzten Jahr sackten meine Noten ab. Und ich wollte mittlerweile jeden Tag trinken, habe auf das erste Glas hingefiebert, als könnte man anders keinen Spaß haben.« Sie biss sich auf die Lippen. »Es ist erschreckend, wenn man merkt, dass man nichts anderes mehr genießen kann. Nicht mal eine Unterhaltung beim Abendessen.« Sie hob das Glas. »Übrigens, du kannst gerne Wein bestellen, wenn du willst. Kein Thema.«

»Hab ich in deiner Gegenwart getrunken, als du aufgehört hast?«

Seufzend schüttelte sie den Kopf. »Du hast gesagt, du hättest die Lust daran verloren. Vermutlich sieht man die Flasche als Feind, wenn man lange genug mit einem Alkoholiker zusammenlebt.«

»Glaubst du«, überlegte ich laut, »wenn du diejenige mit dem Gedächtnisverlust wärst, dass du es dann überwinden könntest? Dass du nicht mehr abhängig wärst, weil du vergisst, dass du abhängig warst?«

»Nein. Da könnte man genauso gut fragen, ob ein Waldbrand einen Vulkan auslöscht. Vielleicht würde ich ein paar von den Dummheiten vergessen, die ich in betrunkenem Zustand angestellt habe. Das wäre schön.« Sie zögerte. »Aber ich glaube, das Bedürfnis wäre immer noch da, tief drinnen.«

Es fiel mir schwer, ihren Tonfall einzuordnen. Am Anfang hatte sie bedauernd geklungen, zum Schluss aber hoffnungsvoll. Was angesichts des Themas nicht nachvollziehbar war.

Bevor ich mir einen Reim darauf machen konnte, sprach sie

weiter. »Vielleicht würde sich manches doch ändern. Der Teil meiner Persönlichkeit, der trinken will. Es ist nicht nur ein Bedürfnis, manchmal ist es wie ein eigenes Wesen. Und das überlegt und plant und spricht und lügt. Du staunst, wie strategisch ich vorgehe? So muss man sein, um dieses Wesen zu besiegen. Diese Stimme. Vielleicht wäre das Bedürfnis also noch da, aber das kleine Wesen in mir wäre nicht mehr dasselbe.«

»Würdest du diesen Teil deiner Persönlichkeit vermissen, wenn er verschwinden würde? Schließlich gehört diese Stimme in deinem Kopf zu dir. Ihretwegen bist du so clever. Ohne sie …«

»Vergiss es. Weg mit der Schlampe.« Julie spießte mit der Gabel ein Stück Halloumi auf. »Das klingt vielleicht hart, aber du kennst sie nicht so wie ich.«

Ich lächelte, aber insgeheim fragte ich mich, welche Teile meiner Persönlichkeit dasselbe Schicksal erleiden würden, wenn Julie die Kontrolle übernahm.

Zum ersten Mal überlegte ich ernsthaft, wie ich es ihr sagen sollte, falls ich mich gegen sie entscheiden würde. Ganz ernsthaft. Ich konnte mir kaum vorstellen, wie das funktionieren sollte. In einem Zustand des Schocks und der Wut zu reagieren, war das eine, Julie kaltblütig zurückzuweisen eine völlig andere Nummer. Mit einem Mal war mir der Appetit vergangen.

»Bist du fertig?« Julies Stimme riss mich aus meiner Grübelei. Ich wünschte, sie hätte nicht so glücklich geklungen. Das machte alles nur noch schwieriger. »Wir haben noch was vor.«

Sie bestand darauf zu bezahlen, weil sie über den Abend bestimme und daher auch die Kosten tragen müsse. Gegen diese Logik fehlten mir die Argumente, auch wenn es mir anders lieber gewesen wäre. Wie immer hatte Julie das Sagen.

Sie führte uns ins West End. Mit seinen kleinen Läden und Szene-Cafés war es mein Lieblingsviertel. Die Leute hatten einen federnden Schritt und zogen sich an, wie es ihnen passte. Mit meinem schimmernden Hemd und den abgetragenen Turnschuhen passte ich vermutlich gut dazu. Aber Julie navigierte uns in eine Seitenstraße, bevor wir die Gegend erreichten, in der sich die meisten Lokale und Nachtclubs drängten. Auch an ihrem Gang bemerkte ich einen gewissen Schwung. Ihr ganzer Körper und ihre Augen versprühten Begeisterung. Was auch immer sie geplant hatte, wir standen kurz davor.

Abrupt blieb sie stehen. Ich blickte mich um, aber es gab wenig zu sehen. Nur eine gewöhnliche, dicht mit Backsteinhäusern bebaute Innenstadtstraße.

»Es ist eine Überraschung«, sagte Julie. »Du musst die Augen zumachen.«

Misstrauen und Vorfreude rangen miteinander, als ich die Augen schloss.

Julie hakte sich bei mir ein. »Los«, befahl sie, und wir gingen weiter geradeaus. Um mich zu führen, musste sie meinen Arm fest an ihre Seite pressen. Ich versuchte, mich nicht auf den warmen, weichen Druck zu konzentrieren, aber mit geschlossenen Augen gab es wenig Ablenkung.

Ich atmete tief durch. Das nächtliche Gekrächze der Regenbogenloris in den Bäumen war zu hören. Und noch etwas anderes.

Ein Klopfen.

Unter dem Vogelgeschrei lag ein gleichmäßiges Pochen. Mit jedem Schritt wurde es lauter und tiefer und kräftiger, bis es sich zu einem Rhythmus auswuchs. Musik.

»Nicht schummeln.« Julie packte meinen Arm fester, als sie mich um eine Ecke führte. Die Musik klang nicht wie Julies, weder wie die kraftvollen Riffs, die aus ihren Ohrhörern gedröhnt waren, noch wie die stimmungsvolle Instrumentalmusik, die sie in ihrer Wohnung aufgelegt hatte. Sie kam von einer größeren Band mit Blechbläsern und Streichern und vielen anderen Instrumenten. Dennoch klang es irgendwie vertraut.

»Vorsicht, Stufen.« Julie zählte bis fünf, während wir hinabstiegen.

Nach einigen weiteren Schritten schwoll die Lautstärke sprunghaft an, und der Boden unter meinen Schuhen wurde glatter. Poliertes Holz vielleicht. Meine Turnschuhe quietschten darauf.

»Hallo«, begrüßte Julie jemanden.

Eine ältere Frauenstimme antwortete: »Zwanzig pro Nase.«

»Ich dachte zehn?«, fragte Julie nach.

»Nur dienstags.«

Ich griff nach meinem Portemonnaie, aber Julie antwortete schon: »Klar, kein Problem.« Sie hielt meinen Arm fest umklammert. »Ich zahle. Mein Plan. Mein Geld.«

Julie beugte sich näher. »Verloren gegangene Ehemänner quer durchs Land zu jagen ist kein so günstiges Hobby, wie du vielleicht glaubst«, flüsterte sie.

Wir gingen wieder los. Julie schob mich vor sich her, und ich hatte das Gefühl, eine Tür zu durchqueren. Hinter der Schwelle wurde die Musik noch einmal lauter. Die leisen Stimmen von links und rechts klangen, als befänden wir uns in einem großen Raum. War das eine Party? Ein Musical? Falls uns jemand ansah, hielt er uns vermutlich für ein merkwürdiges Paar. Eine aufregende Frau in elegantem Kleid, die einen großen Mann mit furchtbaren Schuhen und zugekniffenen Augen hereinführte. Julie zog mich sanft nach links – ich stellte mir jetzt einen großen Saal vor – und setzte mich auf einen Stuhl.

Endlich befreite sie mich von dem warmen Druck ihres Körpers. Das war eine Erleichterung. Oder zumindest empfand ich etwas, als sie mich losließ, und es lag nahe, dass es sich um Erleichterung handelte.

»Bereit?« Julies Stimme kam jetzt von etwas weiter weg. Vielleicht von der anderen Seite eines kleinen Tischs. »Drei, zwei, eins«, zählte sie in begeistertem Flüsterton. »Augen auf!«

Mit einem Mal befand ich mich inmitten von Farben, Licht, Bewegung und Tanz.

In der Mitte des Saals glitten Paare über den Boden und drehten sich in rhythmischer Harmonie. Frauen und Männer, so perfekt aufeinander abgestimmt wie die Zahnräder eines Uhrwerks. An der Decke brannten helle Lampen, und eine Discokugel schleuderte bunte Lichtkreise auf die schillernden Kleider der Tänzer. Es gab keine Band – die Musik kam aus Lautsprechern im hinteren Teil des Raums.

»Überraschung!« Julies Augen spiegelten die farbigen Lichter wider.

Ich ließ den Anblick auf mich wirken. Ein Mann mit perfekter Schulterhaltung. Ein Absatz, der sich mit weichem Klackern drehte. Ein herumwirbelndes Paar, das sich tief in die Augen sah.

»Optimal ist es nicht.« Julie sprach, aber ich war so in meine Umgebung vertieft, dass ihre Worte kaum zu mir durchdrangen. »Aber was Besseres konnte ich mit dem begrenzten Budget nicht organisieren. Auf die Schnelle und in einer fremden Stadt.«

»Ich war Tänzer.«

Julie grinste über das ganze Gesicht.

»Tänzer«, wiederholte ich. Die Paare umkreisten einander mit hypnotisierender Grazie. Eine Aufregung erfasste mich bei dem Gedanken, dass ich einmal Teil von etwas so Schönem gewesen war. Es fühlte sich an, als stürzte ich im freien Fall in eine andere Welt, farbenprächtig wie das Kaleidoskop eines Kindes.

Irgendwo in meinem Hinterkopf schrie eine Stimme gegen die ausgelassene Begeisterung an, brüllte, dass das genau Julies Plan war. Hier und jetzt. Das war der Moment, an dem sie ihre Krallen in meine Seele schlagen wollte. Daher hatte ihr Optimismus gerührt, seit wir gestern Morgen unsere Abmachung getroffen hatten. Ich konnte es mir nicht leisten, mich mitreißen und von der bevorstehenden Entscheidung ablenken zu lassen.

Aber diese Stimme löste sich in den Klängen und Lichtern auf, die all meine Nerven zum Schwingen brachten. »Das ist verrückt.« Es erschütterte alles, was ich über mich wusste, und war so unglaubwürdig, als hätte Julie mir erzählt, ich sei Kampfpilot oder Schatzsucher gewesen.

Unglaubwürdig – nur dass meine Augen und meine Ohren und mein Herz mir etwas anderes sagten. Sie erkannten diesen Ort. Er befand sich in mir, vor meinem geistigen Auge. Ich erkannte alles wieder, die präzisen, schnellen Schritte des jungen Mannes in dem gelben Hemd, die abgewinkelte Hand seiner Partnerin.

»Verrückt?«, wiederholte Julie. Sie sah sich im Raum um. Es gab Leute, die in der Mitte umherschwirrten, und einige Paare, die am Rand herumstanden. »Jeder hier kann in seiner Vergangenheit was Verrücktes finden. Und was Schönes. Und was Schreckliches.« Ihr Lächeln erstarb.

»War ich …« Ich suchte nach dem richtigen Wort. »… berühmt?«

»Immer mit der Ruhe, Baryshnikov.« Sie lachte. »Du konntest von deiner Leidenschaft leben. Das ist erfolgreich genug.« Sie legte den Kopf schief, als müsste sie ihre Worte abwägen. »Ab und zu hattest du einen größeren Auftritt. Meistens hast du dich mit Unterricht durchgeschlagen, im Tanzstudio um die Ecke. Und immer hast du an deiner nächsten Aufführung gearbeitet.«

»Dann war ich so gut wie die Leute hier?« Ich sah, wie leichtfüßig sie über den Boden glitten.

»Die hier?« Julie schnaubte. »Du bist wirklich süß.« Sie beugte sich über den Tisch und senkte die Stimme. »Robbie, das sind alles

Amateure.« Mit kühlem Blick begutachtete sie die Tänzer. »Ein paar sind ganz gut. Ich hole uns mal was zu trinken. Wenn ich zurückkomme, sagst du mir, welches Paar es am besten kann.«

»Ich?« Sie sahen alle fantastisch aus. »Ich weiß nicht, worauf ich achten soll.«

»Erinnerst du dich an den großen Karton von Mrs. Davis, nachdem die Feuerwehr gekommen war?« Sie sah mich durchdringend an. »Weißt du noch, was du gesagt hast?«

Natürlich erinnerte ich mich. Es war das erste Mal, dass ich jemanden angeblafft hatte. *Schwerpunkt senken! Breitbeiniger hinstellen.*

»Mit genau diesen Worten hast du mir das Tanzen beigebracht.« Sie stand auf. »Die Erinnerungen sind irgendwo da drin.«

»Ich dachte, du wärst sauer, weil ich dich rumkommandiert habe.«

»Nein.« Julie schüttelte den Kopf. »Ich meine, ja, ich war durcheinander. Aber erschüttert hat mich an dem Tag, dass du noch da warst. *Du.* Mein Robbie. Deine Stimme. Deine Worte. Alles noch da.«

Wow! Das hatte ich völlig missverstanden. Ich fragte mich, wie es für Julie gewesen sein musste, in all der Hektik und dem Lärm plötzlich die Ausdrucksweise meines verlorenen Ichs zu hören.

»Du spielst den Punktrichter.« Julie lenkte meine Aufmerksamkeit wieder auf die Tänzer. »Ich hole uns einen Saft.« Mit einer schnellen Pirouette machte sie sich auf den Weg zur Theke weiter hinten im Saal.

Eine schnelle Pirouette. Wie oft hatte ich sie das tun sehen? Es war mir aufgefallen, ohne dass ich wirklich verstanden hatte, warum.

Ich konzentrierte mich wieder auf die Bewegungen und Farben. Das Lied endete, und einen Moment lang hielten die Tänzer ihre Positionen. Dann entspannten sie sich und waren ganz normale Menschen. Die Musik setzte ein, und wieder verwandelten sie sich.

Es musste eine Weile verstrichen sein, als Julie mit zwei großen Gläsern Orangensaft zurückkam und mich aus meiner Trance riss. Sie schob mir eines über den Tisch zu und zog erwartungsvoll die Brauen hoch.

»Das Paar in Rot.« Ich konnte meine Gründe kaum erklären. Es lag einfach an ihrer Haltung, daran, wie sie einander näher kamen und sich voneinander lösten, die Bewegungen so aufeinander abgestimmt, dass jeder wie eine Erweiterung des anderen wirkte.

»Genau.« Sie nickte.

»*Besonders der Mann*«, sagten wir wie aus einem Munde.

»Ha!«, rief Julie. »Siehst du? Du hast es immer noch drauf. Den richtigen Blick.« Sie zeigte mit dem Kinn auf das Paar. »Die beiden sind auf Wettkampfniveau.« Mit abschätzendem Blick lehnte sie sich auf ihrem Stuhl zurück. »Wahrscheinlich gerade im Training. Drei- oder viermal pro Woche haben sie Unterricht.« Sie lächelte. »Bei jemandem wie dir.«

Das Paar glitt über die Tanzfläche wie flüssige Poesie.

»Das bedeutet«, fuhr sie fort, »du würdest sie alle hier ganz schön alt aussehen lassen.«

»Kann ich mir kaum vorstellen.«

Julie stützte sich mit den Ellbogen auf den Tisch. »Ich glaube nicht, dass wir uns das vorzustellen brauchen.«

Ich schüttelte den Kopf. »Nur weil ich dazu in der Lage bin, etwas zu beurteilen, heißt das noch lange nicht, dass ich es auch selbst kann.«

»Motorisches Gedächtnis. Es ist nicht alles weg, wenn du vergisst, nur bestimmte Konzepte: Menschen, Orte, Ereignisse.«

»Ja. Die Ärztin hatte einen Begriff dafür.«

»Episodisches Gedächtnis.« Sie nickte. »Du verlierst nicht alle anderen Typen von Erinnerung. Du vergisst nicht, was Wörter bedeuten. Und du vergisst nicht, wie man isst, spricht oder geht ...«

»Oder tanzt«, brachte ich ihren Gedankengang zu Ende.

»Du erinnerst dich nicht, wo du den Tanz gelernt hast oder wie die verschiedenen Stellungen und Bewegungen heißen. Aber die Muskeln erinnern sich.«

»Tanzen ist doch kompliziert. Es ist nicht wie Gehen oder Sprechen.«

»Tatsächlich erinnert man sich an komplexe Vorgänge am besten. An diejenigen, bei denen man den Muskeln die Bewegungen einbläuen muss. Das sind die, die du noch verinnerlicht hast.« Ihre Augen sprühten Funken. »Potenziell«, fügte sie hinzu. »Theoretisch.«

Meine Hände zitterten vor Aufregung. Was, wenn es stimmte: Der Körper erinnerte sich, obwohl das Gehirn es nicht konnte? Wie sonst hätte ich das ganze Morgentraining aus mir herauskitzeln sollen? Die Liegestütze und Crunches und Unterarmstütze und Dehnübungen hatten alle nur darauf gewartet, dass ich sie zum Vorschein brachte. Vielleicht war es beim Tanzen genauso. Alles, was es brauchte, war eine Verbindung zur Musik in meinen Ohren und dem polierten Boden unter meinen Füßen.

»Legen wir los.«

»Jetzt sofort?« Julie lachte und stellte ihren Saft ab. »Das ist eine Rumba. Ich dachte, wir warten auf was Einfacheres, aber klar. Auf geht's.«

Sie stand auf und bot mir ihre Hand an, mit der Innenseite nach oben. Ich nahm sie. »Du tanzt auch, oder?«

»Ich komme klar. Der Mann, mit dem ich früher zusammen war, hat mir das ein oder andere beigebracht.«

Wir schlängelten uns zu einer weniger vollen Ecke der Tanzfläche durch. Es war gut, ein bisschen Platz zu haben. Zumindest konnte ich so niemanden anrempeln. Meine freie Hand schloss und öffnete sich. Aufregung verwandelte sich in Nervosität. Es hatte Tage gedauert, das Morgentraining auszuarbeiten. Es war nicht alles schlagartig da gewesen. Und nun unter Druck. Vor so vielen Fremden.

Als Julie sich zu mir umdrehte, strahlten ihre Augen hoffnungsvoll.

Na toll! Kein Erwartungsdruck oder so. Ich biss die Zähne zusammen, um meine Nerven zu beruhigen.

»Okay.« Julie stupste und bog meine Glieder und Schultern zurecht, bis sie mich in eine zufriedenstellende Ausgangsposition gebracht hatte. Zum Glück war ich so nervös, dass ihre Berührungen nicht das übliche Kribbeln hervorriefen. Schließlich trat sie zurück und nickte. »Warte noch.« Sie positionierte sich neben mir. »Wir machen mit dem rechten Fuß einen Schritt nach vorn. Mal sehen, ob dir was einfällt.« An ihren Augen sah ich, dass sie zählte, während sie auf den richtigen Moment im Takt wartete.

Ich unterdrückte den Drang, ihre Hand fest zu umklammern, und versuchte, die Finger locker zu lassen. Meine Nerven waren so angespannt, als stünde ich vor einem Abgrund und bereitete mich auf den Sprung vor.

»Jetzt«, sagte sie.

Und los ging es.

Mein Gedächtnis flatterte und streifte mit seinem Flügelschlag die Ränder meines Bewusstseins. Ich setzte den Fuß auf und glitt nach vorn. Mein hinterer Fuß ging auf die Zehenspitze, folgte mir nach vorn und hielt inne.

Perfekt.

Ich spürte mehr, als dass ich sah, wie Julie meine Bewegungen spiegelte. Sie wandte sich mir zu, während ich auf sie zurutschte. Synchron wirbelten unsere Füße durch die Luft, drehten sich mitten im Schwung und … knallten aneinander. Julie stolperte, wir stießen seitlich zusammen und prallten voneinander ab wie zwei Wagen beim Autoscooter. Sie lachte mit leuchtenden Augen. In meinen Bewegungen hatte etwas gelegen, das ihr sofort aufgefallen war.

»Noch mal von vorn.«

Wieder brachte sie meine Arme, Hüften und Hände in Position. Es ging schneller als vorher. Dieses Mal zählte ich selbst bis zum ersten Schritt herunter und erspürte den Moment, um in die Musik einzusteigen.

Ich wiederholte den Schritt nach vorn, die Pause, die Drehung. Mein Fuß glitt neben ihren, der zerschlissene Turnschuh dicht an ihrem schlanken schwarzen Schuh.

Ja, ich hatte es raus.

Wir wandten uns voneinander ab, als wollten wir uns der Außenwelt öffnen. Im Einklang drehten wir uns wieder nach vorn. Ich wollte den linken Fuß vorschieben, aber mit einem Quietschen blieb er am Boden hängen.

Nein, falsch.

Ich geriet ins Straucheln und brach ab.

»Noch mal«, sagte ich und wollte die Grundstellung einnehmen. Aber das Lied endete, sodass ich dastand wie eine komisch aufgestellte Schaufensterpuppe.

Julie sah mich an und biss sich vor Aufregung auf die Lippen. »Siehst du? Es ist noch da.«

Auch ich war ganz kribbelig. Da waren Erinnerungen in mir, die unbedingt angewendet werden wollten. Ein überwältigender Drang, das Vergessene erneut in der Welt wirklich werden zu lassen. Sie hatte doch recht gehabt. Julie kannte mich besser als ich mich selbst. Es hatte etwas Verunsicherndes. Wenn jeder wohlgesetzte Schritt mich weiter in eine mir fremde Welt führte.

Das nächste Stück begann. »Ich bin nicht sicher, ob ich das kenne«, sagte Julie.

»Lassen wir es einfach aus.« Ich wollte einen Moment durchatmen und nachdenken. Mein Körper schien mich anzuschreien: *Das ändert alles.* Aber mein Geist brauchte eine Pause, um zu überlegen, was sich geändert hatte und was nicht. Wir zogen uns an unseren Tisch zurück, und ich sackte auf den Stuhl, als hätten meine Beine nachgegeben. Julie hockte sich auf die Kante.

Kein Wort wurde gesprochen. Wir wussten beide, was passiert war. Ich wusste nur nicht, was es zu bedeuten hatte.

»Ich frage mich, warum ich mir keine Musik hinterlassen habe«, sagte ich. »Nicht mal ein Radio. Irgendwas, um die Erinnerungen auszulösen.«

Julie nippte an ihrem Saft und beobachtete mich. »Es geht nicht nur um die Musik. Hast du schon mal in der Mitte eines leeren Raums gestanden und das Gefühl gehabt, all die freie Fläche um dich herum wartet nur darauf, dass du sie dir aneignest und mit etwas Neuem füllst?«

»Ich glaube nicht, dass ich überhaupt schon mal in der Mitte eines leeren Raums gestanden habe.« Nicht mit diesem Mount Everest von Dominos in meiner Wohnung. Ich griff nach meinem Glas, nicht weil die Anstrengung mich durstig gemacht hatte, sondern vor Nervosität. Selbst jetzt konnte ich die Tänzer nicht aus den Augen lassen. Wie wäre es dazuzugehören, ein Teil davon zu sein?

Schon bald endete das Stück, und die einleitenden Takte des nächsten begannen. Julie sprang auf. »Ein Walzer. Den konntest du im Schlaf. Es ist der erste Tanz, den du mir beigebracht hast. Einfach immer bis drei zählen.«

Wir gingen zurück in unsere Ecke der Tanzfläche. Wieder zeigte Julie mir die Grundhaltung und korrigierte mich mit fachkundigen Griffen. Vermutlich hatte ich früher dasselbe bei ihr getan.

»Der Arm muss um meinen Rücken.« Sie demonstrierte es, indem sie sich dicht vor mich stellte und meinen rechten Arm um sich legte. »Und wir halten uns an den Händen.« Wir schmiegten die Handflächen aneinander. Meine Fingerspitzen prickelten, wo sie ihre Haut berührten.

Ich fühlte mich unbeholfener und steifer als beim ersten Mal. Vielleicht lag es an der größeren Erwartungshaltung. Oder daran, dass Julie mir so nah war.

»Du kannst mich ruhig fest an dich ziehen, wenn du willst. Ein Walzer kann entweder – huch!«

Mein Arm wusste besser, was zu tun war, als mein Gehirn. Er zog sie energisch an mich. Schlagartig spürte ich ihre Hüfte gegen mich drücken und ihre Hand fest in meinem Kreuz. Ihr Gesicht näherte sich meinem, beunruhigend dicht. Ihre großen Augen, die erwartungsvoll schimmernd zu mir aufsahen, füllten mein Blickfeld. Ihr Parfum mischte sich mit dem Duft ihrer Haare und ihrer Haut und stürmte auf meine Sinne ein.

Reizüberflutung. Meine flirrenden Nerven wurden von ihrer Hüfte, ihren Lippen, ihrem Duft überwältigt. Schweiß prickelte in meinem Nacken. Ein Panikgefühl breitete sich in meinem Bauch aus.

»Perfekt«, sagte sie. »Jetzt auf die Zehenspitzen.« Sie reckte sich, und ich folgte ihrem Beispiel so exakt, als hätte ich das Kommando schon gekannt, bevor sie es aussprach. Alles fügte sich ganz von allein zusammen. Die Musik. Meine Arme, Schultern, Hüften, Füße. Und Julie, die genau in meine Arme passte, sich an mich schmiegte. Ihre Worte übertönten die Musik und das

Rauschen der vorbeiwirbelnden Paare. »Zuerst mit dem rechten Fuß nach vorn, fast als wolltest du gegen mich laufen. Und dann mache ich …«

Ich bekam kaum mit, was sie sagte. Eine fremde Macht hatte die Kontrolle übernommen, und ich lauschte nur noch der Musik, spürte ihren Fluss, ihren Schwung. Das Denken hatte sich aufgelöst; Arme und Beine hielten sich bereit, warteten auf den richtigen Augenblick, um sich in den Takt zu stürzen, eins-zwei-drei, eins-zwei-drei …

Los.

Mein rechtes Bein schnellte nach vorn, und Julie wich zurück. Unsere Schritte waren miteinander verzahnt, unsere Beine verschmolzen in synchronem Schwung. Mein Fuß berührte den Boden und drehte und hob sich wie von selbst. Als ich an ihrem Arm zupfte, wirbelte Julie herum. Es gab keine Anstrengung, nur Dynamik. Ich schob uns nach vorn, auf die Mitte zu, in den Strudel der kreiselnden, gleitenden Paare, und Julies Gesicht war der einzige Fixpunkt in der Welt. Der Raum hinter ihr drehte sich, Lichter und Farben zischten vorbei, nur ihre Augen und ihr Lächeln blieben ruhig.

Es war ein Rauschen mit Julie im Mittelpunkt. Ihr Lächeln war strahlend. Das war der Augenblick, auf den sie gewartet hatte.

Das motorische Gedächtnis war etwas Tieferem gewichen. Einem Tumult aus Begierde, Wunsch, Wahrnehmung. Es fühlte sich an wie eine Droge, und ich hatte keine Kontrolle über die Intensität, als gehörten die Erregung und die Sinneseindrücke zu jemand anderem. Jemandem, der wichtiger war, stärker – lebendiger.

Es war nicht wie bei meinem Morgensport, ein reines Zucken von Muskeln und Regen von ein paar vergessenen Angewohnheiten. Es war Vorsatz und Emotion, einprogrammiert in den

Tiefen der Psyche. Dieselbe Faszination hatte ich empfunden, als Julie zum ersten Mal ihre Musik abgespielt hatte, aber jetzt plagte mich nicht dieses Übelkeit erregende Gefühl von Bewegung-ohne-Bewegung.

Dieses Mal konnte ich nur ihrer Anleitung folgen, und der freie Platz vor mir, Julie, die Musik, die Leute und die Lichter stießen mich auf dieselbe Flugbahn wie diese innere Kraft. Jeder unserer Schritte, unser instinktives Gleiten in einen neuen Raum, alles schien von jemand anderem ausgeführt zu werden. Ein unsichtbarer Puppenspieler perfektionierte mich, indem er an tausend zarten Fädchen zog. Es fühlte sich an, als würde ich ertrinken, unter einer Flut von vergessenem, fremdem Willen abtauchen. Das war es, was sie von Anfang an gewollt hatte. Diesen Zauber.

Ich wehrte mich dagegen; gegen sein eigenartiges Wissen.

Ich wehrte mich gegen *sie*.

Julie strauchelte. Ich hatte sie nicht mit Gewalt weggestoßen, sondern mich eher ihren Armen entwunden. Aber wir kamen ruckelnd zum Stehen, und Erleichterung durchströmte mich.

»Hoppla.« Julie lächelte immer noch. »Das ging schief. Schieben wir es auf die Schuhe.«

Sie dachte, ich hätte einen Fehler gemacht. Unabsichtlich. Aber für mich fühlte es sich an wie meine erste absichtsvolle Handlung, seit ich die Tanzfläche betreten hatte.

Einladend breitete sie die Arme aus. »Einen Moment lang hattest du es richtig drauf.«

»Nein. Das war nicht ich. Ich habe keine Ahnung, was ich da mache.«

Einige Leute drehten sich zu uns um.

Julies Lächeln erstarb. »Kein Problem. Es kommt ja nicht alles mit einem Schlag zurück.«

Aber *genau so* war es zurückgekommen. Das war das Gegenteil von Kontrolle. Das Gegenteil von Wahlmöglichkeit.

»Ich kann das nicht.« Abwehrend hob ich die Hände. »Ich bin einfach … nein. Wir hätten nicht herkommen sollen.«

Die Walzer tanzenden Paare wirbelten aus dem Weg, als ich von der Tanzfläche taumelte.

An unserem Tisch ließ ich mich auf den Stuhl sinken und beugte mich über mein Getränk. Julie kam, aber ich hielt den Blick gesenkt. Ich wollte den Ausdruck auf ihrem Gesicht nicht sehen. Was immer sie empfand, Enttäuschung, Ärger, Gekränktheit, Scham, ich wollte es nicht wissen.

»Wir haben die ganze Nacht Zeit«, sagte sie schließlich so zaghaft, dass es wie eine Frage klang.

Ich zuckte zusammen und schüttelte den Kopf. »Nein.« Mehr gab es nicht zu sagen.

Im Hintergrund lief immer noch der Walzer und vermischte sich mit den Gesprächen an den Nebentischen, aber wir beide waren in unserer eigenen Welt der Peinlichkeit gefangen. Ich spürte, dass sie mich ansah.

»Ich muss kurz zur Toilette.« Ihre Stimme klang gebrochen.

Das schwarze Kleid raschelte, als sie sich abwandte. Ich hob den Kopf und beobachtete, wie sie sich mit hastigen und ruckartigen Bewegungen durch die Tische schlängelte. Beinahe wäre sie gegen jemanden gestolpert. Und ich war schuld daran.

Aber was war die Alternative? Ich hatte versprochen, mir Mühe zu geben, und das hatte ich. Wäre ich noch einen Schritt weiter gegangen, hätte ich keine Wahl mehr gehabt, sondern mich selbst aufgegeben.

Julie konnte das alles nicht wissen: wie es sich anfühlte, wenn ein Fremder die Kontrolle übernahm. Mir wurde übel davon. Ich stand auf. Ich wollte ihr folgen und mich entschuldigen. Versuchen zu erklären, wie ich mich fühlte. Aber sie war bereits hinter den Tischen am anderen Ende der Halle verschwunden.

Ich sackte wieder auf meinen Stuhl und wünschte mir, ich wäre irgendwo anders. Ich wusste nicht, warum das Tanzen nicht wie der Morgensport war: eine praktische Fähigkeit, die ich wiederentdecken und bei Bedarf an- oder ausschalten konnte. Es war, als wären in jeder Bewegung Emotion und Autorität verborgen und drängten mich, einfach loszulassen. Aufzugeben.

Tja, zum Henker damit.

Ich trank von meinem Saft, bis Julie aus der Toilette zurückkam. Sie setzte sich nicht.

»Das ist auch ein Walzer«, sagte sie mit wenig Hoffnung in der Stimme. »Nur ein bisschen langsamer.«

Sie reckte das Kinn, aber ihre Lippen zitterten, und ihre Augen, die vorhin noch siegessicher geleuchtet hatten, waren gerötet. Eigentlich hätte sie in diesem Moment nicht schön aussehen sollen. »Vielleicht liegt es an den Schuhen.« Ihre Stimme bebte, aber sie redete weiter: »Die haben zu viel Haftung an den falschen Stellen. Ich weiß, es klingt komisch, aber du könntest es einfach auf Socken …«

»Nein.«

»Okay.« Bei der zweiten Silbe brach ihre Stimme. Sie sank auf ihren Stuhl. »Tut mir leid.« Sie sah auf den Tisch, auf unsere Gläser. Überallhin, nur nicht zu mir. Sie hatte keine Wut mehr in sich. Nichts Strategisches. Sie wirkte geschlagen.

»Ich wollte nicht, dass es für dich peinlich wird.« Sie hatte ihre Hände auf dem Tisch zu Fäusten geballt. »Du hast dich schon einmal erinnert. Kurz nach dem ersten Mal haben wir dich ins Studio gebracht. Du hattest meinen Namen vergessen, uns alle vergessen, aber da war eine Welt, die du noch kanntest. Etwas in dir hat sich erinnert.« Ihr Tonfall blieb ruhig, nur die Fäuste presste sie fester zusammen. »Es muss schon zu lange her sein. Blöde Idee.«

Das war es mit ihrem tollen Plan. Jetzt, da sie ihren Trumpf ausgespielt und verloren hatte, schien alles vorbei. Selbst als ich sah, wie sie vergeblich versuchte, eine tapfere Miene aufzusetzen, hatte ich kein Mitleid mit ihr. Ich fühlte mich nicht schuldig.

Ich war frei, begriff ich – frei, selbst zu entscheiden.

Tränen traten in ihre Augen, aber sie starrte weiter auf ihre geballten Fäuste. War sie traurig, weil ich nicht mehr der Mann war, den sie von früher kannte? Oder spürte sie, dass sie mich verlor, den Mann, der ihr in diesem Moment gegenübersaß?

Ich wusste, welches von beidem ich mir wünschte.

»Nein«, sagte ich langsam. »Es war richtig, es zu versuchen.« Ich griff über den Tisch und legte meine Hand sanft um ihre Faust. Julie starrte sie mit leerem Blick an.

Augenblicke verstrichen, ohne dass wir uns rührten. Ihre harten weißen Knöchel unter meiner leichten Liebkosung, meine Fingerspitzen, die über die Unterseite ihrer Handgelenke strichen. Sie runzelte die Stirn. Während sie weiter auf meine Hand sah, schob sie das Kinn vor. Wut?

»Falls du versuchst, mich zu trösten«, sagte sie, »machst du es falsch.«

»Ich versuche nicht, dich zu trösten.«

Ihr stockte kurz der Atem, und sie presste fest die Lippen zusammen. Doch in den geröteten Augen, die mich forschend betrachteten, flackerte Hoffnung auf. »Aha.« Sie schluckte, dann nickte sie.

Ich legte meine andere Hand über ihre noch immer geballte Faust. Sie sah mir in die Augen. Allmählich entspannten ihre Finger sich und öffneten sich schließlich. Langsam und bedächtig drehte sie die Hand um, sodass meine hineinglitt.

»Wir können auf dem Rückweg zu meiner Wohnung am Fluss entlanggehen«, sagte ich.

Bebend stieß sie den Atem aus. Ein kaum merkliches Nicken war die Antwort.

Julie griff mit der anderen Hand nach ihrer Tasche und hängte sie sich über die Schulter. Wir standen gleichzeitig auf, Hand in Hand und ohne den Blick voneinander zu lösen. Ihr Griff war sanft, fast nachgiebig, als hätte sie Angst, ich könnte mich ihr entwinden, wenn sie mich etwas zu fest hielt, und doch war jede Bewegung darauf bedacht, unsere Berührung und unseren Blickkontakt aufrechtzuerhalten.

Wortlos verließen wir den Tisch. Alles andere rückte in den Hintergrund. Das Durcheinander von Stimmen und Musik. Die Farben der Kleider und Lichter. Die sich bewegenden Menschen und die festen Wände. Julie schwieg weiter. Ich hatte das Gefühl, dass sie den Bann, unter dem ich stand, nicht brechen wollte. Dass sie die Veränderung, die in mir vorging, nicht aufhalten wollte.

Wir hatten schon fast die hellen Lichter des West End erreicht, als Julie plötzlich stehen blieb. Ihre Hand lang noch immer in meiner: Jetzt drückte sie zu und hielt mich fest.

»Also«, begann sie. »Ähm, das ist wirklich schön.« Sie sah auf unsere verschränkten Finger und dann in meine Augen. »Aber, Robbie, ich muss es wissen. Wenn du eine Entscheidung getroffen hast, musst du sie aussprechen. Ich halte das nämlich nicht aus.«

»Ja«, sagte ich.

»Ja, du hast dich entschieden? Oder Ja zu mir?«

»Ja zu allem.« Dann lagen meine Hände auf ihren Hüften, und sie fuhr mir mit ihren durch die Haare. Wir küssten uns, und es fühlte sich ganz anders an als vorher. Es gab keine Spur von Zögerlichkeit oder Unbeholfenheit: So fühlte es sich an, wenn man genau wusste, was man tat.

Nach einer Weile erreichten wir die Hauptstraße. Ich blieb unter den Laternen stehen, weil ich keine Orientierung hatte. Da wir von der Flussschleife umgeben waren, führten alle Wege außer dem direkten zu meiner Wohnung zum Wasser.

»Hier entlang«, sagte Julie leise.

Wir schlenderten in das helle Licht und den Trubel der Gäste der Restaurants und Bars, die in der warmen Abendluft auf den Gehweg geströmt waren. Fremde streiften uns in dem dichten Gewühl, aber ich nahm die Geräusche und Bewegungen nur wie aus großer Ferne wahr.

Hinter dem letzten Hotel verflüchtigte sich der Lärm und die Menschenmenge, und wir waren allein. Auf der gekräuselten pechschwarzen Oberfläche des Flusses, der vor uns auftauchte, spiegelten sich die Lichter der Stadt, und eine kühle Brise strich über das Wasser.

Irgendwann unterwegs hatten wir beide angefangen zu lächeln. Vielleicht lächelte ich auch schon die ganze Zeit, seit ich meine Hand auf ihre Faust gelegt hatte. Aber jetzt war es unmöglich geworden, es nicht zu bemerken. Es fiel mir schwer, die Füße auf dem Boden zu behalten, als hätte die Leichtigkeit tief in meiner Brust die Schwerkraft aufgehoben.

Der Rest der Welt nahm unbeeindruckt seinen Lauf. Auf der Brücke über unserem Pfad rauschten Autos hin und her. Das Warnlicht eines Feuerwehrwagens wirkte weit entfernt. Es fiel auf Julies Gesicht und verfärbte ihre blasse Haut blutrot. Zum zweiten Mal in dieser Woche bot sich mir dieser Anblick.

»Was?«, fragte sie, als sie meinen Blick bemerkte.

»Nichts.«

Sie kniff die Augen zusammen. »Ich bin nicht für jeden Feueralarm in dieser Stadt verantwortlich.«

»Ich habe doch gar nichts gesagt. Aber vorhin warst du fast

fünf Minuten auf der Toilette. Wer weiß, was du da angestellt hast.«

»Nicht zu fassen.« Sie drehte sich zu mir. »War das etwa ein Scherz? Hast du wirklich versucht, einen Witz zu machen? Ich hatte schon alle Hoffnung aufgegeben, dass irgendwas von deinem Sinn für Humor übrig ist.«

»Ha! Ich kann durchaus was Lustiges an Schwerverbrechern finden.«

»Tja.« Sie trat zurück, als Reaktion auf meine Schritte nach vorn. Jetzt, da ich über das Tanzen Bescheid wusste, entdeckte ich in jeder Bewegung Rhythmus. »Falls dir eine vollkommen legale Methode einfällt, sich in das Leben eines anderen hineinzuschmuggeln, bitte, immer raus damit.« Ihr schiefes Grinsen wurde verschmitzter. »Dann probiere ich das beim nächsten Mal.«

»*Beim nächsten Mal?*« Ich hätte empört sein sollen, aber es ging einfach nicht. »Wenn es dazu kommt, lasse ich mir dein Fahndungsfoto auf die Brust tätowieren und darunter ›Vorsicht, Drache!‹. Nur, um die Schwierigkeitsstufe für deinen nächsten Infiltrationsversuch zu erhöhen.«

»›Vorsicht, Drache‹?« Sie ballte die freie Hand zur Faust und boxte mir scherzhaft auf die Schulter. »Du Idiot.« Sie packte mich am Hemd. »Jetzt reicht's. Wenn du am Sonntag alles vergisst, verrate ich dir nicht, dass du Tänzer bist. Ich erzähle dir, du wärst ein Performancekünstler, der mit, hm, Milch und Toast arbeitet. Mal sehen, ob du das auch so lustig findest!«

Wir drückten unsere Hände fester aneinander und verschränkten die Finger miteinander. »Also«, sagte ich grinsend. »Ich möchte mich bei dir für einen wirklich vergesslichen Abend bedanken …«

Julie drückte mir einen Finger auf die Lippen und schnitt

mir das Wort ab. »Weißt du«, sagte sie, während sie sich auf die Zehenspitzen stellte und näher kam, »ich glaube, ich mochte dich lieber, bevor wir deinen Sinn für Humor wiederentdeckt haben.« Sie zog ihren Finger gerade rechtzeitig von meinen Lippen, um Platz für ihren Mund zu machen.

Irgendwann liefen wir weiter. Doch immer wieder fielen wir einander in die Arme. Die Welt schien für einen kurzen Moment stillzustehen und erst wieder Fahrt aufzunehmen, wenn wir den Heimweg fortsetzten. Schließlich ließen wir den Fluss hinter uns, und unsere Schritte führten uns auf Pfade, die ich vor langer Zeit gegangen war.

Besonders dieser Abschnitt kam mir vertraut vor, wenn ich darüber nachdachte. »Hast du mich vor drei oder vier Monaten schon beobachtet?«

»Natürlich. Ich wohne schon eine ganze Weile hier.«

»Ist dir aufgefallen, dass ich damals aufgehört habe, so oft das Haus zu verlassen?«

»Ja.« Sie nickte. »Klar.«

»Nur so als Anekdote. Das war, weil genau hier was passiert ist. Eine blöde Geschichte, da war so eine Joggerin …«

»Also hast du mich doch gesehen!«, platzte sie heraus.

»Was?«

»Das war ich!« Sie drehte sich zu mir um. »Ich hab dir doch gesagt, dass ich alles probiert habe.« Sie riss die Hände hoch. »Ich dachte, ich hätte meinen Sturz schlecht inszeniert und du hättest mich gar nicht bemerkt.«

»Du warst die Joggerin?«

»Ich hab meinen ganzen Schmuck ausgezogen, mir eine Sonnenbrille aufgesetzt und bin in Laufklamotten geschlüpft.«

Ich versuchte, Julies Gesicht in meine Erinnerung an die Joggerin einzufügen. »Du hattest die Haare anders.«

»Stimmt«, sagte sie. »Das war die schulterlange Phase: braun gefärbt und zum Pferdeschwanz gebunden. Mit jeder neuen Tarnung musste ich ein bisschen mehr abschneiden.« Sie grinste. »Sei froh, dass die Lage jetzt verheißungsvoller ist. Sonst bleibt nämlich nur noch eine Option.« Sie schmiegte sich an mich. »Wie stehst du zum Military-Look? Bürstenschnitt, Uniform? Gefällt dir so was?«

»Oh.« Wir hatten in verschiedenen Welten gelebt; sie hatte sich wieder und wieder gehäutet, während ich Kathedralen in den Himmel gebaut hatte, Stein für Stein.

»Oh?« Sie äffte meine Überraschung nach und knuffte mich. »Du hast mich einfach hier liegen lassen.«

»Tut mir leid, zu dem Zeitpunkt dachte ich …« Ich brauchte einen Augenblick, um das schlechte Gewissen in den Griff zu bekommen, dann schaltete sich der Verstand ein. »Moment mal. Entschuldige ich mich gerade dafür, dass ich nicht auf deinen Trick reingefallen bin?«

»Du hast allen Grund, dich zu entschuldigen.« Sie zeigte auf einen ihrer Finger. »Erstens: Ich habe zwei Wochen gebraucht, um den Trick auszuarbeiten. Und zweitens«, sie deutete auf den nächsten Finger, »Idiot.«

Das war wirklich der Gipfel. Monatelang hatte ich ein schlechtes Gewissen gehabt, weil ich geglaubt hatte, das Ganze wäre meine Schuld gewesen. »Gibt es irgendwas, das du nicht probiert hast?«

»Na ja.« Sie schlang ihre Arme um meinen Hals. »Es gab einen Plan mit Chloroform und Handschellen, aber so weit ist es nicht gekommen.«

Wieder küssten wir uns. Die scharfen Kanten ihrer Zähne streiften meine Zunge. Sie wich zurück. Gerade so weit, dass sie reden konnte. »Entschuldigung. Ich kann nicht aufhören zu lächeln. Das ist ein Problem.« Sie legte eine Hand auf meinen Hinterkopf. »Es ist so lange her.«

»War alles so perfekt?« Mit Sicherheit war es nicht immer so gewesen wie jetzt. Sonst hätten wir unseren Alltag kaum bewältigen können. »Oder warum hast du so hart dafür gekämpft?«

»Überhaupt nicht perfekt.« Julie rümpfte die Nase. Sie ließ ihre Arme um meinen Hals geschlungen. Ich legte die Hände um ihre Taille. Wir schoben die Füße vor und zurück, drehten uns in Zeitlupe in unserer Ecke des Parks. »Wir hatten beide unsere Arbeit. Du mit deinem Tanz, ich beim Theater. Einer von uns hat zu viel getrunken. Das hat uns einiges abverlangt.« Sie lächelte bedauernd. »Perfekt? Mein Gott, es gab Zeiten, in denen wir uns gegenseitig verrückt gemacht haben.«

»Warum hast du dann das alles auf dich genommen?«

Sie strich mit der Hand durch meine Haare und zerzauste sie. »Tja, wegen den Zeiten, in denen wir uns gegenseitig verrückt gemacht haben.«

»Ich meine es ernst.«

»Ich auch.«

»Ohhh … Moment …« Ein schrecklicher Gedanke machte sich breit, als würde eine breite Hand die Schmetterlinge in meinem Bauch zerquetschen. »Ich hab so in meiner eigenen kleinen Blase gesteckt, dass ich nicht darüber nachgedacht habe, was für dich das Beste ist.«

»Was meinst du damit?«

»Wie gut es auch war, so kann es nicht mehr sein. So ist unsere Zukunft nicht.« Ich hielt sie an der Hüfte fest und beendete unsere Drehung. »Wir können nicht in unsere Anfangszeit zurück. In drei Tagen vergesse ich wieder alles. Und immer alle sechs Monate. Vielleicht jahrelang.«

Ich strich ihr durch die Haare und schüttelte den Kopf, weil ich so rücksichtslos gewesen war. So gedankenlos. »Du hast gesehen, wie ich ertrinke, und dachtest, du könntest mich retten, aber ich ziehe dich nur mit runter.«

Julie zuckte mit den Achseln. »Tja, du kennst mein Motto. Eine Sucht nach der anderen.«

»Nein«, sagte ich verärgert. »Du warst so mit deinen Plänen beschäftigt, uns wieder zusammenzubringen, hast du denn überhaupt schon mal überlegt, ob das deinem Leben so guttut?«

Sie lächelte zärtlich. »Du denkst immer zu viel nach. Und immer über das Richtige.«

Ich sah ihr unverwandt in die Augen, um eine Antwort zu erzwingen. Sie seufzte.

»Okay, nein, ehrlich gesagt nicht. Über das Große und Ganze nachzudenken war immer mehr deine Stärke. So war unsere Beziehung.« Sie tätschelte sanft meine Wange. »Deshalb habe ich jemanden wie dich. Du warst die einzige richtige Entscheidung in meinen achtundzwanzig Lebensjahren. Das Einzige, was ich wirklich auf die Reihe bekommen habe.«

»Auf die Reihe?«

»Wir passen zusammen. Irgendwie fügen sich unsere rauen Kanten genau ineinander. Wenn einer allein rumschwankt und sich verrenkt, sieht es nach Wahnsinn aus. Aber bei zwei Menschen zusammen, auf unterschiedliche Art vielleicht, aber trotzdem aufeinander abgestimmt, im Takt …« Sie schlug mir mit dem Handballen gegen die Brust. »Dann wird es was ganz anderes.«

»Tanz.«

Sie nickte. »Und daran festzuhalten lohnt sich. Es lohnt sich, dafür zu kämpfen.«

»Früher vielleicht. Aber jetzt?« Ich straffte die Schultern. »Du wärst zu einer Zukunft verdammt, in der du immer wieder aufbauen musst, was irgendwann doch in die Brüche geht. Mein Leben muss so sein, deins nicht.«

Julie zuckte mit den Achseln, aber es wirkte nicht so unbeschwert wie vorher. »So ist es aber eben. Wenn wir uns gestritten haben, sind wir danach schlafen gegangen, jeder auf seiner Seite des Bettes. Am nächsten Morgen, nachdem wir aufgewacht sind, hast du gefragt, ob ich Kaffee möchte. Ich habe dich nur angebrummt, aber du hast uns Kaffee gekocht, und ich habe mir schließlich ein Danke abgerungen. So sind wir allmählich wieder aufeinander zugegangen. Wenn ich nicht bereit wäre, immer wieder von vorne anzufangen, hätte ich gar nicht erst geheiratet. Eigentlich kenne ich es gar nicht anders. Ich weiß nicht, wie oft ich eine Woche nüchtern geblieben bin und dann die Uhr wieder zurückdrehen musste. Einmal hatte ich schon fast ein Jahr geschafft, als ich den Rückfall hatte und wieder von vorn anfangen musste. Alles bricht zusammen. Alles ist Wiederaufbau.«

»Das hier ist was anderes. Das weißt du doch selbst.«

»Was auch immer *das hier* ist, ich habe mich darauf eingelassen. In guten wie in schlechten Zeiten. Ich könnte mich niemals einfach von dir trennen.«

»Aber das ist es ja gerade«, stürzte ich mich auf ihr Argument. »Wir sind schon getrennt. Du musst es also gar nicht. Du musst uns bloß …« Ich suchte nach dem richtigen Ausdruck, um sie zu überzeugen. »… nicht wieder zusammenbringen.«

Sie zog die Augenbrauen hoch. »Ich fühle mich nicht besonders getrennt.«

Das ließ sich schwer bestreiten. Ihre Lippen waren nur Zentimeter von meinen entfernt. Wir konnten kaum länger als ein paar Sekunden den Blick voneinander lösen. Zusammen? Wir waren miteinander *verwachsen*.

Ich schob den wenig hilfreichen Gedanken beiseite. »Ich habe mir hier ein eigenes Leben aufgebaut. Mir geht es gut.«

»Du schaffst das alles ganz alleine«, spottete sie, »ohne jemanden, dem du vertrauen kannst, der dir hilft? Glaubst du echt, dass es dir gut geht?«

Ich wandte den Blick ab, weil ich ihr nicht mehr in die Augen sehen konnte. Nein, mir ging es nicht gut. Nicht mehr. Nicht nach dieser Zeit mit ihr. Niemandem ginge es gut, wenn er das aufgab. Aber in drei Tagen, wenn das Vergessen einsetzte, waren dieses Gefühl und alle Erinnerung daran verschwunden. Nur das Tagebuch blieb zurück, eine blasse Kopie von etwas einst Vollkommenem.

»Ich komme klar«, sagte ich, nur so halb gelogen. »Es wäre anders, wenn wir die ganze Zeit zusammen gewesen wären. Aber so ist es ja nicht. Du hast die Chance, dich zu befreien. Du kannst dein eigenes Leben führen.« Ich nahm ihre Hände. »Du würdest mich nicht verlassen. Die Trennung ist schon passiert, und niemand hat Schuld.«

»Robbie …«

»Gestern hast du gesagt, du hättest mehr darunter gelitten als ich, und jetzt begreife ich, was du gemeint hast. Für dich ist es schlimmer als für mich. Ich kann nicht aus meiner Haut heraus, aber dich zwingt niemand.«

»Ich habe gelitten, weil wir getrennt, nicht weil wir zusammen waren. Außerdem ist es ja nicht für immer. Deine Krankheit könnte morgen vorbei sein.«

»Sagt Dr. Varna. Ich dachte, du magst sie nicht.«

»Ich mochte sie nicht, weil sie mit allem recht hatte. Was deine Krankheit angeht, was mich angeht.«

Ich legte ihr die Hände auf die Schultern und versuchte, so ehrlich wie möglich zu klingen. »Ich komme klar.«

Ihre smaragdgrünen Augen funkelten mich aus kürzester Entfernung an. »Wie fühlst du dich, wenn ich bei dir bin?« Sie legte ihre weichen Hände auf die Muskeln zwischen Hals und Schulter und drückte plötzlich kräftig zu. Ihr Gesicht füllte mein Blickfeld aus. »Nicht nachdenken. Einfach antworten. Wie fühlst du dich gerade?«

»*Lebendig.*« Die Antwort kam ganz von allein.

Sie lockerte den Griff um meinen Hals und nickte zufrieden. »Na also.«

Aus Ärger über mein Eingeständnis runzelte ich die Stirn. Ein Verrat, auch wenn ich die Wahrheit gesagt hatte. Lügen wäre besser gewesen.

»Gut, hör mir zu.« Sie griff nach meinen Händen und trat zurück. »Stell dir vor, du hättest genug Zeit, um dich in mich zu verlieben. Richtig zu verlieben. Stell dir vor, du würdest mich lieben.«

»Okay«, sagte ich ruhig. »Ich stelle es mir vor.«

»Jetzt sage ich dir, dass ich krank bin, schwer krank.« Sie sah mich forschend an. »Ändert sich dadurch was? Ändert das, was du möchtest oder empfindest? Ändert das, was du für mich tun würdest?«

»Nein.«

»Nein.« Sie nickte.

»Aber das ändert nicht, was *ich* tun sollte«, wandte ich ein. »Ich kann dich nicht glücklich machen oder dir das Leben geben, das du verdienst. Das liegt nicht in meiner Macht. Was ich aber kann, ist, dich gehen zu lassen und zu verhindern, dass die Krankheit uns beide in den Abgrund zieht.« Ich presste ihre Hände zusammen. »Was wäre ich für ein Mensch, wenn ich dich zu so einem Leben verdammen würde?«

Sie wich zurück und drückte den Rücken durch. »Was hast du heute Nachmittag gesagt? Eine fundierte Entscheidung, in dem

Wissen um die guten und die schlechten Seiten. Darauf hast du ein Recht. Ich aber auch.« Sie griff nach meinem Hemdkragen. »Also wähle ich das hier«, flüsterte sie, die Lippen schon fast auf meinen. »Und ich wähle es jetzt.« Sie drückte ihren Mund fest auf meinen.

Ihr Kuss besiegelte meine Niederlage. Sosehr ich sie auch davor schützen wollte, ich konnte ihr nicht die Entscheidungsfreiheit verwehren, die ich für mich selbst in Anspruch nahm.

»Und weißt du, was?« Julie löste sich von mir. »Wir haben *das hier*. Heute Abend.« Sie zog den Kopf etwas zurück. »Du und ich werden alt werden, aber *wir* werden niemals alt. Solange das Vergessen weitergeht, wird *das hier* niemals alt. Jedes Mal, wenn du vergisst, sorge ich dafür, dass du dich von Neuem in mich verliebst. Mein ganzes Leben lang verliebst du dich in mich.«

»Du bist unmöglich.« Ich lächelte angesichts ihres unerschütterlichen Optimismus. »Für dich ist das Glas wohl immer halb voll.«

»Vor allem das Whiskeyglas«, sagte sie fröhlich. »Aber das versuche ich mir ja abzugewöhnen, schon vergessen?«

Ich hob sie hoch, bis sie fast auf meinen Unterarmen saß. Nahezu schwerelos schwebte sie über mir und sah auf mich herab.

»Das ist die andere Sache.« Sie leckte sich über die Lippen. »Selbst nüchtern schmeckst du noch gut. Das muss wahre Liebe sein. Ein schöner Spruch für eine Grußkarte.«

Als wir in meine Wohnung kamen, blinzelte Julie im grellen Licht der Neonröhren in der Küche. »Wo sind deine Kerzen?«

»Im Schrank unter der Spüle. Woher weißt du, dass ich …«

Grinsend begann sie herumzukramen, dann hielt sie mit ihrer feingliedrigen Hand vier lange weiße Kerzen hoch. »Ha, ha! Vor seiner Lieferantin hat man keine Geheimnisse.«

Sie schmolz die Kerzen unten mit ihrem Feuerzeug an und klebte sie auf Untertassen.

»Schon besser«, sagte sie, während der flackernde Kerzenschein ihr Gesicht erhellte. »Wo waren wir stehen geblieben?«

Sie lehnte sich an den Küchentisch und schob ihre Hüfte nach vorn. Im gedämpften Licht wirkten ihre smaragdgrünen Augen tiefschwarz. Unsere Lippen trafen sich, und der Rest der Welt versank vor meiner verschlossenen Tür in Bedeutungslosigkeit. Ich presste sie an mich. Meine Muskeln mussten sich kaum anspannen, um sie hochzuheben.

Das Schlafzimmer. Bevor der Gedanke das Bewusstsein erreicht hatte, trug ich sie schon durch die Tür und kniete mich auf die Bettkante. Ich legte sie auf die Matratze und rutschte neben sie.

»Warte«, sagte sie. »Ich habe nicht so lange gewartet, um es dann im Dunkeln zu machen.«

Sie rollte sich weg, verschwand in der Dunkelheit und kehrte kurz darauf mit den Kerzen zurück. Das buttergelbe Licht und die tanzenden Schatten erfüllten das Zimmer mit Wärme und Leben. Sie drehte sich zu mir um.

»Müssen wir, ähm …« Die Frage ließ sich nicht vermeiden. »Du weißt schon, verhüten?«

Julie schüttelte den Kopf. »Ich nehme die Pille.« Sie seufzte. »Die ganze Zeit durch. Die Hoffnung stirbt zuletzt.« Sie betrachtete mich von Kopf bis Fuß und grinste. »Immer, wenn du nervös bist, dehnst du dich.«

Ich sah auf meine Arme. Mit einer Hand hatte ich die andere umfasst, den Daumen fest gegen das Gelenk gedrückt, und drehte sie gegen den Uhrzeigersinn. Ich hatte es gar nicht bemerkt.

»Typisch Tänzer.« Julie kam zu mir und setzte sich neben mich auf die Bettkante. Wir stießen mit den Knien zusammen, als wir uns einander zuwandten.

»Weißt du alles über mich?« Ich beendete meine Dehnübung und versuchte, den Anflug von Bitterkeit aus meiner Stimme zu verbannen.

Ihr schiefes Grinsen wurde breiter. Sie packte mich an den Schultern und setzte sich rittlings auf mich. »Du hast keine Geheimnisse vor mir. Aber das ist doch schön, oder?« Sie ließ meine Schultern los und streifte die Träger ihres Kleids ab. Es rutschte ihr auf die Taille.

Sie trug einen Spitzen-BH, der im schwachen Licht fast, aber nicht ganz durchsichtig war. »Wow!« Meine Stimme war zu einem heiseren Flüstern geworden. »Toller BH.«

»Den mochtest du immer am liebsten.« Ein ironisches Lächeln umspielte ihre Lippen. »Nicht gerade ideal zum Tanzen, aber man muss darauf vorbereitet sein, dass alles unter Umständen spektakulär gut läuft.« Ihre Hände strichen über ihr Brustbein nach unten und zur Seite. Ich konnte den Blick nicht von ihren Fingerspitzen lösen. Wie sie über ihre Brüste wanderten und dann fest auf den zarten Stoff drückten, straff gezogen durch ihren durchgebogenen Rücken. »Verstehst du, was ich meine? Manchmal ist es gut, wenn jemand all deine Geheimnisse kennt.«

Sie hatte recht. Ich war wie gebannt, jedes Nervenende stand unter Strom, Begierden wurden wachgerufen, die ich nicht nur vor der Welt, sondern auch vor mir selbst verborgen hatte. Aber Julie kannte sie. Sie hatte viele Jahre Zeit gehabt, sie zu entdecken. Ich lag entblößt vor ihr.

»Hm.« Je angestrengter ich versuchte, einen rationalen Gedanken zu fassen, desto schneller entschlüpfte er mir. »Ich meine, hör auf, mein Gott, bitte …« Ich packte ihre Handgelenke. »Das ist ungerecht. Du kennst mich in- und auswendig und ich …«

»Ungerecht wem gegenüber?« Sie verflocht ihre Finger mit meinen.

»Es gibt keine Balance zwischen uns. Du weißt, wie du mich verrückt machen kannst, aber ich weiß gar nichts über dich.«

»Ich bin schon verrückt genug.« Sie schob die Hüften vor, presste uns zusammen. »Und ich habe so lange darauf gewartet.«

Das, was sich unterhalb meiner Hüfte abspielte, bekräftigte nur meine Argumente. Julie ging mit mir um wie eine Virtuosin mit ihrem Instrument und brachte meinen ganzen Körper zum Vibrieren.

»Im Ernst.« Ich setze mich auf, um mich vor ihren Lippen in Sicherheit zu bringen.

Seufzend richtete sie sich wieder auf. »Okay. Wie wär's damit?« Sie griff hinter ihrem Rücken nach dem Verschluss des BHs. »Wie wär's, wenn du so tust, als hättest du mich noch nie nackt gesehen? Als hättest du mich noch nie berührt.« Der BH glitt herab. »Das könnte mir gefallen.«

Ich schluckte. »Damit kann ich arbeiten.« Vielleicht konnte mein Erinnerungsverlust uns beiden zur Abwechslung von Vorteil sein. Ich strich über ihre Haut, die Kurven ihrer Hüfte und die Wölbung ihrer Brüste. Sie trug eine dünne Silberkette als Ersatz für die goldene, die sie am Montag zerrissen hatte. Daran hing der Ehering, dessen grüne Steine im Kerzenlicht dunkel glitzerten. Ich schloss die Faust um den Ring, und Julie wurde ganz starr. Ihre Augen weiteten sich und wirkten plötzlich verletzlich, als ich die Hand blitzschnell drehte und die Kette zerriss.

Julie schnappte bebend nach Luft, und die Kette fiel aufs Bett.

Ich nahm Julies Hand, schob ihr den Ring auf den Finger und spürte, wie er sich in die winzige Vertiefung schmiegte, die sie mir erst vor wenigen Tagen gezeigt hatte.

Als hätte ich einen Schalter umgelegt, wischte sie meine Hände zur Seite und packte mich am Kragen. »Das Hemd habe ich dir schon immer gerne ausgezogen.« Sie riss es auf, dass die Druckknöpfe rasselten.

Ihre Lippen fanden meine, und sie schmeckte nach Hitze und Leidenschaft, was mich nicht überraschte. Tief im Inneren wusste ich, dass Küsse so schmecken sollten. Sie ließ die Hände über meine Brust auf den Bauch wandern, streichelte und kratzte abwechselnd auf dem Weg nach unten.

Als ihre Finger an meinen Hosenbund stießen, wölbte sich mein ganzer Körper dem unerträglich schönen Gefühl entgegen. Ich umfasste Julies Handgelenke, drückte ihre Arme nach oben und rollte mich auf sie. Sengend heiß liebkosten wir uns gegenseitig Mund und Hals, während wir uns Stück für Stück unserer Kleider entledigten. Bald war nichts mehr zwischen uns, Haut presste sich an Haut.

Dann bäumte Julie sich auf, und ihre Augen wirkten plötzlich dunkler und ernster. Ohne den Blick von meinem zu lösen, griff sie nach unten und führte uns zusammen. Statt ihrem Mund schmeckte ich den salzigen Schweiß auf ihrem Hals. Ich strich durch ihre Haare, die sich unter meinen Händen aufrichteten, als wären sie elektrisch geladen, und ein Lustschauer durchströmte mich von Kopf bis Fuß. Wir verdrehten uns, bis ich neben ihr lag, ihre Hüfte mir zugeschoben, meine Hände überall, jede Berührung geschmeidig und mühelos. Ich bewegte mich in ihr. Sie bog den Rücken durch, und für einen Augenblick verwandelte sich alles in Hitze.

Schließlich übernahm etwas Tieferes und Älteres die Kontrolle. Vorhin in dem Tanzsaal hatte ich den Walzer abgebrochen, jetzt aber tanzten wir, übernahmen abwechselnd die Führung und spürten, wie der andere folgte. Der Rhythmus nahm uns gefangen, und unsere Körper spielten die Melodie.

Wie viel war Instinkt? Wie viel bei längst vergessenen Begegnungen erlernt? Und wie viel genau auf Julie abgestimmt, auf diesen einzigartigen Menschen, in unseren gemeinsamen Jahren?

Das war mein motorisches Gedächtnis. Und Julie bewegte sich, als wäre sie die Form, die mich gestaltet hatte, für die ich geschaffen war.

Wir drückten uns wieder dichter zusammen und bewegten uns schneller, bäumten uns auf dem Laken auf, und eine transzendente Empfindung überkam mich. Ich fühlte mich endlich, endlich völlig sicher. In diesem Augenblick, in ihren Armen, konnte ich glauben, es gäbe einen Platz in der Welt für mich. Ein Leben und eine Heimat mit Julie.

Als wir kamen, pressten wir unsere geöffneten Lippen aufeinander, sämtliche Körperteile zuckten, und eine Ruhe breitete sich in mir aus.

Ich fiel zurück auf die Matratze und …

Mist, das Bett.

»Wow!« Julie setzte sich auf. »Das fühlte sich an wie ein Erdbeben.« Das Bett war kaputt und die Matratze zu einer Landschaft aus Tälern und Hügeln verformt. »Ich bin beeindruckt. Wie ist das möglich?«

Wir mussten den alten Spanngurt zerrissen haben: Ohne diesen Halt hatte das Bett jegliche Form verloren. Die leeren Kartons waren zerknautscht. Die gefüllten hatten gehalten, waren aber verrutscht. Und mittendrin zwischen den eingedrückten Kartons, auf der Matratze lagen wir.

Julie drehte sich um, streckte den Arm aus und tastete neben dem Bett herum. Sie schob sich eine Zigarette zwischen die Lippen, und ihre schlanken Kurven reckten sich, als sie sie an einer der Kerzen anzündete. Als sie sich zurücklehnte, lag sie in die Matratze geschmiegt wie in einem merkwürdigen Handschuh.

Die ganze Zeit über beobachtete ich sie. Etwas hatte sich verändert. Meine Glieder summten, mein Blick schweifte über ihren Körper. Es fühlte sich an, als betrachtete ich eine Sonnenfinsternis, deren Schönheit durch die Blendung nicht beeinträchtigt wurde. Wie konnte ein einzelner Mensch die Verheißung auf ein solches Glück verkörpern?

Sie kuschelte sich in meine Armbeuge und legte den Kopf an meine Schulter. Ihre Finger spielten mit den Härchen auf meiner Brust. Ich spürte die Wärme ihrer Brüste auf meiner Haut.

»Das hast du also gemeint.« Meine Stimme klang in meinen eigenen Ohren tief. Fremd. Ich strich mit der Rückseite meiner Finger über ihren Hals. »Als du meintest, das Gute und Schlechte zu kennen. Dieses …« Ich suchte nach dem richtigen Wort. »… dieses Glück.«

»Ich dachte dabei nicht unbedingt an Betten zertrümmernden Sex, obwohl man natürlich träumen darf.« Sie stützte sich etwas auf, und die Zigarette glühte, als sie einen tiefen Zug nahm. »Es ging eher um unseren Alltag. Du warst mein Mensch. Der eine Mensch, bei dem ich mich nie unbeholfen oder verloren oder eingesperrt fühlte.« Sie lächelte. »Und ich war es für dich. Ich wusste, dass du es wieder spüren würdest, wenn wir nur lange genug zusammen wären.«

Sie hatte alles auf diese eine Karte gesetzt. Sie hatte gezockt und gewonnen. Der Rauch ihrer Zigarette zeichnete im Kerzenlicht Spiralen. »Sollten wir hier drin rauchen?«, fragte ich.

»Wenn eine einzige Zigarette die alten Melder auslösen würde«, sagte sie mit ihrem schiefen Lächeln, »hätte ich keine Rauchbomben basteln müssen.«

Meine Hand fand ihre, und ich spürte das harte Metall des Rings, als wir unsere Finger verschränkten. »Ich habe das vorhin ernst gemeint, dass es unfair ist. Du kennst mich besser, als ich mich selbst kenne. Und egal, was ich tue, egal, was ich in mein

Tagebuch schreibe, das wird sich nie ändern. Alles wird hier gespeichert sein.« Ich tippte auf ihre Schläfe. »Du wirst immer Macht über mich haben.« Einen Moment lang konnte ich es zugeben, ohne Angst davor zu haben.

Julie rauchte schweigend weiter. Ich fragte mich schon, ob sie mich überhaupt gehört hatte.

»Eines hast du nicht bedacht«, sagte sie schließlich. Sie löste sich von mir, um ihre Zigarette auf der Untertasse auszudrücken. »Derjenige, der sich zuerst verliebt, verliert alle Macht.« Sie stützte sich wieder auf einen Ellbogen auf und strich mir die Haare aus dem Gesicht. Wir sahen uns in die Augen. Sie wirkte ernst. »Ich liebe dich.« Sie zuckte mit den Achseln. »Das ist die schreckliche, unverrückbare Wahrheit in all dem. Ich habe dich schon geliebt, lange bevor du die Tür aufgeschlossen hast und ich dir meinen Namen gesagt habe.«

Ich wollte etwas erwidern, aber sie legte mir eine Hand auf den Mund. »Du musst es nicht auch sagen. Darauf will ich hinaus. In meinem Leben mit dir verliere ich alle Macht, immer und immer wieder. Weil ich immer zuerst verliebt bin.«

»Das ist nicht dasselbe. Alles, was ich *sein* kann, liegt in deinen Händen.«

»Ich glaube, wenn du wüsstest, wie es ist zu lieben – jemanden zu lieben, der das nicht erwidert –, würdest du das anders sehen.« Sie ließ sich wieder an meine Schulter sinken.

Eine Weile lagen wir so da, weder richtig schlafend noch ganz wach, in einer Art Zwischenzustand. Eine der Kerzen brannte herunter und zischte, als der Docht im flüssigen Wachs ertrank. Die Schatten, die sie warf, flackerten.

Als das Licht schließlich erlosch, regte sich Julie. »Ich will nicht müde sein.« Ihr Murmeln klang schwer, fast wie ein tiefes Knurren, das durch ihren Körper hindurch in meinen vibrierte. »Die ganze letzte Nacht habe ich mich hin und her gewälzt. Das ist gemein. Heute ist die Nacht, in der ich wach sein will. Zum ersten Mal muss ich über nichts nachdenken. Ich kann einfach bei dir sein.«

Sie klang triumphierend und verletzlich zugleich.

»Wie war das für dich?«, fragte ich. »Monatelang Pläne schmieden zu müssen?«

»Einsam.« Ich dachte schon, sie wäre eingeschlafen, als sie weitersprach. »Manchmal beängstigend, wenn nichts richtig funktionierte.«

»Jetzt brauchst du keine Angst mehr zu haben. Du kannst schlafen. Ich bin hier. Du hast mich bei dir.«

Ihr Atem bebte vor Erleichterung. »Gute Nacht, Robbie.«

»Gute Nacht.«

»Das habe ich jede Nacht meinem Kissen zugeflüstert, fast wie ein Gebet, und mir dabei dich hier vorgestellt, während ich zu Hause lag. Wir beide, allein und allein. Ich wünschte mir, ich könnte auf dich aufpassen und dich glücklich machen, obwohl du so weit weg warst. Jede Nacht seit …« Ihre Wimpern kitzelten meine Brust. »Seit dreihundertfünfundfünfzig Tagen. Gute Nacht, Robbie.«

Aber wer zählt schon mit?

Ihr Satz von damals schoss mir in der Dunkelheit durch den Kopf und raubte mir jede Hoffnung auf Schlaf. Julie lag zusammengekuschelt an meiner Schulter. Nach ihren letzten Worten schien sie von allen Mühen und quälenden Gedanken befreit und war schnell eingeschlafen. Ein Arm lag quer über meiner Brust, ein Bein auf meiner Hüfte, und ich spürte ihre warme Haut an meiner Seite. Jeder Zentimeter, mit dem ich sie berührte, schwirrte vor Leben. Es war keine Begierde mehr, eher Zufriedenheit. Ich lag in Julies Arme geschmiegt, so natürlich, wie der Ring auf ihren Finger passte.

Das Universum hätte für immer so bleiben können, und es wäre perfekt gewesen.

Eine Kerze nach der anderen brannte ab, bis das Zimmer in Dunkelheit versank. Aber nur kurz. Sobald meine Augen sich angepasst hatten, bemerkte ich, dass die Lichter der Außenwelt durch die Vorhänge sickerten. Und diese Wörter tobten durch meinen Kopf und brachten die Anspannung in meine Muskeln zurück. Dreihundertfünfundfünfzig Gute-Nacht-Gebete. Fast ein Jahr, fast zweimal Vergessen. Die Zeitspanne, seit wir uns das letzte Mal von Kopfkissen zu Kopfkissen eine gute Nacht gewünscht hatten.

Aber wer zählt schon mit?

Ich verkrampfte mich. Dachte an die vergangenen Unterhaltungen. Unscharfe Erinnerungen von vor wenigen Tagen. Über den Zeitraum, den Julie nicht getrunken hatte.

Ich musste es genau wissen. Nachdem ich mich Julies schlafendem Körper entwunden hatte, zog ich mir meine Unterhose an und tapste in die Küche. Zum Tagebuch und dem Eintrag für Tag sieben. Lag das wirklich erst vier Tage zurück? Erinnerungen flackerten auf, während ich durch die Seiten blätterte, und bald hatte ich die Stelle gefunden. Die Unterhaltung, in der sie gesagt hatte, seit wie vielen Tagen sie trocken war. Natürlich hatte ich mir die Zahl nicht notiert, die sie genannt hatte. Nur dass wir auf dem Balkon gesessen und sie mir die Medaille gezeigt hatte.

Die Medaille.

Sie hatte ihre Handtasche achtlos auf den Küchenboden geworfen. Ohne nachzudenken, hob ich sie auf und durchwühlte sie, bis ich die Metallscheibe fand. Dann stand ich vor dem Wandkalender und zählte sechs Monate ab dem eingravierten Datum zurück. Und hundertneunundsiebzig Tage ab dem letzten Vergessen. Die Daten stimmten genau überein. An dem Tag meines dritten Vergessens hatte sie getrunken. War sie *betrunken* gewesen. Wenn Alkoholiker einen Rückfall hatten, tranken sie nicht nur ein Glas Wein und hörten danach sofort wieder auf. Julie war betrunken gewesen.

Was hatte das zu bedeuten? Das erforderte sorgfältiges Nachdenken – zur Abwechslung musste ich einmal der Schlaue sein. Ich legte Julies Handtasche zurück auf den Boden und setzte mich auf den Stuhl. Die Zeit verrann, und Gedanken wirbelten mir durch den Kopf. Stück für Stück setzte sich eine Geschichte zusammen.

Schließlich ging ich zurück ins Schlafzimmer. Julie schlief immer noch mitten in dem eingestürzten Bett wie ein gefallener Engel, der hart aufgeprallt und in seinem Einsturzkrater liegen geblieben war. Der schwache Schein, der durch die Küchentür fiel, tauchte sie eher in Schatten als in Licht, dennoch war sie wunderschön.

Ich hatte keinen Zweifel, was die Zahlen bedeuteten. Was sie bedeuten mussten. Aber diese letzten Momente durfte ich mir gönnen. Ich tapste leise durch das Zimmer, zog ein T-Shirt an und legte mich vorsichtig neben sie. Die verbeulte Matratze gab unter meinem Gewicht nach. Julie rollte zu mir, und ich spürte ihre warme Haut. Durch die unfreiwillige Bewegung wachte sie halb auf, lächelte und legte ihre schlanken Arme um mich, so zwanglos, dass es auch im Schlaf gewesen sein konnte.

Meine Haut prickelte unter ihrer Berührung. Sie war eine Droge, und ich war süchtig. Einen Moment lang dachte ich, sie wäre wieder eingeschlafen, aber dann sagte sie etwas.

»Warum bist du angezogen?« Ihr schlaftrunkenes Murmeln klang gespielt missbilligend. Sie drückte gegen den dünnen Baumwollstoff des T-Shirts. »Du bist ganz verspannt.«

»Du solltest wohl besser aufwachen.« Ich seufzte. »Ich mache Licht.«

Als ich aufgestanden war und auf den Schalter gedrückt hatte, saß Julie im Schneidersitz auf dem Bett. Mit großen Augen blinzelte sie zu mir auf.

»Hier.« Ich reichte ihr ein T-Shirt. Uns stand ein Fiasko bevor, das konnten wir zumindest mit etwas Würde hinter uns bringen.

Ich sah ihr an, dass sie langsam wach wurde und sich die Rädchen in ihrem Kopf zu drehen begannen. Es spielte keine Rolle. Die Phase der Strategie war vorbei.

Das T-Shirt hing schlaff in ihrer Hand, während sie mich prüfend musterte. »Was ist los?«

Ich holte tief Luft. »Als du mir gute Nacht gewünscht hast, meintest du, es wäre das erste Mal seit dreihundertfünfundfünfzig Abenden. Am Sonntag hast du die Tage abgezählt, die du trocken bist. Dreihunderteinundfünfzig.«

»Ich verstehe nicht …«

»Ich kann einen Kalender lesen.«

Julie stutzte, als ich ihr ins Wort fiel. Sie biss die Zähne zusammen. Einen Moment lang durchbohrte sie mich mit ihrem Blick. Dann zog sie sich das T-Shirt über den Kopf und steckte die Hände durch die Ärmel.

»Du hast das letzte Mal getrunken, als das vorletzte Vergessen war.« Ich warf die Medaille neben sie aufs Bett. »Die Daten passen zusammen.«

Erst schien sie etwas Ärgerliches erwidern zu wollen, aber dann kniff sie die Lippen zusammen.

»Es leuchtet ein, dass du danach nicht mehr getrunken hast«, fuhr ich fort. »Nicht, während ich unauffindbar war. Also hast du getrunken, als es passierte.« Ich verschränkte die Arme. »Du warst betrunken, als es passierte.«

Eine Stimme in mir flehte sie an, es abzustreiten. Alle Gründe lagen auf der Hand. Wenn sie betrunken gewesen war, erklärte das alles. Es erklärte, warum wir in dem schicksalhaften Augenblick nicht zusammen gewesen waren. Warum sie nicht zu erreichen gewesen war, während ich herumirrte. Warum sie danach mit dem Trinken aufgehört hatte. Und warum sie dieses Mal durchhielt.

Trotz all der Logik wünschte ich mir von Herzen, dass sie es leugnete. Aber sie schwieg. Mit eiskalten Augen funkelte sie mich an, wortlos.

»Und ich glaube, dass ich es wusste. Irgendwie habe ich erfahren, dass du nicht für mich da warst. Vielleicht hat mir Dr. Varna an diesem ersten Tag erklärt, warum meine Frau nirgendwo aufzutreiben war. Und deshalb war ich so wütend auf dich, als du zum ersten Mal hier aufgetaucht bist. Also beim letzten Mal. Deshalb wollte ich die Scheidung, und deshalb habe ich dich in dem Brief nicht erwähnt. Du warst nicht für mich da, und ich wollte, dass du aus meinem Leben verschwindest.«

Jetzt starrte sie mich nicht mehr an. Je schlimmer meine Anschuldigungen wurden, desto stärker veränderte sich ihre Miene. Zu einem flehentlichen Ausdruck. Sie wollte etwas sagen, aber ich fuhr ihr über den Mund: »Lüg mich nicht an.«

Sie biss sich auf die Lippen. »Robbie, ich habe einen schrecklichen Fehler gemacht.«

Sämtliche Kraft verließ meinen Körper, und die Schultern sackten an die Wand.

»Aber ich bin jetzt ein anderer Mensch.« Sie setzte sich aufrechter hin. »Ich habe wieder an dem Programm teilgenommen. Und egal, wie hart und einsam es wurde, ich wurde nicht ein einziges Mal rückfällig. Weil ich wusste, dass du mich brauchst und ich mich bessern muss.« Schwankend stand sie auf, tapste auf mich zu, bis sie nur eine Armlänge entfernt stand, und sah mit großen Augen zu mir auf. »Ich hab's versaut, Robbie. Und du darfst mir vorwerfen, dass ich nicht da war, als du mich gebraucht hast. Aber wirf mir nicht vor, dass ich jetzt hier bin. Jetzt tue ich das Richtige. Ich bringe in Ordnung, was ich kaputt gemacht habe.«

Sie streckte die Hand aus, aber ich zuckte zurück und presste mich mit dem Rücken an die Wand. »Wie ist es passiert?«

Sie ließ die Hand sinken und umklammerte sie mit der anderen. »Ich war schwach.« Gequält schüttelte sie den Kopf. »Belassen wir es dabei. Du willst keine Geschichtsstunde. Und ich hab mich seitdem verändert. Weiterentwickelt.«

»Fundierte Entscheidung, schon vergessen?«

»Okay.« Sie schien nicht glücklich darüber, aber sie gab nach. »Ich brauche eine Zigarette.«

»Gut. Gehen wir raus.«

Ich ging auf den Balkon, während Julie sich anzog. Unter dem sternenlosen Himmel wehte ein warmer Wind, der sich anfühlte, als zöge ein Gewitter auf.

Als sie herauskam, trug sie Shorts zu meinem alten T-Shirt. Selbst in dem hässlichen orangefarbenen Licht der Straßenlaternen war sie schön. Es wäre so einfach gewesen, ihr nachzugeben und die ganze Sache zu vergessen.

Unsere Blicke trafen sich einen kurzen Moment. Ihre Augen wirkten ernst und traurig, darüber hinaus konnte ich in ihrer Miene nichts lesen. Sie stellte sich ans Geländer und klopfte eine Zigarette aus der Schachtel, zündete sie an und blies eine Rauchwolke aus.

»Größtenteils kennst die du Geschichte ja schon. Wir wussten nichts über den zeitlichen Ablauf. Es war schon zweimal passiert, deshalb sind wir davon ausgegangen, dass es wieder eintreten würde, aber wann, wussten wir nicht.«

Sie drehte sich zu mir um. Ich nickte, und in ihren Augen flackerte ein Anflug von Hoffnung auf. Sie hatte es immer noch nicht begriffen.

»Es ging uns gut. Du hast deinen neuen Auftritt geplant. Ich machte gute Fortschritte bei den Anonymen Alkoholikern. Ein Jahr trocken, und ich war Sponsorin, von Jazi hab ich dir ja schon erzählt. Aber nicht gesagt habe ich dir, dass immer mehr alte Erinnerungen an mein früheres Leben zurückkamen, je länger ich sie betreute.« Sie sah mich von der Seite an. »Manchmal glaube ich, du weißt nicht, was für ein Glück du hast, dass die Vergangenheit dich nicht verfolgt. Alle anderen sind ihre Sklaven.«

Gelassen erwiderte ich ihren Blick. Sie lag vollkommen falsch. Die Vergangenheit verfolgte mich immer noch. Sie stand direkt vor mir und zog in der schweren Nachtluft an einer Zigarette.

Julie wandte sich ab und sah auf die Lichter der Stadt. »Jazi hatte niemanden wie dich, der sie stützte, und das Programm funktionierte bei ihr nicht. Trotz der Probleme, die es mit sich brachte, fühlte sich das Trinken für sie immer noch gut an. Ich dachte, ich könnte zu ihr durchdringen.« Julie verzog das Gesicht. »Stattdessen ist sie zu mir durchgedrungen.«

Ihre Sätze wurden von kleinen Rauchwolken unterbrochen, und in ihrem bedauernden Lächeln schwang eine Verbitterung.

»Es war ja nicht ihre Schuld. Ich hätte gut genug gerüstet sein müssen, um zu verhindern, dass ich in diese Welt zurückfalle.« Sie drückte ihre abgebrannte Zigarette auf dem Metallgeländer aus.

»Erzähl weiter.«

»Später habe ich herausgefunden, warum meine Abwehrmechanismen nicht funktionierten.« Sie schnippte die Kippe vom Balkon. »Weißt du noch, was ich dir vom motorischen Gedächtnis erzählt habe? Das Problem ist, der Körper erinnert sich nur richtig, wenn er sich in derselben Situation befindet, in der er die Lektion gelernt hat. Wenn du wieder in derselben Lage steckst, mit denselben Leuten, derselben Musik, demselben Geruch – dann erinnerst du dich.«

»Deshalb hast du mich heute Abend zu der Tanzveranstaltung geschleppt.«

Sie nickte. »So ist es mit allen Erinnerungen. Die Lektionen, die ich mir eingebläut hatte, funktionierten nur, solange ich nüchtern war, in einer nüchternen Umgebung. Sobald ich Jazi in ihre Welt gefolgt war und das erste Glas riskiert hatte, fiel ich in meine alten Gewohnheiten zurück. Puff.« Sie schnippte mit den Fingern: der Schnörkel eines Zauberers.

»Und da ist es passiert. Als du mit ihr unterwegs warst.«

»Ich bin mit ihr auf eine Party gegangen. Mein Plan war, ihr zu zeigen, dass man trocken bleiben und trotzdem das Leben genießen kann. Ich habe zwei Stunden durchgehalten, bevor die Botschaft in meinem Kopf verdreht wurde und ich mir einredete, ich könnte ihr zeigen, wie man maßvoll trinken und trotzdem das Leben genießen kann. Danach erinnere ich mich an fast nichts mehr. Es gibt eine Lücke bis zum nächsten Nachmittag, als ich im Krankenhaus lag und mir der Magen ausgepumpt wurde.« Sie drehte sich zu mir um. »Ich war ein Wrack, ich war krank – und ich wusste, dass ich uns beide schwer im Stich gelassen hatte. Du hattest nicht auf meinem Handy angerufen, und auf meine Nachrichten hast du auch nicht reagiert. Später habe ich herausgefunden, dass du dein Handy nicht bei dir hattest. Aber in meinem benebelten Kopf redete ich mir ein, du wüsstest Bescheid und wärst sauer auf mich.«

»Wäre ich denn sauer gewesen?«

Sie schüttelte den Kopf. »Enttäuscht.« Sie ließ sich am Geländer hinabgleiten, bis sie auf dem Boden saß. »Als ich endlich nach Hause durfte, über einen Tag später, waren lauter Nachrichten auf unserem Anrufbeantworter und ich begriff, was passiert war. Ich raste los, um dich zu finden, aber du warst in ein anderes Krankenhaus verlegt worden. Ich war völlig hysterisch. Was ich getan hatte, schwirrte in einer Endlosschleife durch meinen Kopf. Alles, was du gerade für mich empfindest – Wut, Enttäuschung …«

Verraten, das fühlte ich mich.

»Nimm das mal tausend, dann weißt du, in welchem Zustand ich war. Als ich wieder zu mir gekommen bin, war es zu spät.«

Sie sah zu mir auf. »Ich glaube, du hattest recht, dass Dr. Varna Bescheid wusste. Ich weiß nicht, ob Ärzte Einsicht in Krankenhausakten haben, aber irgendwie hat sie es rausgefunden. Schon vorher hatte sie mich nicht akzeptiert. Sie wusste von meinem Alkoholproblem, und jetzt hatte ich ihre schlimmsten Befürchtungen bestätigt. Als wir endlich in Kontakt waren, hat sie mir, wo es ging, Steine in den Weg gelegt. Als wenn du ohne mich besser dran wärst.« Julies Stimme brach, und sie tastete nach einer neuen Zigarette. »Ich sollte sie nicht hassen. Sie wollte dich ja nur beschützen.« Sie schluckte schwer, als müsste sie eine bittere Pille hinunterwürgen. »Ich hasse sie nicht, weil sie sich in mir getäuscht hat.«

»Du hasst sie, weil sie recht hat.«

Sie nickte. »Sie hatte recht. *Hatte.* Damals war ich anders. Dumm und eingebildet. Ich hätte meine Grenzen kennen müssen. Ich hätte wissen müssen, dass meine ganzen tollen Strategien nicht narrensicher waren.«

»Natürlich hättest du das wissen müssen.« Bei diesen Worten blinzelte Julie. »Du hättest es wissen müssen, weil es wichtig ist, und bei wichtigen Dingen sollte man strategisch vorgehen.«

»Stimmt.«

»Genauso strategisch war es, mir nichts davon zu erzählen«, sagte ich in neutralem Tonfall. »Es mir zu verheimlichen. So machst du das bei wichtigen Dingen. Du gehst strategisch vor.«

»Aber nur so habe ich es geschafft.« Sie zog sich auf die Beine. »Indem ich strategisch vorgegangen bin. Ich habe investiert, und es hat geklappt. Mit uns.«

»Ich glaube dir.«

Julie atmete erleichtert aus. Sie kam näher und streckte mir die Hand entgegen. Sie hatte es immer noch nicht verstanden. Ich drehte ihr den Rücken zu und ging zur Tür.

»Robbie? Was machst du denn?«

Ich zog mich in die kühle Küche zurück, in das sterile weiße Licht.

»Wohin gehst du?« Ich hörte Julies Schritte hinter mir. Sie legte mir eine Hand auf die Schulter und riss mich herum. »Ich weiß, dass ich dich im Stich gelassen habe. Aber bitte glaub mir, ich habe dafür gebüßt.«

»Ich auch.« Es kam aus meinem Mund, bevor ich darüber nachdenken konnte.

»Aber du musst nicht *weiter* büßen.« Sie trat vor und nahm meine Hände, bevor ich zurückweichen konnte. »Darum ging es doch bei allem, was ich getan habe. Es wiedergutzumachen. Deswegen konnte ich nicht aufgeben. Damit du für meine Schwäche nicht länger büßen musst.«

»Du kapierst es nicht. Es geht nicht darum, was du vor einem Jahr getan hast. Es geht darum, was du heute getan hast.«

Überrascht sah Julie mich an. Sie wich zurück, ihr Griff um meine Hände lockerte sich. »Was …«

»Du hättest es mir nicht gesagt.« Ich entriss ihr meine Hände. »Wenn ich es nicht selbst rausgefunden hätte, dann hätte ich es nie erfahren.«

»Ich habe dich nicht belogen. Nicht direkt. Ich habe nur …«

»Du hast behauptet, du wärst irgendwo auf dem Land gewesen. Deswegen hättest du Tage gebraucht, um zurückzukommen.«

Sie starrte mich an. Und ich starrte zurück.

»Ich habe dir gesagt, keine Geheimnisse mehr. Ich habe dir erklärt, warum es mir wichtig ist. Und du hast behauptet, du hättest es verstanden.«

»Ich verstehe es doch.« Ihr Tonfall war fast flehentlich, ihre Augen gerötet. »Aber ich strample mich hier ab. Ich habe ein Jahr gebraucht, dich dazu zu bringen, wieder mit mir zu reden. Überhaupt nur meinen Namen zu sagen. Ein ganzes Jahr, Robbie, voller Schweigen und Einsamkeit. Das konnte ich nicht einfach alles wegwerfen.«

»Du konntest nicht riskieren, mich entscheiden zu lassen.«

Sie wusste nicht, was sie sagen sollte. Ich konnte sehen, dass sie fieberhaft nachdachte, aber sie sah nur stumm zu mir auf und rang die Hände.

»Du hattest nie vor, mich eine fundierte Entscheidung treffen zu lassen, in der ich die guten und schlechten Seiten gegeneinander abwägen konnte.« Ich verschränkte die Arme vor der Brust. »Warum solltest du, wenn ich die falsche Wahl treffen könnte?«

»Es steht mehr auf dem Spiel, als dass du eine faire Entscheidung treffen kannst.« Sie ballte die Fäuste, als ihr Kummer der Frustration wich.

»Nein, Julie. In zwei Tagen ist diese Entscheidung das Einzige, was mir noch bleibt. Nichts anderes habe ich von dir verlangt. Nur dass du mich eine Wahl treffen lässt, unbeeinflusst von anderen.« Ich versuchte, mit ruhiger Stimme zu reden. Es gelang mir nicht besonders gut. »Du hättest es mir sagen müssen.«

»Wie denn?« Sie schien kurz davor zu schreien. »Wie soll man so was sagen? Niemand verrät dem Menschen, den er am meisten liebt, seine schlimmsten Fehler. Was glaubst du, wie das gelaufen wäre? ›Weißt du, was? Ich habe dich im Stich gelassen, als du mich am meisten gebraucht hättest. Nur so nebenbei. Zur Info.‹« Ihre Stimme überschlug sich vor Wut. »Das kann man unmöglich von jemandem verlangen. Niemand tut so was. Niemand *kann* so was tun!«

»Niemand *muss* es. Das verstehe ich jetzt. Also werde ich es nie mehr verlangen. Von dir. Oder jemand anderem.«

»Du meinst doch nicht …« Sie verstummte.

Ich schwieg. Sie wusste, was ich meinte.

»Wirf das nicht weg, Robbie. Nicht, nachdem wir so weit gekommen sind«, flehte sie. »Hör doch, ich verstehe jetzt, wie es für dich ist. Du musst demjenigen trauen können, der bei dir ist, wenn du aufwachst. Der Mensch ist dein Gedächtnis. Er ist dein …« Sie suchte nach dem richtigen Wort. »… dein Rettungsboot. Ich kann das sein. Ich werde es sein.« Sie sah sich um, nahm mein Tagebuch und hielt es mir hin. »Wir können es dokumentieren. Die Vergangenheit kann in deinem Tagebuch festgehalten werden. Dann ist sie für immer da. Die guten und die schlechten Seiten.«

»Du versuchst es wieder mit einer Strategie.«

»Ja.« Sie nickte energisch. »Und du musst auch strategisch vorgehen. Hier und jetzt. Es ist deine Zukunft.«

Ich nahm ihr das Tagebuch aus der Hand. In ihren Augen flackerte Hoffnung auf. Ich stellte das Buch zurück an seinen Platz, holte meinen Stift und den Umschlag mit den Scheidungsunterlagen und legte ihn auf den Tisch.

»Bei den wichtigen Dingen im Leben sollte man nicht strategisch vorgehen.« Ich reichte ihr den Stift. »Bei den wichtigen Dingen sollte man ehrlich sein.«

Julie schüttelte entsetzt den Kopf und wich zurück. »Wie kannst du mir jetzt damit kommen? Nach allem, was passiert ist?«

»Ich habe dir gestern gesagt, was ich brauche.« Meine Stimme war laut. »Und heute Nachmittag wieder. Es passiert *jetzt,* nach all dem, weil ich erst jetzt die Wahrheit kenne, die du verschwiegen hast.« Der Stift zitterte in meiner Hand.

»Warum bist *du* denn wütend?« Sie erhob ebenfalls die Stimme. »Ich bin doch diejenige, die abserviert wird.«

»Ich bin wütend, weil ich es haben will«, schrie ich. »Das Leben, das du mir gezeigt hast. Aber ich habe dich nicht darum gebeten, mit mir tanzen zu gehen oder essen oder irgendetwas anderes. Ich habe nur um das eine gebeten, das du mir nicht geben wolltest. Die Wahrheit. Und deshalb muss ich das alles jetzt aufgeben, obwohl ...« Ich ließ kein weiteres Wort mehr heraus und presste den Kiefer so fest zusammen, dass die Zähne knackten.

»Obwohl was?«

»Egal. Es spielt keine Rolle, was ich will oder fühle. Denn in zwei Tagen vergesse ich alles, und dann brauche ich jemanden, dem ich verdammt noch mal *trauen* kann.«

Ich trat vor und hielt ihr noch einmal den Stift hin.

»Ich kann nicht.« Mit Tränen in den Augen zuckte sie zurück. »Nicht, nachdem ...« Wütend zeigte sie auf mich. »Nicht, nachdem du ihn mir an den Finger gesteckt hast, meinen ...«

Ehering.

Sie brachte das Wort nicht über die Lippen. Mit reiner Willenskraft hatte sie bei der Tanzveranstaltung die Tränen unterdrückt, jetzt gab es kein Halten mehr.

So wütend ich auch war, es brachte mich fast um, sie so zu sehen. Es war nicht ihre Schuld – ich verlangte etwas Unmögliches.

Ich atmete tief durch. »Wir haben eine Vereinbarung getroffen. Du solltest mir zeigen, wie es sein könnte, und am Schluss sollte ich entscheiden. Das hast du versprochen.«

»Du hast mir auch was versprochen!«, tobte sie. »Vor all den Jahren. Du hast gesagt, ich könnte mich ruhig in dich verlieben, weil du immer für mich da sein würdest. Sonst hätte ich mich nie auf dich eingelassen.«

»Das Versprechen stammt aus einer anderen Welt. Deins ist erst ein paar Stunden alt.« Angst quetschte mir das Herz zusammen. Was, wenn sie sich weigerte, es einzuhalten?

»Sei still. Hör auf!« Sie presste sich die Hände an den Kopf, wickelte sie fast darum, um sich die Ohren zuzuhalten.

Verärgert wischte ich mir eine Träne aus dem Augenwinkel. Kein guter Zeitpunkt, um Schwäche zu zeigen.

Sie machte einen zittrigen Atemzug und ließ die Hände sinken. Die Emotionen, die ihren Körper verzerrt zu haben schienen, erloschen. Sie nahm wieder ihre steife Haltung ein.

Einen Fuß vor den anderen setzend, ging sie zum Tisch. Sie ließ sich auf den Stuhl sinken und zog die Papiere aus dem Umschlag.

Ich legte den Stift daneben. Ihre Hand zitterte, als sie ihn aufhob, aber ihre Miene blieb ausdruckslos. Sie sah aus wie eine Königin, die zum Schafott geführt wurde und entschlossen war, mit Würde abzutreten.

Der Stift verharrte in der Luft über dem Blatt. Ich ließ ihn nicht aus den Augen. Julie besaß immer noch alle Macht. In zwei Tagen vergaß ich, und sie blieb zurück. Sie konnte mir immer noch mit Anwälten und Brechstangen zu Leibe rücken.

»Befreien wir uns davon.« Meine Stimme war ein Flüstern. »Beide.«

Julie senkte den Stift aufs Papier, unterschrieb und blätterte zur nächsten Markierung. Seite für Seite arbeitete sie sich durch die

Formulare. Dann schob sie die Blätter zusammen und legte sie ordentlich auf den Umschlag.

»Ich hole meine Sachen«, sagte sie leise.

Ich trat ihr aus dem Weg. Sobald sie die Küche verlassen hatte, schnappte ich mir die Papiere, steckte sie in den Umschlag und legte sie auf den Kühlschrank, wo sie vor einem plötzlichen Sinneswandel sicher waren. Ein schlechtes Gewissen überkam mich. Vielleicht war es falsch gewesen, ihr zu misstrauen. Trotz ihrer Fehler hatte Julie zumindest in diesem Punkt Wort gehalten.

Ich wartete im Dominozimmer auf sie. Dort hätte ich mich eigentlich besser fühlen sollen. Die Arbeit konnte jetzt wieder ihrem Zweck dienen, unbeeinflusst von den chaotischen Einflüssen vergangener Leben – und verflossener Ehefrauen. Nur noch ein paar Worte, dann konnte ich die Tür schließen und war wieder allein und in Sicherheit.

In ihrem Cocktailkleid ging Julie aus dem Schlafzimmer in die Küche. Ihre Schuhe klackerten über den Boden. Die Kühlschranktür quietschte.

»Ich nehme mein Geburtstagsgeschenk mit.« Im Gehen stopfte sie die Sektflasche in ihre Handtasche.

»Lass das. Sei nicht so.«

»Leck mich.« Ohne mich eines Blickes zu würdigen, ging sie an mir vorbei. »Eine Sucht nach der anderen.«

Eine Sucht nach der anderen. Die schlimmste zuerst. Das war ich in ihren Augen geworden.

Ich überlegte, wie wir uns vernünftig verabschieden könnten. Alles, was sie getan hatte, um sich in mein Leben zu stehlen, all die als Ehepaar miteinander verbrachten Jahre verlangten nach etwas. Aber ich stand einfach nur stumm da und sah ihr nach.

Sie legte die Hand auf den Türknauf. »Dafür waren die nicht da.« Ihre Stimme klang teilnahmslos. »Die Dominos. Die Rampen und Podeste.« Sie drehte sich halb um und zeigte mit einer Hand auf mein Werk. »Die sollen dir nicht zeigen, was du erreicht hast, oder deine Identität weitertragen oder was auch immer in deinem bescheuerten Brief steht.«

Sie betrachtete den Aufbau mit einer Art wissenschaftlicher Distanz, die dunklen Lippen in dem blassen Gesicht verächtlich verzogen. »Du wolltest die Karten auf den Tisch haben.«

»Wovon redest du da?«

»Dreiundachtzigtausend sind kein Rekord. Der Weltrekord liegt bei zehnmal so viel oder irgend so was Durchgedrehtem. Das kannst du in fünf Sekunden im Internet nachschauen.« Sie drehte sich mit vor der Brust verschränkten Armen zu mir um. »Die Dominos stammen nicht von dem Schreiber deines kostbaren Briefs. Sie sind von *meinem* Robbie. Und der hätte sich null für irgendwelche dämlichen Rekorde interessiert.« Hohn triefte aus ihrer Stimme.

»Wofür sind sie dann?« Ich wollte etwas Kraft in meine Stimme legen, aber in mir war keine mehr übrig. Was für letzte schneidende Gemeinheiten und Lügen – oder Schmerzen und Wahrheiten – sie mir auch einimpfen wollte, ich hatte ihr nichts entgegenzusetzen.

»Dreiundachtzigtausend war die Anzahl, die nach unserer Berechnung auf die Bühne des Box Theatre passt. Es musste dort stattfinden, weil wir die erhöhten Sitze brauchten. Nach dem zweiten Vergessen kam er auf die Idee und bestellte die ganzen Kartons und die Ausrüstung und das zusätzliche Werkzeug. Aber dann passierte es. Das dritte Vergessen. Als die Sachen geliefert werden sollten, hatte ich dich schon aufgespürt. Deshalb habe ich die Lieferadresse geändert und alles hierherschicken lassen, in der Hoffnung …« Ihre Miene verfinsterte sich weiter. »Ach, ich weiß nicht, was ich gehofft habe. Aber irgendwann müssen die ganzen

Kartons einfach angekommen sein.« Sie zuckte fast spöttisch die Achseln. »Dann hat dein geschätzter Briefeschreiber offenbar beschlossen, so zu tun, als hätte er sich ein besonderes Projekt für dich überlegt.« Sie straffte die Schultern, stützte die Hände in die Hüften und schlug einen schärferen Ton an. »Aber es gehörte ihm nicht. Es wurde ihm bloß vor die Tür gelegt.«

Sie drosch mit dieser Geschichte auf meine offene, ungeschützte Psyche ein, attackierte den Brief und meine Aufgabe. Alles, was mir heilig war.

»Wofür waren sie dann gedacht?« Ich trat näher und schlug einen genauso ausdruckslosen Ton an wie sie. Nicht aggressiv. Nicht verletzlich. »Wenn er damit keinen Rekord brechen wollte, was hatte er damit vor?«

Sie sah mich schweigend an. Vielleicht bereute sie, das Thema angeschnitten zu haben. »Ein einzelner Auftritt«, sagte sie schließlich. »Wir hätten Wochen gebraucht, um alles aufzubauen, und dann acht Minuten für das ganze Programm, von Licht an bis Vorhang runter. Ein Lied. Keine Fotos. Keine Aufnahmen. Das war die Idee.« Während sie sprach, umspielte ein schwaches Lächeln ihre Lippen. Einen Moment lang schien sie frei von Spott und Trotz. »Die ersten Minuten wollte er so tanzen, dass er mit den Füßen über die Dominos gleitet, knapp darüberstreicht, aber nur die Trittsteine berührt.« Sie betrachtete das Zimmer wie mit neuen Augen, als beschwöre sie eine längst vergessene Erinnerung herauf.

Natürlich konnte es keine echte Erinnerung sein, weil es nie geschehen war. Vielleicht erinnerte sie sich daran, wie ein früherer Robbie – ihr Robbie – ihr davon erzählt hatte.

»Während er sich dreht, sollen seine Hände durch die Luft fliegen«, fuhr sie fort, »und die Dominos auf den Podesten und Rampen um die Bühne herum nur um Millimeter verfehlen. Dann wollte er einen Sprung machen und …« Sie geriet ins Stocken, der wehmütige Ausdruck verschwand aus ihren Augen. Mit einem Seufzen redete sie weiter: »Einer der Steine sollte angestoßen werden, und die ersten Reihen sollten kippen, im Takt des Tanzes. Die Wellen sollten von seinen Schritten ausgehen, vorauslaufen und Kreise ziehen, dann auf ihn warten, während er über die Steine auf sie zuwirbelt. Bis zum Höhepunkt, wenn die letzte Welle in der Mitte der Bühne auf ihn zuläuft und sie zusammenprallen.« Ihr Blick löste sich von dem Zimmer um uns herum, von ihrer Erinnerung und ihrem Tagtraum. Sie sah mich an. »Acht Minuten lang. Nur ein Auftritt. Ein einmaliges Ereignis, das nur in der Gegenwart und der Erinnerung existiert.« Sie breitete die Arme zu einer Geste aus, die den gesamten Aufbau um sie herum erfasste, und rang sich ein kleines Lächeln ab. »Stell dir das vor.«

So verrückt es auch klang, ich konnte es mir auf gewisse Weise vorstellen. Jeder Schritt wie ein Eintauchen in Wasser, bei dem sich Dominowellen kreisförmig ausbreiten, jede Drehung gefolgt von Wogen, die in alle Ecken fluten und dann zurückspülen, den Tanz vor sich hertreiben.

»Dafür sind sie da«, sagte Julie achselzuckend. »So ist das entstanden.«

Ich bezweifelte nicht, dass das stimmte. So eine Geschichte konnte man sich nicht einfach ausdenken. Außerdem passte sie zu den Fakten. Aber ich hatte keine Ahnung, wie ich darauf reagieren sollte. »Das klingt …« Ich suchte nach dem Wort, aber mir fiel nichts Passendes ein. »… schräg.«

Julie blinzelte. »Schräg?«

»Ich wollte damit nicht sagen, dass ich dir nicht glaube. Ich meinte nur, die Idee für den Tanz ist schräg. Irgendwie seltsam, oder? Mehr hab ich nicht gesagt. Nicht normal.«

Sie schüttelte langsam den Kopf, aber ihre Augen blieben auf meine gerichtet. Ihre Hände zitterten.

»Was denn?«, fragte ich. Vor einer Minute hatte sie noch die Hand auf dem Türknauf gehabt. Wäre sie doch nur gegangen … Das alles half mir nicht weiter.

»Ich war so verdammt blind. Die ganze Zeit habe ich mich an den Glauben geklammert, dass der Mann, den ich geliebt habe und der mich geliebt hat, stark genug wäre, um zu überdauern. Ich habe mir eingeredet, dass es irgendwo ganz tief im Inneren etwas geben muss, einen Seelensplitter, der weiterlebt.« Sie warf den Kopf in den Nacken und lachte freudlos. »Ich dachte, ich hätte ihn in dir entdeckt. An dem Tag, als du über die Schönheit des Fallens und deine Pläne mit den Dominos geredet hast, hatte ich das Gefühl, er würde noch in dir leben.« Sie musterte mich von Kopf bis Fuß und verzog spöttisch die Lippen. »Und selbst jetzt ist sein Einfluss auf dich nicht zu übersehen.« Sie hatte den Kopf eingezogen und die Schultern vorgeschoben, schäumend vor Wut. »Deine Füße.«

Ich sah nach unten. »Was ist mit ihnen?«

»Kein Wunder, dass du mich so lange blenden konntest.« Sie schüttelte den Kopf. »Perfekt. Immer perfekt.«

Meine Füße glitten unwillkürlich rückwärts. Lachend zeigte sie darauf. »Schon wieder! Von drei auf vier! Perfekt. Jedes beschissene Mal.«

Wieder sah ich auf meine Füße. Der hintere befand sich nicht ganz auf einer Höhe mit dem vorderen, und das Gewicht war zwischen ihnen verteilt.

Jetzt konnte ich es sehen. Sie hatte recht. Es war perfekt.

Da ich den Blick gesenkt hatte, nahm ich die Bewegung nur verschwommen aus dem Augenwinkel wahr. Julie schlug mir mit beiden Handballen gegen die Brust und schubste mich nach hinten.

Lachend zeigte sie auf meine Füße. Die Stellung hatte sich verändert; das hintere Bein stand in einem Ausfallschritt, um das Gleichgewicht zu halten und den Stoß abzufangen.

»Und jetzt! Perfekt. Weißt du, wie lange es dauert, bis man den Körper so programmiert hat? Wie viele Jahre voller Hingabe er dafür gebraucht hat? *Mein Robbie.*« Der Name diente jetzt nur noch dazu, mich zu verhöhnen. »Wenn er beim Kochen vom Kühlschrank zum Herd gegangen ist oder Schränke aufgemacht hat. In jedem Moment hatte er eine perfekte Körperhaltung, wie er es geübt und geübt hat.« Sie schlug sich die Hände auf den Kopf. »Ich bin die ganze Zeit auf ein Gespenst reingefallen, den Abklatsch von einem, der so perfekt ist, dass sogar sein Schatten schön ist.« Wieder taxierte sie mich. »Selbst jetzt bist du noch ein Kunstwerk.« Sie drückte den Rücken durch. »Die Kunst eines anderen.« Ihre Worte versprühten Gift. »Das Werk eines anderen.«

Eine Stille entstand. Julie schien nur darauf zu warten, dass ich etwas zu entgegnen wagte, aber mir fiel nichts ein.

Sie schüttelte den Kopf. »Der Robbie, den ich kannte, hätte eine bessere Beerdigung verdient.« Tränen strömten ihr über die Wangen. »*Schräg.*« Noch einmal wiederholte sie, was ich gesagt hatte. »Du siehst vielleicht aus wie er, aber du kannst ihm nicht das Wasser reichen.«

Ich schluckte nervös. Eigentlich hätte ich froh über ihre Erkenntnis sein sollen, dass sie nicht mich liebte, sondern nur ein Relikt, das sie in meinem Gesicht und meinen Füßen entdeckt hatte. Das machte es leichter für sie.

Aber ihre Worte taten weh.

»Also hast du gewonnen.« Sie fasste nach dem Ring an ihrem Finger. »Ich gebe diesen verrückten, albernen Traum auf.« Sie wollte den Ring abziehen, aber er saß fest. »Verdammt.« Sie spuckte sich auf die Hand und schmierte den Finger ein. »Ich wollte einfach nicht glauben, dass das Vergessen uns kleinkriegt. Aber ich habe mich getäuscht.« Sie zerrte an dem Ring, drehte ihn, und dieses Mal gab er nach. »Du bist blitzblank.« Sie warf mir den Ring ins Gesicht.

Ich hatte keine Zeit auszuweichen. Er traf mich an der Wange – ein kurzer, stechender Schmerz – und prallte ab.

Julie erstarrte. Sie wirkte überrascht über das, was sie getan hatte. Vielleicht hatte sie mich gar nicht treffen wollen. Mit einer Hand winkte sie wie entschuldigend. Immer noch glänzten Tränen auf ihren Wangen, aber sie weinte nicht um mich. Oder um sich selbst. Sie betrauerte den Verlust eines anderen Mannes. Ich war nur ein ungebetener Fremder, der sich an ihn drangehängt hatte.

Sie schwang sich die Tasche über die Schulter und wandte sich ab. Die Tür ging auf, als sie dagegen drückte. Ich hatte nicht daran gedacht, sie abzuschließen.

»Entschuldige«, sagte sie mit gesenktem Kopf, während sie sich an der halb offenen Tür abstützte. »Ich hätte das alles nicht sagen sollen. Das war ungerecht.« Sie seufzte. »Du kannst ja nichts dafür. Ich bin einfach müde, das ist alles. Zu guter Letzt bin ich endlich müde.«

Sie ging, und die Tür fiel hinter ihr zu.

Die Kraft, die mich aufrecht gehalten hatte, ließ mich mit einem Mal im Stich, und ich sank auf die Knie. Ihre Wut hatte mich nicht unerwartet getroffen. Darauf war ich vorbereitet gewesen. Aber nicht auf ihren Hohn oder ihr erschöpftes Mitleid zum Schluss. Ihre Worte hallten immer noch durch meinen Kopf.

Du bist blitzblank.

Die Kunst eines anderen.

Das Werk eines anderen.

Jeder dieser Sätze traf mich auf eine Weise, die ich nicht verstand. Es hätte mich freuen sollen, dass Julie mich als den gesehen hatte, der ich wirklich war. Dass sie mich aus eigenem Antrieb verlassen hatte. Und doch schmerzten mich ihre Worte.

Mühsam erhob ich mich. Ich schaffte es bis zur Tür und verriegelte ein Schloss nach dem anderen. Mein Brustkorb fühlte sich an, als würde er in sich zusammensinken. Ich bekam kaum Luft. Erst vor einer guten Woche hatte ich Julie durch diese Tür in mein Leben gelassen. Als unsere Blicke sich damals trafen, liebte sie mich schon. Von diesem Moment an hatte sie mich Tag für Tag besser kennengelernt, bis wir schließlich als Fremde auseinandergegangen waren.

Ich drehte mich zum Zimmer um. Alles stand noch da, die Dominoreihen angreifbar, aber unversehrt. Trotz all der Welten und Worte und Wirren, die über ihnen getobt hatten, standen meine kleinen Soldaten aufrecht, als wäre nichts geschehen. Soweit ich sehen konnte, hatte sich nichts verändert.

Soweit ich sehen konnte, hatte sich alles verändert.

Vor wenigen Minuten noch hatte ich die Frage nicht gestellt, wofür die Dominos standen. Jetzt konnte ich ihre Bedeutung nicht mehr spüren. Die Schönheit, die ich in ihnen gesehen hatte, verblasste angesichts des außergewöhnlichen Tanzes, den Julie beschrieben hatte. Niemand hatte sie angerührt, und doch waren sie umgefallen.

Etwas glitzerte im Halbdunkeln neben dem Durchgang. Julies Ring. Ich holte tief Luft. Der kleine Metallreif stach aus seiner Umgebung hervor. Meine Wange musste sämtliche Kraft aus Julies Wurf absorbiert haben. Ohne Schwung hatte das winzige Gewicht nicht genügt, um auch nur einen einzigen Stein umzustoßen.

Vorsichtig hob ich ihn auf, um die nebenstehenden Steine nicht zu berühren. Es fühlte sich fast an, als zollte ich dem Projekt eines anderen Respekt. Den Hoffnungen und Träumen eines anderen. So klein der Ring auch war, er lag mir schwer in der Hand. Es war Julies gutes Recht, wütend zu sein.

Ich ballte die Faust um den Ring. Es war *mein* gutes Recht, wütend zu sein. Sie war schuld, weil sie mein Vertrauen immer wieder enttäuscht hatte. Es hätte nicht so weit kommen müssen. Wenn sie nur ehrlich zu mir gewesen wäre, hätte alles anders laufen können. Am liebsten hätte ich vor Frustration laut aufgeheult. Befreit von ihr? Im Augenblick fühlte ich mich stärker an sie gekettet als je zuvor.

Meine Hand schloss sich fester um den Ring. Ich stand auf und ging über die Trittsteine zu dem Podest, das Julie am vergangenen Morgen bestückt hatte. Obwohl sie sich Mühe gegeben hatte, wirkte die Arbeit amateurhaft. Die Abstände zwischen den Dominos waren ungleichmäßig, die Kurven unbeholfen ausgeführt. Ihr Fingerabdruck in meiner Skulptur.

Ich zog die Dominos heraus, die das Podest mit dem übrigen Aufbau verbanden, und fuhr mit der Faust durch ihr Werk. Steine kippten in alle Richtungen; blitzschnell lag alles auf dem Podest flach.

Es dauerte einen Moment, bis ich begriff, dass die wütende Hitze in meiner Faust Schmerz war. Blut sickerte durch meine Finger hindurch auf die umgefallenen Steine, es bewegte sich wie ein lebendiges Wesen. Ich öffnete die Hand: Der Ring glitzerte mich durch einen Blutfilm an. Ich hatte so fest zugedrückt, dass sich ein Zacken der Ringfassung in meine Haut gebohrt und einen Schnitt hinterlassen hatte. Es sah aus, als wäre ich mit einem winzigen Dolch gestochen worden.

Das hier war ihr echter Fingerabdruck.

Ich stürmte auf den Balkon und hielt die Faust über das Geländer. Den Schmerz und die Demütigung, die in meinen Adern brannten, das alles konnte ich auslöschen. Um Julie komplett aus meinem Leben zu streichen, musste ich nur die Hand öffnen. Ihre kostbaren Dominoreihen auf dem Podest hatte ich schon zerstört. Jetzt den Ring. Als Nächstes wären die Fotos auf dem Handy an der Reihe, ach, verdammt, das Telefon selbst konnte ich auf dem Bürgersteig unten zerschmettern. Und ihren Geruch, der an mir klebte: den konnte ich abschrubben. Alles konnte ausgelöscht werden, um reinen Tisch für ein neues Kapitel zu machen. Selbst das Tagebuch konnte umgeschrieben werden. Ich konnte Julie vollkommen ausmerzen. Es lag in meiner Macht.

Tief atmete ich die warme, feuchte Luft ein und öffnete die Hand, als wollte ich der Nacht eine Gabe überreichen. Ich konnte nicht zulassen, dass mein künftiges Ich sich von dem Ring oder dem bezaubernden Lächeln auf dem Handyfoto verführen ließ. Es könnte sich so leicht fragen, was hätte sein können, so leicht versuchen, an diesen Punkt zurückzukehren. Mein künftiges Ich verdiente, beschützt zu werden. *Julie* verdiente, beschützt zu werden. Sie hatte schon genug durchgemacht, ohne künftige Robbies abwehren zu müssen, die diese Bitterkeit vergessen hatten, die nicht ihre Traurigkeit und ihren Spott hatten ertragen müssen.

Langsam drehte ich die Hand. Einen Moment lang klebte der Ring an dem Blut fest, dann rutschte er schließlich ab und fiel in den leeren Raum.

Nein.

Meine andere Hand schoss über das Geländer und schnappte den Ring mit den Reflexen eines Tänzers aus der Luft. Er sollte nicht in Vergessenheit geraten. Kein einziges Atom davon. Weder der Ring noch das Foto. Oder das Handy. Und das Tagebuch schon gar nicht. Nichts davon wurde angerührt. Es gehörte alles zu meiner Geschichte und musste meiner Zukunft erhalten bleiben. Der nackte Schmerz dieser Nacht war in zwei Tagen sicherlich vergessen. Dagegen konnte ich nichts unternehmen. Aber ich konnte trotzdem weitergeben, was von diesem Leben übrig war. Ob die Erinnerung an das Glück oder an die Demütigung das schlimmere Vermächtnis war, wusste ich nicht. Aber den Luxus, solche Entscheidungen treffen zu können, hatte ich nicht.

Ich trat vom Geländer zurück und steckte den Ring in die Hosentasche. Er kam zu den anderen Erinnerungsstücken. Mit der Zeit verlor er womöglich an Bedeutung, bis er so rätselhaft wurde wie der kleine Holzelefant.

Ein letzter Blick in die dunkle, heiße Nacht. Irgendwo dort draußen ging Julie nach Hause und trug ihre eigene Erinnerung an diese Katastrophe mit sich. Den gekühlten Sekt in der Hand. Hätte sie mir doch nur die Flasche an den Kopf geworfen statt des Rings! Den blauen Fleck hätte ich gern auf mich genommen.

Ich dachte an das unvorstellbare Glück, das sie vor wenigen Stunden in mir entfacht hatte. Vorhin hatte ich es nicht erklären können, außer mit der vagen Vorstellung, dass wir irgendwann perfekt zusammengewachsen waren. Jetzt, da sie weg war, wusste ich auch nicht mehr weiter. Wir waren tatsächlich perfekt zusammengewachsen, und jetzt mussten wir beide eine verlorene Hälfte betrauern und lernen, ohne den anderen klarzukommen.

Der Himmel im Osten war noch schwarz, und aufziehende Wolken verdeckten die Sterne, als ich hineinging, die Matratze von den zerdrückten Kartons auf den Boden zog und darauf zusammenbrach.

TAG

zwei

Ich wachte erst spät auf. Einen Moment lang blieb mein Kopf herrlich leer, wie gereinigt. Dann wurden die Erinnerungen hineingespült, und der Schmerz brannte genauso heftig wie zuvor.

Julie war endgültig weg, und ich hatte meine Freiheit zurück – so fühlte sich also Freiheit an. Auf meiner Zunge lag der Geschmack von Säure. Julies Duft hing noch an mir. Mit einer Dusche ließ er sich nicht entfernen.

Der Tag hatte nichts zu bieten. Nichts, was eine Erinnerung wert war, rein gar nichts. Der Morgensport wurde abgespult. Der Kaffee hatte seinen Zauber verloren. Nach einer halben Tasse drehte sich mir der Magen um, und ich goss den Rest ins Spülbecken. Als ich mir etwas zu essen in den trockenen Mund schob, wurde der Säuregeschmack nur noch schlimmer. Ich beseitigte die Überreste von Julies Besuch: die Silberkette, die sich wie eine winzige Schlange in meiner Bettwäsche kringelte, und die beiden Zettel, die ich überflüssigerweise in meiner Jeans und meiner Sockenschublade hinterlassen hatte. Meine Hände bewegten sich langsam und stießen unbeholfen aneinander, als ich Dominos aufstellte. Die Nerven in meinen Fingern fühlten sich taub an. Die Zeit kroch dahin – schleppend, als hätte sie den Schwung verloren.

Julies Behauptung über den Zweck der Dominos ließ mir keine Ruhe. Aber der Brief hatte nicht im eigentlichen Sinne gelogen. Ich überprüfte ihn und sah, wie leicht man ihn missverstehen konnte. Mein Vorgänger hatte sein Projekt geschildert, in dem Brief wurde aber nicht erwähnt, wie er an die Dominos gekommen war. Das war mein Fehler gewesen. Wahrscheinlich hatten die Steine unangekündigt vor der Tür gestanden, so wie Julie gesagt hatte, und mein Vorgänger hatte sich begeistert eine Verwendung ausgedacht. Niemand hatte gelogen. Trotzdem blieb die Tatsache, dass 83 790 Dominos in keiner Weise einen Rekord darstellten.

Na und? Es war trotzdem eine Leistung. Ich schob den Brief zurück in den Umschlag. Kurz war ich versucht, Julies Ring irgendwo anders zu verstecken, an einer weniger leicht zu findenden Stelle, dann steckte ich ihn zu dem Brief in den Umschlag.

Der Tag verstrich, und ich arbeitete weiter. Am Abend ließen der Kopfschmerz und das saure Brennen in meinem Magen allmählich nach, als hätte eine höhere Macht alle Regler heruntergedreht. Ich war müde. Nachdem ich eine weitere Reihe Dominos aufgestellt hatte, machte ich Schluss. Jetzt waren nur noch zwei Kartons übrig – knapp viertausendfünfhundert Steine plus die tausend, die im Dominozimmer umgekippt lagen.

Und so verging der Tag. Nichts davon war es wert, sich zu erinnern. Was der Situation angemessen schien. Noch vor Kurzem hatte ich mich vor dem letzten Tag und dem Warten auf das Ende gefürchtet. Jetzt kam mir das Vergessen fast wie eine Gnade vor.

TAG eins

Es reicht.

Als ich aufwachte, war die Decke fest um meine Beine gewickelt. Merkwürdigerweise fühlte es sich schmerzhaft an.

Der Kummer nagte an jeder Faser meines Körpers. Vermutlich hatte ich den Schmerz verdient, aber mein künftiges Ich nicht. Es war das toxische Brennen meiner Entscheidungen und Fehler, nicht seiner. Ich würde es mit Schweiß und Arbeit vertreiben. Es musste noch einiges getan werden, bevor das neue Leben geboren werden konnte.

Es war früh. Licht schimmerte durch die Vorhänge, aber die Morgensonne stand noch nicht hoch genug, um ihre volle Kraft zu entfalten. Ich stemmte mich gegen die Schwäche in meinen Gliedern und zwang mich zu einem doppelten Trainingsprogramm, als könnten das Brennen des Laktats und die Erschöpfung den Schmerz vertreiben, Julie verloren zu haben. Sie fortgeschickt zu haben. Aber ich würde tun, was getan werden musste. Morgen war es so weit: Das Ende und der anschließende Neuanfang warteten auf mich, und die letzten Puzzleteile mussten noch zusammengefügt werden.

Ich schleppte die beiden Dominokartons in die Küche und

drückte den Papphaufen flach, der einmal mein Bettgestell gewesen war, sodass ich ihn ordentlich an der Wand aufstapeln konnte. Als ich das Rezeptbuch bei den restlichen Erinnerungsstücken verstaute und die Küche aufräumte, griff ich auf den Kühlschrank und fand ein Dokument, das ich fast vergessen hätte. Den Umschlag mit den Scheidungspapieren, die noch abgeschickt werden mussten. Die Brücken waren abgebrochen, aber das Verfahren noch nicht eingeläutet.

Es war Tag eins, deshalb stellte es ein Risiko dar, nach draußen zu gehen. Das Vergessen und somit die Gefahr einer Einweisung drohten jederzeit. Aber da ich schon so viel getan hatte, um meinem künftigen Ich einen Neuanfang zu ermöglichen, konnte ich die Sache kaum auf die lange Bank schieben. Die Unterlagen mussten heute abgeschickt werden.

Ich bereitete mich so gut wie möglich vor. Alles Wichtige stopfte ich in den Rucksack. Zu den wertvollen Unterlagen kamen der Stadtplan für den Heimweg, das Tagebuch, die Erinnerungsstücke und der Brief. Wenn das Vergessen einsetzte, bevor ich zurück in Sicherheit war, wäre ich wenigstens gut gerüstet.

Es war noch zu früh, um das Haus zu verlassen. Samstag, die Post hatte noch nicht geöffnet. Ich widmete mich ein paar Stunden den Dominos, bevor ich aufbrach. Je eher ich diese letzte Aufgabe abhaken konnte, desto früher konnte ich nach Hause zurückkehren, in meinen sicheren Kokon.

Dichte Wolken hingen tief am Himmel. Es regnete noch nicht, aber die hartnäckige Bewölkung hatte endlich die Hitze etwas abgemildert. Die Luft roch klar und summte fast vor Elektrizität.

Die nächste Post lag nur vier Querstraßen weiter. Wenn ich zügig ging, konnte ich in zwanzig Minuten wieder zu Hause sein. Die dunklen Wolken wirkten bedrohlich, und ich wollte nicht in das Unwetter geraten. Info an das künftige Ich: Regenschirm kaufen.

Als das Postamt in Sicht kam, wurde mir bewusst, dass mich mein Gedächtnis zum letzten Mal hergeführt hatte. Beim nächsten Mal, wenn ich durch diese Straßen ging, wäre alles neu für mich.

Wenn ich recht überlegte, musste dasselbe schon einmal passiert sein. Mein Vorgänger hatte mit Sicherheit diesen Weg eingeschlagen, als er Julie die Scheidungsunterlagen schickte. Genau wie ich jetzt war er an dem Schuhgeschäft, dem Secondhand-Laden, der Bank, dem Souvenirladen …

Abrupt blieb ich stehen und betrachtete die Figürchen und Wandteppiche, die Traumfänger, Uhren und Schnitzereien im Schaufenster. Meine Nackenhaare bebten. Aus der kühlen Brise war ein kalter Wind geworden, der mir Worte aus einem anderen Leben zuraunte.

Sieht aus, als wäre jemand in einen Souvenirladen gegangen und hätte den erstbesten Schnickschnack gekauft. Das hatte Julie gesagt, als sie meine Erinnerungsstücke mit einem enttäuschten Achselzucken abtat.

Über der Tür läutete ein Glöckchen, als ich eintrat. In dem stillen Laden klang es klar, wie ein dezenter Weckruf. Parfüm und Gewürze, die miteinander wettstreitenden Aromen von Duftkerzen und Webteppichen. Hinter der Theke saß eine junge Frau auf einem Hocker. Sie lächelte zur Begrüßung, aber ich sah an ihr vorbei zu einem kleinen geschnitzten Elefanten in einer Vitrine. Er sah afrikanisch aus. Aus Marokko vielleicht, wenn ich hätte raten müssen.

Mein Herz begann zu pochen. Ich sank auf die Knie und suchte das Erinnerungsstück aus dem Rucksack. Eigentlich hätte ich mir den Vergleich sparen können. Ich hätte das geschnitzte Figürchen überall wiedererkannt. Aber eine Stimme in mir schrie: Es kann nicht das Gleiche sein. Ich hielt meinen Elefanten neben das Exemplar des Ladens. Identisch.

Dann hob ich den Blick. Hunderte von Gegenständen waren in den Vitrinen ausgestellt, lehnten an den Wänden, hingen von der Decke. Aber ich wusste, wonach ich suchte, und entdeckte prompt das Perlenarmband und nicht weit dahinter die fingerhutgroße Kristallvase. Noch in der Hocke kroch ich hinüber und fischte die Gegenstücke aus dem Rucksack. Genau gleich.

Ich stellte meine Sachen neben die anderen in den Vitrinen, von der Vase bis zu dem afrikanischen Holzfigürchen. Neben ihren exakten Kopien schienen die Erinnerungsstücke ihre Persönlichkeit zu verlieren. Man konnte es nicht leugnen. Julie hatte mit ihrer achtlosen Bemerkung recht gehabt.

»Ähm.« Die Verkäuferin räusperte sich hinter mir. »Möchten Sie was kaufen?«

»Nein.« Ich wusste nicht genau, ob ich mit ihr oder mit mir selbst sprach. »Nein. Ich kaufe nichts.«

In einer Vitrine knapp unter meiner Augenhöhe standen Drusen. Wenigstens sie stimmten nicht vollkommen mit meiner überein. Trotzdem fügte sich mein kleines Stück eines ehemaligen Vulkans nahtlos zwischen die in der Vitrine ein. Nicht weit entfernt hing an einem Deckengestell eine Reihe von Kupfermedaillons an dicken Lederbändern. Sogar die eingravierten fremden Schriftzeichen waren die gleichen. Ich stand auf und deponierte mein Exemplar auf dem Regal daneben.

Blieb nur noch ein Erinnerungsstück übrig.

»Verkaufen Sie hier auch Schlüssel?« In dem kleinen Laden klang meine Stimme laut.

»Schlüssel? Nein.« Die Verkäuferin wirkte überrascht. »Wollen Sie das alles zurückgeben?«

»Ja.« Ich nickte langsam. »Ja, genau.«

Ich steckte den Schlüssel wieder ein, machte auf dem Absatz kehrt und ging. Unlösbare Fragen schossen mir durch den Kopf. Die Erinnerungsstücke waren bloß Krimskrams. Keine Erinnerung, keine Geschichte, einfach nur zufällig aus einem Laden in der Nähe mitgenommen.

Aber warum?

Der kalte, nasse Wind blies mir ins Gesicht und erinnerte mich daran, dass die Frage, wie mein vergangenes Ich auf die Idee gekommen war, einen Haufen nutzlosen Krempel als bedeutende Erinnerungsstücke anzusehen, warten musste.

Mit dem Umschlag in der Hand betrat ich die Post. An einem regnerischen Samstagvormittag war kein Mensch dort. Ein leuchtend roter Briefkasten hing an der hinteren Wand, und daneben befand sich eine Reihe schwarzer Schließfächer.

Hätte ich den Schlüssel nicht noch vor einem Augenblick in der Hand gehalten, hätte ich es wahrscheinlich nie bemerkt. Aber so fiel mir ein, dass ich regelmäßige Zahlungen an das Postamt leistete. An *dieses* Postamt vermutlich. Die Überweisungen wurden in dem Brief erwähnt, zusammen mit denen für die Lebensmittel und den Strom.

Ich klemmte mir den Umschlag unter den Arm und fischte den Schlüssel aus der Jeanstasche. Die scharfen Kanten drückten sich in meine Finger. *Fast unbenutzt.* Die Nummer, die in den Kopf geprägt war, konnte man in dem grellen Neonlicht kaum erkennen. Zwei-acht-neun. Julie hatte recht gehabt, was die anderen Erinnerungsstücke anging. Nutzlose Sammlerstücke, sinnlos eingesammelt. *Bis auf das hier,* hatte sie gesagt, als sie die Nummer las. Eine Wohnung, hatte sie gedacht. Oder ein Bankschließfach.

Oder ein Postfach.

Ich stand vor den Fächern und betrachtete sie von oben bis unten. Es leuchtete mir nicht ein. Warum sollte man etwas in einem Fach verstauen und den Schlüssel jemandem geben, ohne ihm zu sagen, wofür er war? Warum sollte man den Schlüssel zu einem Haufen albernen Krimskrams legen?

Doch vielleicht kannte ich die Antwort schon. Hatte ich letzte Nacht nicht dieselbe Versuchung verspürt, als ich Julies Ring beinahe in die Dunkelheit fallen ließ? Den Drang, die Zukunft zu gestalten, indem ich die Vergangenheit umdeutete? Es gab Sachen wie Eheringe, die man nicht ohne Schmerz und Risiko der Zukunft hinterlassen konnte. Und es gab Sachen wie Eheringe, von denen die Zukunft wissen musste.

Was, wenn mein vergangenes Ich mutig genug gewesen war, um die wahren Erinnerungen an meine Vergangenheit aufzubewahren, aber nicht mutig genug, um sie mir direkt zu übergeben? Man konnte sie in einem leicht zugänglichen Fach verstecken und einschließen. Und den Schlüssel weitergeben, ohne zu verraten, wofür er war. Und ihn dann, sicherheitshalber, zu einem Haufen bedeutungslosen Kram stecken. Wo einen Baum besser verstecken als in einem Wald?

Ich ließ den Blick über die Fächer schweifen, die in drei Spalten angeordnet waren. Die Nummerierung begann links oben. Zwei-acht-neun. Das Fach befand sich in der obersten Reihe, fast auf meiner Augenhöhe. Ich schob den Schlüssel in das Schloss. Er glitt leicht hinein. Alles drehte sich um den Schlüssel …

Und der Schlüssel drehte sich.

Ich zog das Türchen auf und sah in das tiefe rechteckige Fach. Die anthrazitfarbenen Seitenwände tauchten es in Dunkelheit. Aber ein kleiner Gegenstand in der Mitte fing das Licht auf und funkelte mich an. Ein Metallkreis, glänzend und glatt.

Sachen wie Eheringe.

Ich holte ihn aus seinem Versteck. Er war eine größere und schlichtere Variante von Julies Ring, den ich jetzt aus meinem Rucksack nahm. Die beiden Ringe lagen nebeneinander auf meiner Hand und bildeten ein schiefes Unendlichkeitszeichen. Füreinander geschaffen.

Die Wahrheit ließ sich nicht leugnen. Mein früheres Ich hatte die Vergangenheit vor mir verborgen. Julies Worte hallten mir durch den Kopf: *Niemand kann so ehrlich sein.* Niemand kann die ganze Geschichte erzählen, ohne sich vor ihren Auswirkungen auf die Zukunft zu fürchten. Wir alle verstecken, beschönigen und vergessen. Ich hatte ihr geglaubt, als sie das sagte. Ich hatte nur nicht begriffen, dass es mich einschloss. Und mein vergangenes Ich. Niemand kann so ehrlich sein, am allerwenigsten wir selbst.

Zorn stieg in mir auf. Mein Vorgänger hatte nicht den Mut besessen, alles wegzuwerfen, von dem ich nichts wissen sollte. Er hatte es nur versteckt.

Ich schluckte das Gefühl herunter. Es gab momentan Wichtigeres. Weiter hinten im Fach lag noch etwas in der Dunkelheit. Ich steckte die beiden Ringe in die Tasche, schob die Hand in das Schließfach und ertastete ein Durcheinander aus Schnüren und Gegenständen. Als ich daran zog, kam alles zusammen heraus.

Ein Paar schwarze Schuhe, um das sich locker ein weißes Kabel wand. An dem Kabel hing ein flacher Gegenstand. Ein MP3-Player; ich wusste, wozu ich ihn brauchte, ob ich mich erinnerte oder schlussfolgerte, konnte ich nicht sagen.

Was sollte das? Die Geschichte mit dem Ring konnte ich nachvollziehen. Mein Vorgänger hatte befürchtet, ich würde nicht dem Weg folgen, den der Brief vorgab, sondern dem Weißgoldring zu den funkelnden grünen Augen. Ein unnötiges Risiko. Deshalb hatte er Julie die von mir unterschriebenen Scheidungsunterlagen geschickt. Hätte er den Ring hinterlassen, wäre das ein leuchtender Hinweis gewesen. Aber ein Paar Schuhe und ein MP3-Player?

Ich wickelte das Kabel von den Schuhen, die auf den ersten Blick ziemlich neu aussahen. Eine genauere Betrachtung ergab, dass sie nur gut gepflegt waren. Die Größe schien zu stimmen. Meine Schuhe also.

Ich setzte mich auf den Boden, streifte die schmutzigen alten Turnschuhe ab und zog die anderen Schuhe an. Ja, sie passten perfekt. Ich band sie zu und sprang auf. Es fühlte sich seltsam an, in diesen Schuhen zu stehen. Erhaben. Ich schien über dem Boden zu schweben.

Als ich mit einem Schuh auf den Boden trat, dröhnte ein lautes Klacken durch den Raum. Ich spürte, wie sich ein Lächeln auf meinem Gesicht ausbreitete. Wieder ließ ich die Sohle auf den Boden knallen, dieses Mal schneller. Klack! Das Geräusch hallte von den Wänden wider, und mein Lächeln wurde noch breiter. Der Rausch, in den ich geriet, kam mir zugleich fremd und vertraut vor. Dasselbe hatte ich bei der Tanzveranstaltung empfunden.

Deswegen hatte mein Vorgänger mir die Schuhe nicht überlassen. Er hatte Angst gehabt, was ich damit machen würde. Und er hatte Angst gehabt, was sie mit mir machen würden. Sie passten nicht in das Leben, das er konstruiert hatte. Lieber die Kontrolle behalten und nicht zulassen, dass ich in eine Richtung ausschere, die er nicht vorgegeben hatte.

Er. Nicht *ich.* Nicht einmal »mein vergangenes Ich«. Es gab keinen Grund mehr, den Briefschreiber so zu betrachten. Das setzte eine Art Allianz voraus, eine Übereinstimmung von Interessen. Jetzt brannte eine noch stärkere Wut in mir. Das ging weiter als das Verstecken des Eherings. Ob eine solche List nun verzeihlich war oder nicht, nachvollziehen konnte man sie zumindest. Aber die Schuhe waren eine andere Sache. Sie führten zurück in meine eigene Vergangenheit. Zu dem, was ich geleistet hatte und gewesen war.

Ich nahm den MP3-Player und drehte ihn um. Als ich mit dem Daumen auf die Taste an der Seite drückte, leuchtete das Display auf. Ich wusste, wie man ihn bediente. Natürlich. Er gehörte schließlich mir.

Mit zittrigen Fingern rief ich die Musikliste auf. Sie enthielt weder Bands noch richtige Liedtitel. Das oberste Stück hieß JEZDmnMxFnl15Sep. Die folgenden trugen ähnliche Bezeichnungen: kryptische Buchstaben- und Zahlenkombinationen.

Nur dass sie nicht so kryptisch waren. Ihre Bedeutung flimmerte am Rande meines Bewusstseins. Es ging nicht um Erinnerung, sondern um *Wahrnehmung*. Mein mangelhaftes Gedächtnis vergaß Fakten, aber keine Fähigkeiten und keine Bedeutungen. Ich konnte das entschlüsseln. Nachdem ich tief durchgeatmet hatte, las ich den Titel erneut. Dieses Mal war es glasklar, und das Wort in der Mitte brachte mein Herz zum Rasen: *Dominomix. Final.*

Meine Knie gaben nach, und ich ließ mich im Schneidersitz auf dem Boden nieder. In meiner Hand hielt ich den Soundtrack zu dem Auftritt, von dem Julie gesprochen hatte. Der einmaligen Vorstellung mit den Dominos, an der ich gearbeitet hatte. Es konnte sein, dass ich ihn gerade gehört hatte, als das Vergessen einsetzte. Vielleicht hatte ich in dem Moment sogar an dem Tanz selbst gearbeitet.

Dieser Gedanke erschreckte und begeisterte mich gleichermaßen. Ich entwirrte die Kabel und steckte mir die Stöpsel ins Ohr.

Nicht hier.

Der Drang, mir die Binde von den Augen abzureißen und das

Verborgene ans Tageslicht zu bringen, war stark, aber ich wollte keine einzige Note hören, ohne nach Belieben darauf reagieren zu können. Ich musste mich bewegen.

Also stopfte ich meine Besitztümer in den Rucksack, auch die Scheidungsunterlagen. Besser keine unumkehrbaren Tatsachen schaffen, bevor mir alle wichtigen Informationen vorlagen. Und meine Überzeugung wuchs, dass etwas Entscheidendes fehlte.

Der Schlüssel hatte seine Aufgabe erfüllt, und ich ließ ihn in der weit offen stehenden Tür des Schließfachs zurück.

Als ich loslief, zerrte der Wind an meinem Hemd, und jeder Schritt fühlte sich in den neuen Schuhen präzise und kraftvoll an. Noch vor der nächsten Kreuzung warf ich die alten Turnschuhe in einen Mülleimer: Sie passten mir nicht mehr. Eigentlich hatten sie mir noch nie gepasst.

Regen besprühte meine Wangen, während ich weiterhastete. Meine Wohnung schien zu weit entfernt. Meine Füße – die Schuhe – wollten unbedingt mehr als nur gehen, und ich wollte ausprobieren, was sie für mich tun würden. Gerade noch in Sichtweite, am hinteren Ende des Parks auf der anderen Straßenseite, entdeckte ich ein Basketballfeld. Perfekt.

Der Belag des Platzes fühlte sich glatt an. Ich deponierte meinen Rucksack auf einer Bank und ging zum Mittelkreis, wo die bunten Linien um mich herum zu verschmelzen schienen: die Rampenlichter einer Bühne.

Der MP3-Player reagierte auf Berührung. Das Display zeigte den letzten Song, den Dominomix, als hätte es auf diesen Augenblick gewartet.

Meine Finger schwebten über der Wiedergabetaste. Genau wie an dem Abend vor zwei Tagen überkam mich das Gefühl, an einem Abgrund zu stehen. Aber es war nicht wie beim Tanzen, als Julie wie eine Puppenspielerin meine Vergangenheit manipuliert hatte und ich von vielen Leuten beobachtet worden war. Dieses Mal war ich allein. Niemand auf der Welt wusste es, niemanden interessierte es. Ich war über Julie hinausgewachsen, sogar über den Briefschreiber.

Ich schloss die Augen, richtete mich kerzengerade auf und erspürte den Raum um mich herum. Licht aus, Spot an. Atem strömte in meinen Brustkorb und füllte mein Zwerchfell. Meine Augen klappten auf. Ich drückte auf Wiedergabe und klemmte mir den MP3-Player an die Jeans.

Leises Rauschen erfüllte meine Ohren. Ein Pochen begann; der Ton wurde klarer. Aus Rauschen wurde Musik. Aus Lärm Rhythmus. Die Musik durchströmte mich, als wollte sie mir gehorchen. Ich konnte den Takt einatmen. Erspürte die Gitarre, ihre Akkorde. Die Grenzen zwischen mir und der Musik erzitterten und lösten sich auf, und unwillkürlich machte ich einen Schritt nach vorn.

Der Basketballplatz war vom Regen glatt, fast rutschig. Meine Sohlen glitten über den Boden; meine Arme und Handgelenke und Hüften spiegelten die Schritte wider. Wasser spritzte auf, als ich herumwirbelte. Jede Drehung, jede Figur fühlte sich vertraut an. Kein Muskel bewegte sich unabhängig, der gesamte Körper brachte sich ein. Das war mein Tanz. Ich beherrschte ihn.

Bis plötzlich der Schwung abriss und alles ins Stocken geriet. Die Musik dröhnte unerschüttert weiter. Ein winziger Fehler, der sich vervielfachte, bis alles in sich zusammenbrach.

Noch mal von vorn.

Ich kehrte in die Mitte des Platzes zurück, startete das Lied neu und begann zu tanzen.

Dieses Mal klappte es …

Fast.

Wieder raste die Musik weiter und ließ mich taumelnd zurück. Ich stellte mich neu auf. Man konnte nicht erwarten, dass der Tanz mit einem Schlag zurückkam. So etwas dauerte seine Zeit.

Schritt für Schritt arbeitete ich mich vorwärts, manchmal drang ich mit Sicherheit und Leichtigkeit ins Unbekannte vor, dann verlor ich wieder den Faden und fing von vorne an. Mit jedem Mal klappte es besser, und die Übergänge zwischen den Figuren wurden fließender.

Immer deutlicher spürte ich, dass eine neue Kraft meine Bewegungen durchströmte. Absicht und Verlangen verbanden sich mit dem Instinkt und trieben die Figuren voran. Mit jedem Schwung meiner Arme öffnete sich die Welt vor mir, als wäre ich mit ihr in Einklang und glitte mit der geschmeidigen Dynamik des Unausweichlichen dahin. Mich ergriff ein Gefühl, wie ich es noch nie zuvor gespürt hatte.

Das Gefühl von Macht.

Zweifellos war das der Tanz, von dem Julie erzählt hatte, der auf einer Bühne voller Dominos und Trittsteine aufgeführt werden sollte. Jeder Fuß an einer bestimmten Stelle verankert und im Laufe des Tanzes mit jedem neuen Schritt an dieselben Punkte zurückkehrend. Ich versuchte, die entscheidenden Stellen auf dem Boden zu markieren und mir das Muster einzuprägen. Aber auf dem glatten nassen Boden gelang es mir einfach nicht, Streifen zu hinterlassen.

Trotzdem machte ich weiter. Mit jeder Wiederholung wurden die Bewegungen stimmiger, und mein Körper bahnte sich seinen Weg. Sekunde um Sekunde, Taktschlag um Taktschlag gab die Vergangenheit ihre Geheimnisse preis.

Alles fühlte sich an, als stünde es mir zu. Vielleicht würde Julie widersprechen; vielleicht würde sie sagen, es wäre die Kunst eines anderen, das Werk eines anderen. Aber ich hatte es entdeckt.

Nachdem es so lange vor mir versteckt worden war, hielt ich es nun in Händen. Wer's findet, dem gehört's.

Mitten in einer herrlichen Drehung brach die Musik ab, und ausnahmsweise war ich derjenige, der noch eine Weile fortfuhr, während meine Begleitung mich im Stich ließ. Als ich einen Blick auf den MP3-Player warf, sah ich ein leeres Display. Akku leer – kein Wunder. Das Gerät hatte sich wahrscheinlich teilweise entladen, während es monatelang in seinem Versteck gelegen hatte.

Mein Brustkorb zog sich zusammen. Was, wenn ich das Gerät nicht laden konnte? Es war von demselben Hersteller wie das Handy, das Julie mir geschenkt hatte. Ich drehte es um – der gleiche Anschluss. Wenn ich Glück hatte, funktionierte das Ladegerät von Julie und ...

Aber nein.

Mit Glück hatte das nichts zu tun. Julie hatte mir nicht *ihr* altes Handy gegeben. Sie hatte mir *mein* altes Handy gegeben. Erleichterung machte sich breit, während ich mir meinen Rucksack schnappte und so schnell wie möglich nach Hause lief.

Mit schnellen Schritten ging ich durch den Haupteingang und die Feuertreppe hinauf. In der Wohnung rannte ich fast in die Küche, wo das Ladegerät lag. Und es passte! Der Stecker glitt in die Buchse des neuen Geräts, und das Display leuchtete auf. Ich sah mich um. Wenn ich die Möbel wegräumte, sollte die Küche groß genug sein. Es müsste funktionieren.

Ich schleifte den Tisch zur Schlafzimmertür, kippte ihn auf die Seite und schob ihn durch den Rahmen. Da das feuchte Hemd an meinen Schultern klebte, zog ich es aus und auch die durchweichten Schuhe. Mit einem Handtuch trocknete ich sie ab, so gut ich konnte, dann bastelte ich ein kleines Gestell im Bad, damit der Wäschetrockner warme Luft dagegen blasen konnte.

Eine heiße Dusche vertrieb die Kälte aus meinen Knochen,

und schon bald stand ich in meinen Sportklamotten wieder in der Küche, wo der MP3-Player ohne Rücksicht auf meine rapide schwindende Zeit nur im Schneckentempo zu laden schien.

Ein ungewohnter Anblick ließ mich plötzlich innehalten. Die Wohnungstür stand offen. Ich hatte nicht nur vergessen, sie abzuschließen, sondern sie nicht einmal richtig hinter mir zugezogen. Jetzt schloss und verriegelte ich sie und legte die Kette vor – zum letzten Mal in meiner jetzigen Erinnerungsphase. Dann machte ich etwas, das ich noch nie zuvor getan hatte.

Ich zog den Schlüssel aus dem Schloss und legte ihn neben mein Tagebuch.

Mein Vorgänger hatte die Wohnungsschlüssel in denselben Umschlag gesteckt wie den Brief, um sicherzustellen, dass ich nicht hinausspazierte, bevor ich mich orientiert hatte. Ich sah auf den Schlüssel in meiner Hand. Der Gedanke war mir noch nie gekommen. Die Schlösser an der Tür sollten nicht nur verhindern, dass andere hereinkamen. Vor allem sollten sie verhindern, dass ich hinausging.

Mit neuen Augen betrachtete ich das Zimmer. Brücken, Podeste und Dominos umgaben mich, ihre filigrane Schönheit in Schatten getaucht. Falls Julie die Wahrheit gesagt hatte – und ich hatte keinen Grund, ihr in diesem Punkt zu misstrauen –, sollte der Tanz nicht auf einem verlassenen Basketballplatz oder in einer Küche stattfinden, sondern hier, inmitten all dieser Fragilität. Diese Szenerie hatte mein früheres Ich vorgesehen, der Vorgänger des Briefschreibers, der Tänzer, der Robbie, den Julie liebte. Er hatte geplant, aus diesen Dominos eine Bühne für etwas Lebendiges und Schönes zu schaffen.

Aber was hatte ich gebaut? Ein Mahnmal, mehr nicht. Einen Käfig, nichts anderes.

Ich war gesteuert worden. Gelenkt durch Schlüssel und

Briefe. Das war die Wahrheit. Mein Vorgänger hatte die Vergangenheit verborgen, um über die Zukunft zu bestimmen. Angesichts seiner Wut auf Julie und des Entsetzens darüber, dass er die beiden ersten schrecklichen Tage allein gelassen worden war, hatte er ein kleines zurückgezogenes Leben geschaffen, in dem Sicherheit an erster Stelle stand. Aber wie hatte er es zulassen können, dass diese Entscheidung meine gesamte Zukunft beherrschte?

Ich ballte die Fäuste. Seine Gründe unterschieden sich nicht sehr von Julies – dabei hatte sie lediglich eine Unterlassungssünde begangen. Mein Vorgänger war bewusst vorgegangen. Methodisch. Berechnend. Ach, verflucht, sogar *strategisch*. Vielleicht war die Wut, die mich erfasste, ungerecht. Vielleicht hatte Julie recht, und niemand konnte tun, was ich verlangte, nicht einmal mein eigenes Ich. Ich hatte mich über sie empört, weil sie Maßstäben nicht gerecht wurde, die ich selbst nicht erfüllen konnte, dieses Mal aber hatte mein Zorn kein Ziel: Mein Vorgänger existierte schon lange nicht mehr. Nur ich war zurückgeblieben, klammerte mich weiterhin an das Leben, das er für mich gestaltet hatte, und schäumte vor sinnloser Wut.

Oder vielleicht war sie nicht völlig sinnlos. Die Trittsteine waren schließlich nicht festgeschweißt. Es war zu spät, um den gesamten Aufbau abzuändern, mit ein wenig Bastelei allerdings konnte er für einen anderen Zweck umgerüstet werden. Ich hatte ohnehin Zeit totzuschlagen. Der MP3-Player lud noch, meine Schuhe trockneten.

Ich holte mein Werkzeug aus dem Schlafzimmer und begann, die Steine herauszuheben. Dazu musste ein Haufen Dominos umgestellt werden. Es versetzte mir einen kleinen Stich, den so sorgfältig geplanten Ablauf durcheinanderzubringen, aber die neue Idee würde ein frisches Bewegungsmuster erzeugen, indem sie den Trittsteinen eine eigene Bestimmung verlieh. Sie dienten nicht mehr nur noch dazu, durch den Gefängnishof zu spazieren.

Der Bohrer surrte in meiner Hand, und ich stürzte mich in die Arbeit wie ein Besessener. Oder wie jemand, der von seiner Besessenheit befreit worden war.

Die Arbeit nahm eine knappe Stunde in Anspruch. Dann sah ich nach dem MP3-Player. Der Akkustand war immer noch niedrig, aber das Gerät funktionierte, wenn ich es eingesteckt ließ. Meine Schuhe im Bad waren noch feucht. Ich suchte mir dicke Socken und zog sie trotzdem an. Sobald ich sie trug, änderte sich meine Körperhaltung. Sie drückte eine Wachheit aus. Klarheit.

Den MP3-Player ließ ich angeschlossen auf der Arbeitsfläche liegen. Ich konnte die Musik über die Mini-Lautsprecher hören statt über Kopfhörer. Der Klang war dünn, aber laut genug für meine Zwecke. Ich drückte auf Wiedergabe und trat in die Mitte des Zimmers. Die Musik schwoll an, und ich bewegte mich mit ihr. Die Wände um mich herum waren nicht länger Grenzen, die den Raum beschränkten; sie waren ein Rahmen, der ihn erst schuf.

Ich kam an den Punkt, den ich im Park erreicht hatte, ab da betrat ich Neuland. Die freudige Erregung, die ich bei jedem neuen Schritt empfand, fühlte sich wie Rache an meinem Vorgänger an für seine Lügen und Täuschungen. Er hatte sich solche Mühe gegeben, mich zu kontrollieren und zu seinem Ebenbild zu machen. Der Brief. Die Dominos. Der Schlüssel. Die blöden, bedeutungslosen Erinnerungsstücke. Diese Wohnung. Trotzdem waren all diese Ketten jetzt gesprengt. Mit jedem Atemzug war ich weiter von dem Weg abgewichen, den er für mich vorgesehen hatte. Alles, was ich als Sieg betrachtete, musste für ihn eine Niederlage darstellen.

Nach einem Sprung kam ich falsch mit den Füßen auf und brach taumelnd ab. Verdammt. Dreimal war ich jetzt am selben Punkt gescheitert, einem fantastischen Moment, in dem ich mit angezogenen Beinen in die Luft sprang. Jedes Mal, wenn ich landete, verfehlten meine Füße bei weitem die Trittsteine, die ich im Geiste auf dem Küchenboden markiert hatte.

Schneller, probiere es schneller.

Es war einen Versuch wert. Die ganze Sache beschleunigen. Mein dummes vergessliches Gehirn ausschalten und meinen Körper selbst darauf kommen lassen. Ich machte die Musik aus und erhöhte die Geschwindigkeit. Es brachte nichts. Der Sprung fühlte sich perfekt an, die Landung ganz und gar nicht. Meine anderen gelegentlichen Fehltritte waren einfach nur Missgeschicke gewesen, an dieser Landung aber fühlte sich alles falsch an. Abwechselnd streckte ich die Finger aus und ballte sie zur Faust, während ich nach einer Lösung suchte. Ich war frustriert, außerdem knurrte mein Magen. Mir fiel ein, dass ich seit dem Frühstück nichts mehr gegessen hatte. Kein Wunder, dass es nicht voranging.

Ich aß ein Sandwich, während ich weiter an den Dominos arbeitete. Julie wäre begeistert davon, etwas nach einem verrückten neuen Plan zu erschaffen.

Ach, Quatsch. Nichts hier begeisterte Julie noch. Aber früher einmal, in vergangenen Tagen oder Jahren, hätte sie es toll gefunden. Das Wort, auf das sie sich mit solcher Wut gestürzt hatte. *Schräg.*

Ich konnte immer noch schräg sein. Darin lag ein gewisser Trost. Selbst wenn das Band zwischen Julie und mir zerrissen war, blieb ein Band zwischen mir und ihrem Robbie.

Nachdem ich so lange getanzt und aufgebaut hatte, wurde es allmählich immer später. Die Zeit wurde nicht mehr in Sekunden gemessen, sondern in kleinen Erledigungen und Kaffeetassen. Die Schatten wurden dunkler, und ich musste die Deckenlampe einschalten. Ich wandte mich wieder den Dominos zu, weil ich hoffte, nach einer Pause vom Tanzen mit neuer Energie zu einer Lösung für den Sprung und die Landung zu kommen. Ich schaffte eine weitere Ecke und dann einen Abschnitt an der Wand. Ohne nachzudenken, zog ich die Sperren heraus und wandte mich der nächsten Stelle zu.

Nur dass es keine nächste gab. Der Fußboden war fertig. Ich war so in die Arbeit vertieft gewesen, dass ich vergessen hatte, den Gesamtfortschritt im Auge zu behalten, und jetzt waren alle Änderungen komplett. Nur der kleine Haufen Dominos, der im ehemaligen Mittelgang lag, war noch übrig. Das war die einzige Stelle, die noch bestückt werden musste, eine wüste Insel in einem Meer starrer Ordnung.

Nach all den Monaten der Planung, den Wochen des Aufbaus und den Stunden der Umgestaltung waren lediglich Minuten übrig. Ich stellte das letzte kleine Grüppchen auf. Für einen abschließenden Kreativitätsschub blieb kein Raum mehr. Diese Anordnung passte ins Mosaik wie das letzte Teil in ein riesiges Puzzle, bei dem im Augenblick des Triumphs kein Nachdenken mehr erforderlich war.

Ich hatte es geschafft.

Langsam drehte ich mich im Kreis und ließ alles auf mich wirken. Die Tausenden und Abertausenden von aufrechten Steinchen. Die seltsamen kleinen Spiralen. Die prächtigen Podeste und ordentlichen Reihen auf den Brücken. Ohne das Kartongitter zwischen den Abschnitten sah das Werk nackt aus. Schutzlos. Ein einziger Stoß gegen einen einzigen Stein konnte jetzt eine wunderschöne Welle der Zerstörung auslösen, bei der alle 83 790 Dominos vor meinen Augen umstürzen würden.

Der Nachmittag war in den Abend übergegangen. Ich bereitete mir eine leichte Mahlzeit und einen weiteren Kaffee zu. Es wurde Zeit für den Tanz, und ich war überraschend entspannt. Noch nie hatte sich die Bedrohung des Vergessens so fern angefühlt. Es schien nahezu unmöglich, dass es morgen eintreten und damit all dies hier vorbei sein würde.

Mein stundenlanges Training zahlte sich aus. Ich flog nur so durch den Auftakt des Tanzes. Mein Körper drängte darauf, Emotion und Poesie durchströmten jeden Moment. Bis zu der verwirrenden Landung nach dem Sprung. Wieder fühlte sich der Sprung absolut richtig und die Landung völlig falsch an.

Auf der Suche nach einer Lösung tigerte ich durch das Zimmer. Vielleicht konnte ich mit dem Moment der Landung anfangen und von dort aus weitermachen. Möglicherweise gelang es mir so herauszufinden, wie alles zusammenhing.

Der erste Teil der Idee funktionierte gut. Ich startete die Musik kurz vor dem Sprung und kam auf die nächsten Schritte mit derselben Methode, die auch die restliche Choreografie zutage gefördert hatte. Zuerst Positionierung, dann Kraft, dann Poesie.

Aber es gab ein Problem. Keiner der neuen Schritte passte zu den vorhandenen Trittsteinen. Jedes Aufsetzen nach dem Sprung schien einen neuen Trittstein zu erfordern. Mir kam der Gedanke, dass die Landung nach diesem Sprung der Augenblick sein könnte, in dem ich die Dominos anstieß, wodurch ich danach nicht mehr auf die Trittsteine angewiesen wäre.

Aber nein, das konnte nicht stimmen. Keine Kettenreaktion konnte nach Plan ablaufen, wenn ich überall herumtrampelte.

Mit jedem Schritt wuchs meine Frustration, mir wurde flau im Magen. Je selbstsicherer ich in den späteren Abschnitten wurde, desto unerklärlicher war der Bruch in der Mitte des Tanzes.

Julie kannte die Antwort sicherlich. Ein weiterer nutzloser Gedanke. Ich biss die Zähne zusammen und arbeitete mich weiter durch die Schritte. Aber schon bald, zwei Minuten weiter im Programm, tauchte dasselbe Problem erneut auf. Eine weitere Figur ließ mich an der falschen Stelle landen. Alles fühlte sich gut an, bis ich sie halb ausgeführt hatte – eine langsame Drehung mit einem ausgestreckten Bein. Aber sobald ich die Figur verlassen wollte, stand ich auf dem falschen Fuß.

Ich schaltete die Musik aus und holte tief Luft. Die Uhr zeigte acht. Nur noch eine Frage von Stunden, bis alles sich auflöste. Und es war doch wohl nicht zu viel verlangt, diese eine Sache richtig hinzubekommen. An seinen letzten Tagen hatte mein vergangenes Ich auf die ultimative Performance im Rampenlicht hingearbeitet. Meine Ambitionen waren viel geringer, ich wollte es doch nur ein einziges Mal schaffen. Hier, allein, in meiner Küche.

Mir tat schon die Stirn davon weh, sie zu runzeln. Ich atmete mehrmals langsam und gleichmäßig durch und massierte mir die brennenden Muskeln.

Konnte es sein, dass ich alles falsch verstanden hatte und dies nicht der Tanz war, von dem Julie gesprochen hatte? Das schien nicht plausibel. Erstens wurden die Füße immer auf bestimmten Punkten am Boden abgesetzt. Zweitens landeten die Füße immer direkt auf ihrer Position, nie glitten oder schleiften sie über den Boden. Beides deutete eindeutig darauf hin, dass der Tanz für Trittsteine konzipiert war. Für die Dominos.

Ich straffte die Schultern. Im Gedächtnis ging ich noch einmal die Schritte aus der Eröffnungssequenz durch und markierte die Position der Trittsteine mit Bleistift auf dem Boden, um mir zu vergegenwärtigen, wie sie auf der Bühne angeordnet werden sollten, und es war genau, wie ich es mir gedacht hatte:

Ab der Landung nach dem Sprung waren alle Schritte falsch, sie überkreuzten sich oder landeten außerhalb der gezeichneten Kreise.

Na gut. Dann also strategisch. Wenn es wichtig war, lohnte es sich, überlegt an etwas heranzugehen. Ich holte die flach gedrückten Kartons, legte sie auf dem Küchenboden aus und verband sie mit Schrauben.

Dieses Mal arbeitete ich mich durch den zweiten Abschnitt, nach dem Sprung. Und dieses Mal markierte ich sämtliche Punkte, an denen meine Füße landeten, auf der Pappe. Doch bei jeder Landung oder Drehung verschoben sich die Kartons, deshalb schnitt ich Löcher hinein, um die Fußpositionen zu markieren. So musste ich beim Tanzen nicht auf der Pappe stehen.

Genau: Die Fußpositionen waren anders. Die Löcher in der Pappe stimmten nicht mit den Markierungen auf dem Fußboden überein. Ich hockte mich in eine Ecke des Zimmers. Wie sollte ich dieses Rätsel lösen? Ich konnte mir einfach keinen Reim darauf machen.

Es sei denn …

Ich verschob die Pappe, bis das erste Loch mit der nächsten Bleistiftmarkierung übereinstimmte. Die anderen Löcher passten nicht. Das war keine Überraschung. Aber einige lagen nicht weit daneben, ich musste die Pappe nur ein kleines bisschen herumrücken. Ich fasste sie an zwei Ecken an und drehte sie im Uhrzeigersinn.

Es verschlug mir den Atem. Alles stimmte überein. Ein Dutzend runder Löcher umgab die Bleistiftkreise perfekt.

Was hatte das denn zu bedeuten?

Eine einfache Lösung kam mir in den Sinn. Während ich in der Luft hing, drehte sich einfach der ganze Boden – die Dominos, die Trittsteine und alles –, sodass ich perfekt auf den neu positionierten Steinen landete.

Was aber natürlich Blödsinn war.

Ich drehte die Kartons hin und her und beobachtete, wie sich die Kreise mit der Präzision eines Uhrwerks übereinanderschoben. Es sah wirklich aus, als drehte irgendeine Kraft das Ganze um ein und dieselbe …

Nein! Die Kraft bewegte nicht den Boden unter mir. Die Kraft bewegte *mich*.

Der Tanz war ein Duett. Im entscheidenden Moment sprang ich völlig falsch positioniert hoch, kurz davor, in das empfindliche Dominomeer zu stürzen. Doch der andere Tänzer würde irgendwie mitten in der Luft auf mich einwirken, damit ich mich drehte und doch sicher auf den Trittsteinen landete.

Nicht schwer zu erraten, wer meine Partnerin war: Es musste sie sein. Es war immer sie.

Vorher hatte ich mich gefragt, ob Julie die Antwort kannte. Nein, sie *war* die Antwort. Und das bedeutete, dass ich den Tanz niemals allein zu Ende bringen konnte.

Verzweiflung überkam mich. Was hatte ich nach all den Enthüllungen der letzten zwölf Stunden erreicht? Nichts. Die Dominobahn war fertig. Aber der Tanz konnte es niemals werden.

Es war spät. Ich machte mich bettfertig und schaltete alle Lampen bis auf die kleine neben dem Küchentisch aus. In ihrem engen Lichtkreis setzte ich mich, um in mein Tagebuch zu schreiben. Mein letzter Eintrag. Außer ich fand morgen einen Moment Zeit, um ein paar Worte darüber zu schreiben, wie es sich anfühlte, auf das bevorstehende Ende zu warten. Vielleicht war das eine schlechte Idee. Mein künftiges Ich sollte sich nicht mit so etwas belasten.

In der kühlen Luft der Klimaanlage ließ meine Erschöpfung

allmählich nach. Meine Muskeln verspannten sich schmerzhaft, ich bekam eine Gänsehaut. Ich schrieb und schrieb, und je mehr ich zu Papier brachte, desto seltsamer erschien es mir. Alles hatte sich verändert. Die Erinnerungsstücke waren weg, ersetzt durch Ringe und Schuhe. Und was hatte ich gemacht? Ich war durch die Straßen gelaufen. Hatte im Regen getanzt. Mich über den Brief geärgert. Meine Tür offen stehen lassen.

Was war aus mir geworden?

Etwas Neues. Etwas Ungeplantes. Stück für Stück, Schritt für Schritt hatte ich den Mann hinter mir gelassen, den der Briefschreiber hatte schaffen wollen. Voller Wut und Traurigkeit blickte ich auf seine Pläne zurück. Wir beide schienen uns durch die Zeit hinweg finster anzustarren, jeder in seiner Erwartung an den anderen enttäuscht. Vorhin noch war ich stolz gewesen, mich aus seinem Käfig befreit zu haben. Und was tat ich jetzt? Versuchte ich nicht, dieselbe Strategie anzuwenden?

Dieselbe gescheiterte Strategie.

Bei dieser Erkenntnis verkrampfte sich mein Magen. Was tat ich anderes, als meinem Nachfolger Fesseln anzulegen und zu versuchen, ihn nach meinem Willen zu formen? Und welche Reaktion konnte ich erwarten? Eine Weile ließ er sich vielleicht aufhalten, dann würde ihm etwas Schönes den Kopf verdrehen. Ein Tanz. Eine Frau. In dem Moment wären meine Worte nur noch die Gitterstäbe eines Papiergefängnisses. Er würde sich darüber hinwegsetzen und sich in etwas Neues verwandeln.

So wie ich.

Ich war der lebendige Beweis, dass mein eigener Plan nicht funktionierte. Und wenn er nicht funktionierte, wenn es keine Möglichkeit gab, mein Ich über den folgenden Tag hinwegzuretten, dann würde ich morgen sterben. Trotz des Trainings, trotz der Dominos, trotz des Tagebuchs, trotz allem. Meine Kehle schnürte sich zu, mir stockte der Atem. Aber ich nahm den Stift und war entschlossen, alles aufzuschreiben und zumindest diese letzte Lektion weiterzugeben.

Ich war gescheitert.

Es gab keinen Weg in die Zukunft. Ich konnte nichts tun. Nichts würde sich ändern, selbst wenn ich zu schreiben aufhörte, genau in diesem …

TAG null

Da begriff ich. Mein Ansatz war völlig falsch.

Ich musste sie anrufen: Julie.

Es war noch dunkel, als ich mich aus dem Bett hievte. Auf dem Balkon fühlte sich die Luft dicht und schwer an, weil die Feuchtigkeit unter den Gewitterwolken eingeschlossen war. Im Osten verfärbte sich der Himmel rot. Meine letzte Morgendämmerung. Ich trank Kaffee und dachte darüber nach, wie dumm es gewesen war, sie wegzuschicken, wie sinnlos.

Unwillentlich hatte ich den Pfad verlassen, den mein voriges Ich für mich vorgesehen hatte. Also würde auch mein künftiges Ich denselben Verlockungen und Versuchungen erliegen wie ich. Denselben Verlockungen und Versuchungen. Das war das Problem. Dort und nur dort gab es Hoffnung.

Julie war die Zukunft. Die Rettungsleine.

Es war natürlich unmöglich. Nicht nur hatte ich sie abgewiesen, ich hatte ihr auch klargemacht, dass der Mann, den sie liebte, der Vergangenheit angehörte. Wobei ich mich jetzt fragte, ob das stimmte. Ich hatte mich verändert. Ich war ein neuer Mensch geworden. Oder vielleicht ein alter, vielleicht jemand, den Julie wiedererkannte.

Würde sie das überhaupt interessieren? Es waren Dinge gesagt worden, die sich nicht mehr zurücknehmen ließen. Dennoch, wenn es mir gelang, sie zu überreden, zu mir zu kommen, konnte ich ihr den Tanz zeigen. Vielleicht würden der Tanz und die umgebaute Dominobahn ihr zeigen, dass etwas von dem alten Robbie in mir überlebt hatte. Jedenfalls stand es ihr zu, die Wahl zu treffen, und zwar in voller Kenntnis der Lage.

Es war zu früh, um sie anzurufen, deshalb begann ich zu proben. Falls die Hoffnung bestand, dass Julie den alten Robbie in mir entdeckte, musste der Tanz so perfekt wie möglich werden. Natürlich nicht vollkommen perfekt. Es gab das nicht gerade unbedeutende Problem der abrupten Richtungswechsel aufgrund des fehlenden Tanzpartners. Das musste ich vorerst einfach ignorieren und die Choreografie dort fortsetzen, wo ich nach meinen Sprüngen landete.

So gut ich konnte, arbeitete ich mich durch den Tanz. Trotz der Anstrengung allerdings schien die Zeit zu kriechen. Jedes Mal, wenn ich aufsah und feststellte, dass nur Minuten verstrichen waren, stieg meine Ungeduld, Julie anzurufen, auf ein neues Level.

Ach, scheiß drauf.

Es war erst halb sieben, aber ich wollte keine Sekunde länger warten. Das Vergessen konnte jeden Moment zuschlagen, und wenn ich mich noch länger zurückhielt, war ich womöglich nicht mehr dazu in der Lage, ihr irgendetwas zu zeigen. So oder so verstand Julie sicherlich, warum ich an diesem Tag so früh anrief. Ich überlegte mir nicht, was ich sagen wollte. Ich tippte die Nummer ein und biss mir auf die Lippen, während es tutete.

Und tutete.

Es tutete zu lange. Mir schoss durch den Kopf, was alles passiert sein konnte. Schaudernd holte ich Luft und wartete. Lass ihr wenigstens Zeit aufzuwachen.

Nichts.

Und nichts. Das Telefon tutete und tutete, und niemand hob ab. Mittlerweile hatte Julie genug Zeit gehabt, um wach zu werden. Und wenn sie nicht zu Hause war, hatte sie das Handy immer dabei. Vielleicht hatte sie beschlossen, meinen Anruf nicht anzunehmen. Ich konnte es ihr nicht verübeln.

Ich drückte auf Wahlwiederholung und wartete. Während es erneut klingelte, streckte ich den freien Arm hinter den Kopf. Typisch Tänzer, hatte Julie gesagt, zu dehnen, wenn man nervös war.

Irgendwann hörte es auf zu tuten.

Moment. Julie hatte mir ihre Festnetznummer auf die Rückseite ihrer Karte geschrieben. In der Hektik verwählte ich mich, legte auf und tippte Zahl für Zahl erneut ein. Das Telefon tutete. Und tutete. Bis es aufhörte.

Kein Grund zur Panik. Sie konnte unter der Dusche stehen oder … oder … was auch immer. Ich versuchte es erneut. Beide Nummern. Nichts. Vielleicht war sie unterwegs und hatte ihr Handy zum Aufladen zu Hause gelassen.

Um halb sieben, während sich Gewitterwolken über einer noch dunklen Stadt ballten? Also bitte. Sie wollte einfach nicht abheben.

Das war eine der beiden möglichen Erklärungen. An die andere wollte ich gar nicht denken. Aber sosehr ich mich auch sträubte, immer wieder sah ich ihre Finger vor mir, die sich fest um den grünen Hals der Sektflasche schlossen. Diese Flasche hatte womöglich den Rückfall eingeläutet. Es konnte gut sein, dass Julie, seit sie meine Wohnung verlassen hatte, ohne Pause trank.

Ich legte das Telefon weg und wischte mir die Hände am Hemd ab. Sie fühlten sich schmierig an. Obwohl es in der Wohnung kühl war, prickelte auf meinen Schultern und meiner Brust der Schweiß, während ich auf und ab tigerte. Julie könnte im Vollrausch bewusstlos auf dem Badezimmerboden liegen. In die Verzweiflung getrieben von dem, was ich gesagt hatte.

In einer halben Stunde wollte ich es noch einmal versuchen. Etwas anderes fiel mir nicht ein. Falls sie dann immer noch nicht abnahm, waren drastischere Maßnahmen erforderlich.

Es brachte mich fast um, mich an den Plan zu halten. Ich frühstückte und spülte, und die Zeiger der Uhr bewegten sich kaum von der Stelle. Ein paar andere Erledigungen im Haushalt, dann war es endlich so weit. Ich probierte es mit beiden Nummern, vergeblich.

Ich musste zu ihrer Wohnung gehen. Vielleicht war sie nicht dort. Vielleicht war sie nicht einmal mehr in der Stadt, aber es gab keine andere Möglichkeit. Ich wusste nicht, ob ich ihr helfen konnte oder ob sie sich von mir helfen lassen würde. Zumindest aber konnte ich ihr zeigen, dass sie recht hatte, was mich betraf. Wenn sie mich abwies, war es ihre eigene Entscheidung. Das war ich ihr schuldig.

Nachdem ich den Entschluss gefasst hatte, bereitete ich mich so gut vor, wie es ging. Jeden Moment konnte das Vergessen einsetzen, und es war absolut verrückt, jetzt das Haus zu verlassen. Aber trotzdem konnte ich strategisch vorgehen. Ich zog mein violettes Hemd und die schwarzen Schuhe an. Es war nicht der Moment für halbe Sachen. Angesichts des drohenden Gewitters packte ich das Tagebuch, das Handy und den Brief zusammen mit dem Stadtplan für den Heimweg in eine Plastiktüte. Es kam mir nicht richtig vor, die beiden Ringe einfach dazuzulegen. Wenigstens meinen Ehering hätte ich gern anprobiert und gespürt, wie er in die Vertiefung glitt, die er am Finger hinterlassen hatte. Nur um zu sehen, wie es sich anfühlte. Aber dazu hatte ich kein Recht.

Ich holte ein Stück Schnur aus der Küchenschublade, fädelte die beiden Ringe auf und hängte sie mir um den Hals.

Nieselregen kühlte mein Gesicht ab, als ich auf die Straße trat. Ich ging schnell, weniger weil ich Angst vor dem Vergessen hatte, sondern vor allem aus Sorge um Julie. Ich erreichte ihr Haus, lief den Flur hinunter und klopfte an der Tür.

Nichts.

Mein Klopfen wurde zu einem Hämmern, und ich rief nach ihr. Stand sie mit stur verschränkten Armen in ihrer Wohnung? Oder lag sie ohnmächtig im Bad? Ich klopfte noch fester. Rüttelte verzweifelt am Knauf. Die Tür blieb zu.

Ich überlegte, ob ich einfach vor ihrer Wohnung warten sollte. Aber es gab ja keine Garantie, dass sie bald zurückkam – oder ob überhaupt. Und selbst wenn sie kam, war es womöglich zu spät, sodass ich verwirrt und für sie nutzlos wäre. Ich hämmerte weiter gegen die Tür. Wenn sie betrunken das Bewusstsein verloren hatte, schwebte sie vielleicht in Gefahr. Zu viel Alkohol konnte immerhin tödlich sein.

Immer lauter rief ich ihren Namen. Ich hoffte, dass ein Nachbar herauskäme, um zu sehen, warum jemand so einen Lärm veranstaltete. Dann könnte ich ihn fragen, ob er wusste, wo sie war. Nichts geschah. Kein Geräusch und keine Regung außer meinem eigenen verzweifelten Rufen und Klopfen.

Ich wusste nicht mehr weiter, das Blut rauschte in meinen Ohren, als ich schließlich in den dunklen Flur zurückwich. Meine Beine gaben unter meinem Gewicht nach, und ich fiel auf die Knie. *Ich würde tausend Lügen erzählen, tausend Brände legen, tausend Gesetze brechen,* hatte sie gesagt. *Was würdest du tun?* Ich betrachtete die Tür. Und erinnerte mich daran, wie sie von innen aussah. Das Schloss befand sich knapp über dem Knauf, und der Riegel schob sich in eine angeschraubte Halterung statt in die Tür selbst.

Ich schloss die Augen und ging in die Hocke. Ich konnte die Entfernung zur Tür spüren, nicht in Metern oder Zentimetern, sondern in Schritten und Atemzügen. Im Geiste überbrückte ich die Distanz auf zehn verschiedene Arten und überlegte, wie ich meine Körperkraft am effektivsten nutzen konnte, um mich gegen das hölzerne Rechteck am Ende des Flurs zu werfen.

Ich startete wie ein Sprinter aus dem Block, sprang mit einem Fuß ab und wirbelte in der Luft herum. Drehung, Muskelkraft und Schnelligkeit wirkten zusammen, als mein Fuß das Ziel traf und die Tür mit einem überraschenden Knirschen aufflog. Splitter spritzten in alle Richtungen. Ich landete auf dem Boden und sprang sofort wieder auf.

»Julie?«

Ich hätte mich über alles gefreut, wütendes Geschrei, betrunkenes Stöhnen. Aber das einzige Geräusch war das Prasseln des Regens am Fenster. Das Gewitter war ausgebrochen. Ich brüllte: »Julie? Bist du hier?«

Die ganze Wohnung war demoliert, nicht nur die Tür. Umgekippte Möbel, der kleine Schreibtisch leer gefegt, der Boden bedeckt mit den Trümmern eines explodierten Lebens. Unter meinen Schuhen knirschten Scherben im Teppich, und ich versuchte auszublenden, dass sie vermutlich von der Sektflasche stammten, die ich ihr geschenkt hatte. So sah es aus, wenn ein Leben gewaltsam auf den Ausgangspunkt zurückgeworfen wurde. Eine Sucht nach der anderen.

Ich ging ins Schlafzimmer und dann ins Bad. Vielleicht lag sie bewusstlos in ihrem eigenen Erbrochenen auf den Fliesen, aber zumindest wäre sie dann noch am Leben. Zumindest wäre sie hier.

Nichts. Die Wohnung war leer und still. Die einzigen Geräusche kamen von dem Wüten des Gewitters draußen.

Meine Beine fühlten sich bleischwer an. Ich setzte mich auf die Kante von Julies Bett neben einen offenen Koffer und eine große Leinentasche. Anscheinend hatte sie ihren Kleiderschrank geleert, aber der Großteil des Inhalts lag in chaotischen Haufen auf dem Boden. Der Koffer und die Reisetasche waren nur halb gepackt.

Also hatte sie die Stadt nicht verlassen. Noch nicht jedenfalls. Sie musste irgendwo unterwegs sein. Ich streifte durch die Wohnung und inspizierte die Spuren der Verwüstung, ohne zu wissen, wonach ich suchte. Im Wohnzimmer fand ich nichts. Aber in der Kochnische lag eine Flasche in der Ecke.

Bourbon, leer.

Es donnerte, und ich bekam eine Gänsehaut. Regen prasselte durch das offene Fenster im Wohnzimmer. Der Platz, an dem Julie zum Rauchen gesessen hatte. Ich knallte das Fenster zu, und der Regen peitschte gegen die Scheibe. Julie war irgendwo da draußen im Unwetter und hatte höchstwahrscheinlich mindestens eine Flasche Bourbon im Kopf. Wo konnte sie sein? Es musste etwas geben, irgendetwas, das mir verriet, wo sie war.

Ich ging durch das Chaos und durchstöberte ihre Sachen. Auf dem Boden, halb hinter dem Sofa versteckt, fand ich ihr Handy. Risse durchzogen das Display. Ich drückte auf die Home-Taste, aber das Gerät war kaputt. Deswegen hatte sie meine Anrufe nicht entgegengenommen.

Ein kleiner Papierkorb neben ihrem Schreibtisch stand im Gegensatz zum Rest noch aufrecht. Als ich ihn umkippte, flogen ein gebrauchtes Taschentuch und ihre Sechs-Monate-trocken-Medaille heraus. Da alles andere in einem Wutanfall durch die Gegend geworfen worden war, schien es bedeutsam, dass die Medaille im Müll gelandet war. Wo immer sie war, Tag dreihundertsechsundfünfzig hatte es nicht mehr gegeben.

Ratlos lehnte ich mich an den Schreibtisch. Trotz allem war ich keinen Schritt weiter, als ich es draußen im Hausflur gewesen war. Vielleicht sollte ich einfach hier auf sie warten. Irgendwann musste sie zurückkommen, aber das konnte Stunden oder Tage dauern. Zeit, die ich nicht hatte.

Ich legte die Medaille zurück in den Papierkorb. Ganz unten klemmte eine zerknautschte braune Tüte, wie man sie in Schnapsläden bekam. Ich riss sie auf. Darin lag ein zerknüllter Kassenzettel für eine Flasche Jack Daniel's, auf dem oben in verblichener Schrift ein Name stand. South Brisbane RSL: Das kannte ich von meinen Spaziergängen durch das Viertel. Ein großes Gebäude mit dunklen Nischen und Pokerautomaten. An der Ecke ein Schnapsladen. Der Kassenzettel war von gestern Morgen.

Vielleicht war sie dorthin zurückgekehrt, als ihr der Bourbon ausging. Oder vielleicht auch nicht, aber das war die einzige Spur, die ich hatte. Ich sprang auf, rannte durch die Wohnung und schnappte mir alles, was ich für nützlich hielt. Das Einzige, was ich nicht fand, war ein Regenschirm. So wie der Regen gegen das Fenster prasselte, wäre mein Rucksack binnen Minuten durchweicht. Ich zog meine Jacke aus und wickelte sie um die Plastiktüte, dann versuchte ich, die Wohnungstür zu schließen. Der Riegel war abgebrochen, deshalb blieb sie nicht richtig zu, aber immerhin wohl besser, als sie weit offen stehen zu lassen.

Draußen auf der Türschwelle zögerte ich kurz. Trotz des Vordachs wurde ich nass, ich zitterte schon. An der rechten Seite des Oberkörpers war meine blasse Haut ungeschützt dem Regen ausgesetzt, weil mein Hemd unter dem Arm aufgerissen war; das musste passiert sein, als ich Julies Tür eingetreten hatte. Schließlich gab ich mir einen Ruck und trat hinaus in den Wolkenbruch. Bevor ich die nächste Kreuzung erreicht hatte, waren mein Hemd und die Vorderseite der Jeans durchweicht. Wenn es so weiterregnete, war das Tagebuch, das, in eine Plastiktüte und meine Jacke gewickelt, tief im Rucksack steckte, in Gefahr.

Ich beschirmte meine Augen und stapfte weiter. Der Regen floss in Bächen an meinem Hals herab in den Kragen, meine zu langen Haare fielen mir ständig in die Augen. Das Herz pochte mir bis zum Hals, als ich die letzte Ecke umrundete. Wie ein Leuchtturm funkelten die Lichter des RSL. In einigen Stunden oder vielleicht Minuten wären all die Erinnerungen, die mich hergeführt hatten, ausgelöscht – aber zumindest hatten sie lange genug überlebt, um mich hierherzubringen.

Ich trat in die helle trockene Wärme. Ein riesiger Raum voller schwarzer Tische und Stühle führte in einen noch größeren, in dem mehrere Reihen von Pokermaschinen standen. Da es noch früher Morgen und nicht viele Leute hier waren, musste Julie leicht zu finden sein. Ich schüttelte mir das Wasser aus den Haaren und durchsuchte den Raum im Laufschritt. Keine Julie.

Ich wappnete mich innerlich für die Möglichkeit, dass sie nicht hier war, und stürmte nach nebenan. Dort war es dunkler, außer dem Licht der Automaten gab es kaum eine Lichtquelle. Ich suchte Reihe um Reihe ab und fand nichts und wieder nichts.

Mein Atem ging schwer, mein Mund war trocken. Ich hatte das Gefühl, mein Brustkorb würde gleich kollabieren. Vielleicht lag es nicht an der Enttäuschung oder der Kälte oder der Erschöpfung, vielleicht war es das erste Stadium des Vergessens. Das konnte ich ja nicht wissen. Was auch immer passierte, wenn es so weit war, blieb meinem künftigen Bewusstsein logischerweise verborgen.

Ich verdrängte den Gedanken. Es war wichtig, rechtzeitig nach Hause zu kommen, aber vorher musste ich Julie finden.

Hinter der Theke stand eine Frau. Vielleicht Mitte fünfzig. Sie sah mich aus zusammengekniffenen Augen an.

»Hallo«, sagte ich.

»Wie kann ich dir helfen, mein Lieber?«

»Ich suche jemanden.« Ich setzte meinen Rucksack ab und kramte darin. Das Tagebuch und die Erinnerungsstücke waren in ihrem Kokon aus meiner Jacke und der Plastiktüte trocken geblieben. Immerhin etwas. Ich zog das Handy heraus und zeigte der Barfrau das Foto von Julie und mir. »War die Frau hier?«

Sie nahm mir das Telefon aus der Hand, betrachtete das Bild und dann mich. »Woher kennst du sie?«

»Sie ist meine beste Freundin. Zu Hause war sie nicht, und sie geht nicht ans Telefon. Ich habe seit Freitag nichts von ihr gehört und mache mir Sorgen.« Ich dachte fieberhaft nach. Julie hätte gewusst, was man sagen musste. »Auf dem Foto ist sie dreihunderteinundfünfzig Tage trocken.«

Die Frau schob die Lippen vor. »Tja, dann steht sie jetzt wieder bei null.«

»Sie war also hier? Heute Morgen?«

»Ich musste sie wegschicken.« Sie zeigte auf ein Schild hinter der Theke. *Kein Ausschank von Alkohol an Betrunkene.*

»Wo ist die nächste Kneipe? Der nächste Ort, wo man was zu trinken bekommen kann?«

»Genau das wollte sie auch wissen.« Die Frau gab mir das Handy zurück. »Ich habe ihr geraten, mal eine Pause einzulegen.«

Am liebsten hätte ich sie angeschrien, mir etwas Hilfreiches zu sagen, irgendetwas, aber ich zwang mich, möglichst ruhig zu bleiben. »Bitte.«

»Es gibt einen Club am Ende der Musgrave Street. Charmers. Der müsste jetzt offen sein. Wenn du aus der Tür kommst rechts, dann an der nächsten Kreuzung wieder rechts. Drei Querstraßen weiter.«

»Danke«, rief ich, während ich zum Ausgang lief und meine

Sachen zurück in den Rucksack stopfte. Das Handy schob ich mir in die Gesäßtasche. Vielleicht brauchte ich das Foto noch.

Draußen prasselte der Regen jetzt mit voller Kraft vom Himmel. Ich zitterte wieder, schlimmer als zuvor. Es fühlte sich komisch an. Nur noch ein kurzer Moment, betete ich. Gib mir noch eine letzte Chance, sie zu sehen. Ich hielt mir schützend die Hand vor die Augen und stürzte mich in das Unwetter. Als ich den Club vor mir sah, schmatzten meine Schuhe schon bei jedem Schritt. Wenn das so weiterging, war das Einzige, was ich meinem künftigen Ich vermachte, eine Lungenentzündung.

Der Club war dunkel und stimmungsvoll beleuchtet. Es gab eine Tanzfläche und eingelassene Sitzecken. Leise Musik waberte durch den Raum. Hektisch sah ich mich um, während meine Augen sich an die Dunkelheit gewöhnten. Mit wachsender Angst sah ich von einem Fremden zum anderen. Das war meine letzte Chance. Sie musste hier sein.

Da. Eine Frau mit kurzen Haaren, in der Nähe der Theke. Sie saß auf einem Hocker an einem hohen Tisch. Im schwachen Licht hoben sich ihr blasser Hals und die Schultern von dem schwarzen Kleid ab. Neben ihr saß ein Fremder. Nah, fast zudringlich. Julie schien ihn nicht wahrzunehmen. Sie war nach vorn gebeugt und umklammerte ein hohes Glas.

»Julie!« Erleichterung durchströmte mich.

Sie hob den Kopf und sah von meinem Gesicht auf das durchnässte Hemd und dann wieder in mein Gesicht. Sie sagte nichts.

»Wer bist du denn?« Der Mann neben ihr war älter, vielleicht Mitte vierzig. Stämmig. Auch er musterte mich von Kopf bis Fuß, und mir wurde klar, wie ich aussah. Nass bis auf die Knochen, zerrissenes Hemd, gerötete Haut, irrer Blick.

»Ich bin ihr Mann.« Ich hielt den Blick unverwandt auf Julie gerichtet. »Also ihr …«

»Ich bin nicht verheiratet.« Julies Stimme klang verwaschen, zäh vom Alkohol.

»Geschieden?«, fragte der Mann sie.

»Verwitwet.« Sie sah mir in die Augen.

»Ja, so in der Art«, sagte ich. »Ich muss dir was erzählen.«

Ich holte tief Luft. Hätten wir diese Unterhaltung doch nur bei ihr oder bei mir zu Hause führen können. Alles war verkehrt. Ihr Getränk. Der Typ neben ihr. Die leisen Klänge der austauschbaren Musik. Aber dieser Ort und dieser Zeitpunkt waren das Einzige, was ich hatte.

»Ich habe dich angelogen«, sagte ich. »Beim Tanzen, als ich sagte, ich würde mich nicht erinnern. Ich hab dir versprochen, dass ich mir Mühe gebe, aber das habe ich nicht. Nicht richtig.«

»Du hast also gelogen.« Sie zuckte mit den Achseln. »Jetzt kannst du mit den Konsequenzen leben. Allein.«

»Auf gar keinen beschissenen Fall.«

Julie blinzelte, als mir die Wörter herausgerutscht waren. Sie selbst hätte es nicht besser formulieren können.

»Komm mit«, sagte ich. »Ich muss dir was zeigen. Was du wissen wolltest. Ich kann es dir jetzt zeigen.«

Ihre glasigen Augen wurden hart. Vielleicht wäre ein bisschen Wut ganz gut. Alles war besser als Gleichgültigkeit. »Dann zeig.«

»Was, hier?«

Wieder zuckte sie mit den Achseln.

»Ich muss es dir zu Hause zeigen, in meiner Wohnung.«

»Vergiss es. Es interessiert mich nicht mehr. Deshalb bin ich hier. Mich interessiert nichts.« Sie sah mir weiter in die Augen, während sie das Glas an die Lippen hob und zwei Schlucke trank.

»Okay«, sagte ich. »Also hier.«

Ich wandte mich ab und ging zur Theke. Vielleicht war das gar nicht so verkehrt – besser hier als zu Hause. Mein vergangenes Ich hätte es so gemacht.

»Kann ich zwei große Gläser Wasser haben und mir ein Lied wünschen?« Der Barkeeper schien von der Idee wenig begeistert, aber ich ließ nicht locker. »Ich gebe dir Geld dafür. Ich habe …« Ich kippte den Inhalt meiner durchnässten Brieftasche auf die Theke. »Hundert Dollar und ein bisschen Kleingeld. Für einen Song.« Noch etwas, das ich meinem zukünftigen Ich hinterlassen würde: Mittellosigkeit.

Der Barkeeper starrte mich an.

»Bitte«, sagte ich. »Es geht um Leben und Tod.«

»Normalerweise kann man sich hier nichts wünschen.« Er sah sich kurz im Raum um, dann zuckte er mit den Achseln. »Aber wenn es um Leben und Tod geht.« Ich atmete erleichtert auf, als er den Geldhaufen von der Theke nahm.

Julie hatte sich abgewandt und war noch näher an ihren Sitznachbarn gerückt.

Ich knallte die beiden Gläser vor ihr auf den Tisch. Sie hob den Blick von dem Eiswasser zu mir. »Dein Hemd ist zerrissen.«

»Was du über den Brief gesagt hast, stimmt«, sagte ich. »Und du warst zu Recht wütend. Aber du musst wissen, was wirklich los ist, weil du sonst keine vernünftige Entscheidung treffen kannst. Es ist spät, aber das steht dir zu.«

»Spät?« Julie setzte sich auf. »Moment. Was ist heute für ein Tag? Welches Datum haben wir?« Sie drückte auf das Handy des Mannes, das neben ihrem Glas auf dem Tisch lag. »Der Fünfundzwanzigste. Verdammt. Heute passiert es.«

Das klang wie ein Vorwurf. Sie griff nach dem Wasserglas, nahm einen Schluck, sah mich wieder an und leerte es in einem Zug. »Okay. Erstens, nur damit du Bescheid weißt, ich kann es kaum erwarten, dass du aus meinem Leben verschwindest. Aber zweitens, Robbie, was soll der Mist? Du darfst jetzt nicht draußen rumlaufen. Ausgerechnet heute.« Sie streckte die Füße auf den Boden und stand unbeholfen auf.

»Ich glaube, das ist gerade nicht so wichtig.«

»Es ist das einzig Wichtige. Ich will nicht, dass sich die Katastrophe wiederholt und du wieder im Krankenhaus landest.« Sie drehte sich zu dem Mann neben ihr um. »Hör mal, ähm, Pete, oder?« Sie legte ihm eine Hand auf die Schulter. »Ich muss den Mann nach Hause bringen. Eine medizinische Angelegenheit. Du willst es gar nicht wissen. Im Ernst, ich würde am liebsten auch nichts davon wissen.«

Sie schwankte ein wenig und stützte sich auf den Tisch. Noch ein paar Schlucke Eiswasser, dann funkelte sie mich über den Glasrand an. »Verdammt, was hast du dir bloß dabei gedacht? Du verbringst ein halbes Jahr allein in deinem Kämmerchen und an dem Tag – *dem einzigen Tag* –, an dem du dich wirklich zu Hause einschließen solltest, spazierst du in der Gegend herum?« Sie trank einen weiteren Schluck, goss sich das restliche Wasser in die Hand und klatschte es sich auf die Wangen. Es spritzte über den Tisch und auf ihr Kleid.

»Wenn man ein halbes Jahr in Angst gelebt hat, sollte man dann so seinen letzten Tag verbringen?«

Sie schüttelte den Kopf und streckte den Arm nach mir aus wie eine verzweifelte Mutter, die ihr freches Kind an die Hand nehmen wollte. »Komm. Wir gehen.«

Ich trat vor, sank auf ein Knie und nahm Julies Hand. Abrupt blieb sie stehen.

Jetzt hatte ich ihre ungeteilte Aufmerksamkeit.

»Ich liebe dich«, sagte ich. »Ich liebe, dass du dich für etwas entschieden und alles getan hast, um es zu erreichen. Ich liebe deine Durchtriebenheit und deinen schrägen Sinn für Humor. Ich habe keine Ahnung, wie ich deiner jemals würdig war, aber ich liebe dich trotzdem. Insgeheim liebe ich dich, seit du vor meiner Tür aufgetaucht bist.«

Ich drückte ihre Hand. »So. Jetzt hast du die Macht.«

Julie sah auf mich herab. Ungefähr fünf verschiedene Emotionen huschten über ihre Miene. Sie blinzelte und schluckte. »Sind das neue Schuhe?«

Nicht der Satz, auf den ich gehofft hatte. Aber vielleicht auch nicht die schlechteste Reaktion. Ich hob die Hand: *Hör zu.*

Das leise pulsierende Intro des Lieds hatte begonnen. Julie sah mich überrascht an. »Woher kennst du den Song?«

»Ich kenne nicht nur den Song.«

Ich ließ ihre Hand los und ging rückwärts zur leeren Tanzfläche zurück. Meine Schuhe waren noch feucht, aber zumindest die Sohlen waren getrocknet: Sie rutschten gut über den glatten Boden. Ich stellte mich auf, konzentriert, ruhig, und erspürte die Symmetrie der Tanzfläche um mich herum. Das Intro war bald zu Ende, und die bunten Lämpchen schienen auf mich herab. Vor meinem inneren Auge sah ich die Trittsteine. Ich wollte noch einen letzten Blick auf Julie erhaschen, aber die Lichter um mich herum tauchten alles andere in Dunkelheit.

Der Rhythmus setzte ein, bevor ich richtig bereit war, aber meine durch das Training geschärften Reflexe griffen. Ich warf mich nach vorn und streckte auf der Suche nach einem sicheren Tritt das Bein aus.

Einen Augenblick lang trat alles andere in den Hintergrund, die Angst und die Erschöpfung, die Kälte des an meiner Brust klebenden nassen Seidenhemds, das Vergessen selbst. Das alles verschwand und ließ mich allein auf meiner kleinen Bühne zurück, nur begleitet von den Lichtern über mir und der Musik um mich herum. Die Klänge schwollen an, und ich verschmolz mit ihnen.

Die Schritte und Drehungen kamen wie von allein. Die monatelangen Kraft- und Dehnübungen, das stundenlange Proben gestern, ich hatte genau auf diesen einen Moment hingearbeitet.

Ich spürte Blicke auf mir, aber von Bedeutung war für mich nur eine einzige Zuschauerin und die Frage, ob sie in dem Mann vor sich etwas sah, das sie einmal geliebt hatte.

Der Sprung rückte näher. Ich musste mich konzentrieren, wenn die Landung richtig klappen sollte. Sobald meine Füße den Boden berührten, musste ich mich neu im Raum orientieren und im Geiste die Trittsteine verschieben.

Doch in dem Moment nahm ich eine plötzliche Unruhe außerhalb der Tanzfläche wahr. Ich konnte nichts tun, als mich noch stärker zu konzentrieren. Die vor mir liegende Choreografie zu kontrollieren.

Ich sprang hoch und …

Eine schnelle Bewegung, das Rascheln schwarzer Baumwolle, eine Erschütterung, als Julies Knie gegen meines stieß. Ich wirbelte in der Luft herum, mehr als eine volle Drehung, bis meine Füße aufsetzten. Auf den kleinen Sicherheitskreisen, die sich mir ins Gedächtnis gebrannt hatten.

Perfekt.

Da war sie: die Kraft, die die Welt bewegen konnte.

Auch Julie war sicher gelandet und hatte dabei ein Bein so stark abgeknickt, dass der Saum ihres Kleids fast über den Boden strich. Durch diese eine Bewegung verwandelte sich der Tanz, und ich konnte *sie* sehen. Das Wasser, das sie sich ins Gesicht gespritzt hatte, schimmerte im bunten Licht. Ihr Blick fand meinen, fast provozierend. Als wollte sie mich herausfordern, diesen Tanz zu bewältigen. Zu wissen, wie er endete.

Der Rhythmus pulsierte, und wir gaben uns seinem Fluss hin, unsere Bewegungen in perfektem Einklang. Die Zukunft versank in Bedeutungslosigkeit, und es gab nur noch das Tanzen. Wenn wir uns berührten und streiften und festhielten, tauchte etwas Neues in Julies Augen auf. Ein Staunen, eine Fassungslosigkeit über das, was ich konnte – was wir konnten.

Ich streckte den Arm aus, und Julie schlang die Finger um mein Handgelenk. Den anderen Arm reckte sie in die Luft, ihr Körper gestützt von meiner Kraft. Dann drehte sie sich, ballte die Hand zur Faust und ließ sich herabfallen. Meine Muskeln brannten, als ich ihren Sturz abfederte, sodass nur ihre Fingerknöchel den Boden küssten.

Das war er, der Moment, in dem alles beginnen sollte.

Die Schönheit des Fallens.

Ein neuer Partner schien sich unserem Tanz anzuschließen. Ich konnte fast sehen, wie die Dominos um uns herum kippten und in Wellen unseren Schritten vorauseilten.

Als der nächste Sprung kam, gab es keine Unsicherheit mehr. Ich konnte Julies Bewegungen vorausahnen, spürte, wie ich von ihnen nach hinten, nach unten gestoßen wurde, auf einen neuen perfekten Pfad und …

Nein.

Julies Knie prallte gegen die Innenseite meines Oberschenkels, und ein Schmerz schoss durch mein Bein, während ich mich mitten in der Luft drehte und zu Boden stürzte. Sie landete auf mir. Ein deutlich hörbares *Ohhh,* ein enttäuschtes Aufseufzen ertönte jenseits der Tanzfläche.

Ich musste einen falschen Schritt gemacht haben.

In plötzlicher Panik tastete ich nach Julie. »Entschuldige, tut mir leid, alles okay bei dir?«

»Verdammt.« Sie bebte. Vor Lachen. »Wenn man bedenkt, dass mein Blut zu zehn Prozent aus Bourbon besteht, sollten wir alle beeindruckt sein, dass ich es so weit geschafft habe.«

Sie rollte sich herum, fasste mein Hemd an der Schulter, zog sich in eine sitzende Position hoch und sah mir in die Augen.

»Was ist passiert? Woher wusstest du von dem Lied?«

Ich richtete mich auf. Unsere Beine waren noch halb verknotet, unsere Gesichter dicht voreinander. Unter ihren Augen lagen dunkle Schatten und die Falten von zu viel Alkohol. Die Anstrengung hatte ihre Wangen gerötet, auf ihrer Haut glitzerte ein Schweißfilm. Sie sah perfekt aus.

»Ich habe rausgefunden, wo ich alles vor mir selbst versteckt hatte, die Musik, die Schuhe. Die Choreografie war noch in meinen Muskeln und meinem Gehirn abgespeichert, genau wie du gesagt hast. Aber dann wurde mir klar, dass es ein Duett ist. Ohne dich wusste ich nicht, wie es weitergeht.«

»Und so sind wir dann auf dem Boden gelandet.« Sie grinste.

»Ich dachte, wenn ich dir den Tanz zeige, würdest du vielleicht ... also ... etwas in mir sehen. Von ihm, dem alten Robbie. Deinem Robbie.«

»Warum interessiert es dich, was ich sehe? Beim letzten Mal, als wir uns ...« Sie schüttelte den Kopf.

»Meine Liebe zu dir hat mir solche Angst gemacht. Ich dachte, es wäre eine Falle, ein ... ein Köder, der mich von meiner eigentlichen Persönlichkeit weglockt.« Ich strich ihr mit den Fingern über die Wange. »Es war genau umgekehrt. Ich kann mich nur retten, indem ich mich an das klammere, was ich liebe, so fest, dass es mich neu erschaffen kann. Heute und jeden Tag.«

»Hm.« Halb sitzend, halb kniend griff sie nach der Schnur um meinen Hals, die unter dem zerrissenen Hemd deutlich zu sehen war. Sie betrachtete eine Weile die Ringe, dann sah sie mir wieder ins Gesicht.

»Julie«, sagte ich. »Er ist immer noch hier drin.«

»Nein, ich sehe ihn nicht.«

Sie nahm meine Hand und drückte sie sich an die Wange. »Ich sehe dich.« Sie zog mich an sich.

Irgendwo im Dunkeln klatschte jemand Beifall. Wir lösten unsere Lippen voneinander, und Julie griff wieder nach der Kordel, an der die Ringe hingen.

Lächelnd riss sie mir die Schnur vom Hals.

Wir rannten nach Hause, durch die Straßen und durch den Regen.

Als Julie die fertige Dominobahn in all ihrer Pracht sah, war sie hingerissen. Sofort bemerkte sie, dass ich die Trittsteine versetzt hatte. Ich hatte sie für den Walzer vorbereitet, den ich ihr noch von jenem Abend schuldete.

Jetzt gerade zieht Julie ein weißes Kleid an, das ich am Morgen aus ihrer Wohnung mitgenommen habe. Immerhin sei es wichtig, für den Fall zu planen, dass alles sensationell gut läuft, erklärte ich ihr. Daraufhin lachte sie nur und nannte mich einen Stalker.

Gleich werden wir tanzen, und vielleicht werde ich vergessen. Und falls das passiert, dann wirst du in die Schönheit dieser einstürzenden Welt geboren und von jemandem in den Armen gehalten, dessen Liebe sich weit über deinen Horizont hinaus erstreckt.

DANKSAGUNG

Danke an alle, die mir bei der Entstehung dieses Buches geholfen haben: Mandy Brett, Dianne Blacklock, Kylie Scott, Kath Fitz-Hywel und Alex Adsett.